톰 고든을 사랑한 소녀

톰 고든을
사랑한 소녀

The Girl Who Loved Tom Gordon

스티븐 킹 장편소설

한기찬 옮김

황금가지

THE GIRL WHO LOVED TOM GORDON
by
Stephen King

Copyright ⓒ 1999 by Stephen King

All rights reserved.

Korean Translation Copyright ⓒ 2006 by Goldenbough

Korean translation rights arranged with
Stephen King c/o Ralph M. Vicinanza, Ltd. through Shinwon Agency..

이 책의 한국어판 저작권은 신원 에이전시를 통해
Stephen King c/o Ralph M. Vicinanza, Ltd.와 독점 계약한
(주) 황금가지에 있습니다.

저작권법에 의해 한국 내에서 보호를 받는 저작물이므로
무단 전재와 무단 복제를 금합니다.

차례

시합 직전	11
1회	22
2회	31
3회	44
4회 초	52
4회 말	101
5회	120
6회	168
7회 초	192
7회 몸풀기	217
8회	238
9회 초	245
9회 말	250
시합 이후	276
작가 후기	283

이 책에 쓰인 본문 종이 E-light는 국내 기술로 개발된 최신 종이로, 기존에 쓰이던 모조지나 서적지보다 더욱 가볍고 안전하며 눈의 피로를 덜게끔 한 단계 품질을 높인 고급지입니다.

야구에 대해 전수한 것보다
더 많은 지식을 내게 가르쳐 준
아들 오웬에게

톰 고든을 사랑한 소녀

The Girl Who Loved Tom Gordon

시합 직전

세상이란 놈은 이빨이 있어서 그놈이 원할 때면 언제라도 너를 물어뜯을 수 있다. 트리샤 맥팔랜드는 아홉 살 때 그 사실을 알게 되었다. 1998년 6월 초 어느 날 아침 10시, 트리샤는 레드삭스 팀의 타격 연습용 청색 셔츠(등에 '36 고든'이라고 적힌 셔츠)를 입고 엄마의 다지 캐러밴 뒷자리에 앉아 인형 모나와 놀고 있었다. 10시 30분에 트리샤는 길을 잃었다. 11시에는 애써 무서움을 떨치며, '큰일 났어, 정말 큰일 났어.'라는 생각을 억누르고 있었다. 숲에서 길을 잃으면 크게 다칠 수도 있다는 생각을 애써 외면하면서. 그러다 잘못하면 죽기까지 한다는 것을.

'이건 모두 오줌이 마려워서 생긴 일이야.' 하고 트리샤는 생각했다⋯⋯. 하지만 사실 그렇게까지 오줌이 마려웠던 것은 아니고, 어쨌든 자신이 나무 뒤에 있는 동안 엄마와 피터 오빠에게 오솔길에서 기다리라고 했을 수도 있었다. 두 사람은 이번에도 싸우고 있었는데, 뭐 새삼스러운 일도 아니었다. 트리샤는 바로 그 때문에 아무 말도 하지 않고 뒤처졌던 것이다. 그것이 트리샤가 오솔길에서 벗어나 키 큰 관목 수풀 뒤편으로 들어선 이유였다. 잠시 숨 쉴 여지가 필요했던 것뿐이다. 두 사람이 싸우는 소리를 듣는 데 진력이 났고, 목소리를 애써 밝고 쾌활하게 꾸미는 데도 진력이 났다. 하마터면 트리샤는 엄마에게 이렇게 악을 쓸 뻔했다.

"그럼 오빠를 보내면 되잖아요! 오빠가 맬든에 가서 아빠랑 그렇게 살고 싶어 한다면 보내면 되잖아요. 내게 운전면허가 있다면 내 손으로 태워다 줬을 거예요. 그래야 집이 좀 조용해질 테니까 말이에요!"

그러면 어떻게 될까? 엄마는 뭐라고 말할까? 엄마는 어떤 표정을 지을까? 그리고 오빠는? 이제 곧 열네 살이 되는 피터는 바보가 아니니까 어느 쪽이 더 현명한 짓인지 알 것이다. 그런데 어쩌자고 그만두지 못하는 걸까? 트리샤는 오빠에게(실제로는 엄마와 오빠 두 사람에게) "그만 헛소리 좀 집어치워."라고 말하고 싶었다. 입 닥치라고.

엄마는 일 년 전 이혼하면서 두 아이의 양육권을 맡았다. 오빠는 보스턴 교외에서 메인 주 남부로 이사한 일을 가지고 격렬하고도 끈질기게 반발했다. 사실 오빠가 그러는 이유 가운데 일부는 아빠와 함께 있고 싶다는 것이고, 그것이 오빠가 엄마에게 늘 써먹는 수법이었지만(오빠는 본능적으로 그것이 상대에게 가장 크게 타격을 입히고 가장 잘 먹힐 것임을 알았다.) 트리샤는 그것이 유일한 이유가 아니라는 것, 아니 가장 큰 이유조차 아니라는 사실을 알고 있었다. 피터가 이곳을 뜨고 싶어 하는 진짜 이유는 샌포드 중학교가 싫었기 때문이다.

　피터는 맬든에서 아주 잘나갔다. 컴퓨터반을 자신만의 왕국처럼 이끌었고, 친구들도 있었다. 괴짜들이기는 했지만 무리를 이루었기 때문에 짓궂은 아이들도 그 애들을 건드리지 못했다. 하지만 샌포드 중학교에는 아예 컴퓨터반이 없었고 친구도 에디 레이번 하나밖에 없었다. 1월이 되자 에디조차 부모의 파경 때문에 이사를 가고 말았다. 그 일로 외톨이가 된 피터는 애들의 밥이 되었다. 게다가 아이들 대부분은 피터를 조롱했다. 그는 '컴퓨터 도사'라는 듣기 싫은 별명까지 얻었다.

　트리샤와 피터가 맬든에서 아빠와 함께 지내지 않는 주말에는 대개 엄마를 따라 소풍에 나섰다. 엄마는 이 소풍에 대해서는 한 치의 양보도 없었다. 트리샤는 엄마가 제발 소풍을 그만둘 것을 바랐지만(보통 엄마와 오빠 사이에 최악의 싸움이 벌어지는 것은 소풍 때였으니까) 자신의 생각대로 되지 않으리라는 것을 알고 있었다. 퀼라 앤더슨(엄마는 이제 처녀 적 성을 썼는데 두말할 것 없이 오빠는 그것도 싫어했다.)은 용기 있게 소신대로 밀어붙이는 타입이었다. 언젠가 맬든에 있는 아빠 집에 있을 때 트리샤는 아빠가 할아버지에게 전화로 말하는 소리를 들었다.

　"만약 퀼라가 리틀 빅혼(1876년 인디언 토벌전이 있었던 역사적 장소—옮긴이)에 있었다면 인디언들이 패전했을 거예요."

　트리샤는 아빠가 엄마에 대해 그런 식으로 말하는 것은 마음에 들지 않았지만(그것은 불성실할 뿐 아니라 유치해 보였다.) 그런 견해에 일말의 진실이 있음은 부인할 수 없었다.

　엄마와 오빠 사이의 관계가 서서히 악화되기 시작한 지난 6개월 사이에 엄마는 두 아이를 위스커세트의 자동차 박물관, 셰이커 교도들이 사는 그레이 마을, 노스 윈댐에 있는 뉴잉글랜드 식물원, 뉴햄프셔 랜돌프의 식스건 시티라는 테마 파크, 사코 강을 따라 내려가는 카누 여행, 슈가로프의 스키 여행(그곳에서 트리샤는 발목을 삐었고, 그 때문에 엄마와 아빠는 나중에 소리를 지르며 싸움을 벌였는데, 이혼하고서도 그런다는 것은 정말 웃기는 일이었다.) 등지로 데려갔다.

이따금 정말로 마음에 드는 곳에 갔을 때는 오빠도 입을 다물었다. 오빠는 식스건 시티를 '유아용 놀이터'라고 단언했지만, 엄마는 오빠가 전자 게임기가 있는 방에서 시간을 보내도록 놔두었고, 집에 돌아오는 중에도 오빠는 즐거워하는 내색은 하지 않았지만 적어도 입을 다물었다. 그런 반면, 엄마가 고른 장소가 마음에 들지 않을 경우(지금까지 피터 오빠가 가장 마음에 들지 않아 했던 곳은 식물원이었는데, 그날 샌포드로 돌아오는 길에는 아주 야비하게 굴었다.) 오빠는 자기 생각을 노골적으로 털어놓았다. 사이좋게 지내기 위해 어리석은 짓을 그만둔다는 것은 오빠의 기질과 맞지 않았다. 그리고 그것은 엄마도 마찬가지라고 트리샤는 생각했다. 트리샤 자신은 그것이 굉장한 이론이라고 여겼지만, 사람들은 모두 트리샤를 보곤 아빠를 빼닮았다고 단언했다. 가끔 그 말이 거슬릴 때도 있었지만 대부분은 마음에 들었다.

토요일에 어디를 가든 별로 개의치 않는 트리샤는 놀이 공원과 미니 골프장처럼, 점점 끔찍해 가기만 하는 말다툼을 최소화시켜 주는 곳이기만 하면 더할 나위 없이 만족했을 것이다. 그러나 주말여행에 교육적인 의미도 부여했던 엄마는 식물원이라든지 셰이

커 교도가 사는 마을도 목록에 집어넣었다. 무엇보다도 피터는 자기 방에 틀어박혀서 매킨토시 컴퓨터로 새너토리엄이라든가 리벤 같은 게임을 할 수 있는 토요일마다 그런 식으로 주입식 교육을 받아야 한다는 사실에 분개했다. 오빠는 한두 번 자기 생각을 입 밖으로 꺼냈지만 너무 거침없었던 나머지(어쨌든 요약하면 "지겨워 죽겠어!"가 된다.) 엄마는 그를 차로 돌아가라고, 거기 가만히 앉아서 엄마와 동생이 돌아올 때까지 '진정하고' 있으라고 했다.

트리샤는 엄마에게, 오빠를 격리가 필요한 유치원생처럼 다루는 것은 잘못이라고, 언젠가 밴이 있는 곳으로 와 보면 차 안에는 아무도 없고 오빠는 히치하이킹을 해서 매사추세츠 주로 떠났을 거라고 말하고 싶었지만, 물론 아무 말도 하지 않았다. 토요일 소풍 자체에 문제가 있었지만 엄마는 그 사실을 결코 인정하려 들지 않았다. 그런 소풍이 끝날 무렵 퀼라 앤더슨은 그날 아침에 출발했을 때보다 줄잡아 5년은 더 늙어 보였다. 입가에는 깊은 주름이 잡히고 두통이 나는 듯이 한 손으로 끊임없이 관자놀이를 문질러 댔다……. 그래도 엄마는 결코 소풍을 그만두려 하지 않았다. 트리샤는 그렇다는 것을 알았다. 아마 엄마가 리틀 빅혼에 있었더라도 인디언이 승리를 거두었을 테지만, 전사자 수는 훨씬 더 늘어났을 것이다.

이번 주 소풍의 행선지는 군(郡)에 편입되지 않은, 주의 서쪽 지역이었다. 애팔래치아 종주로가 그 지역을 감돌아 뉴햄프셔까지 뻗어 있었다. 전날 저녁 식탁에서 엄마는 두 아이에게 팸플릿에 실린 사진을 보여 주었다. 사진에는 숲 속 오솔길을 걷고 있거나 전망대에 서서 손으로 눈에 그늘을 만들며, 오랜 세월 침식작

용을 거치고도 여전히 준엄한 화이트 산맥 중심부의 거대한 연봉들을 바라보는 소풍객들이 실려 있었다.

피터는 팸플릿을 힐끔 쳐다보기만 했을 뿐 더 이상 그쪽을 쳐다보지 않은 채 지독하게 따분한 표정으로 식탁에 앉아 있었다. 엄마 역시 아들의 그런 과시적인 무관심을 모른 체했다. 트리샤는 일부러 명랑하고 열광적인 태도를 취했는데, 갈수록 그러는 것이 습관처럼 되어갔다. 요즘 들어 트리샤의 말투는 워터리스 식기 세트를 얻으려는 욕심에 거의 바지에 오줌을 지릴 만큼 웃어대는 텔레비전 게임쇼의 게스트 같았다. 요즘 트리샤는 스스로를 뭐라고 여기고 있을까? 깨진 두 조각을 한데 붙이는 접착제라도 된 것 같았다. 그것도 접착력이 약한 접착제 말이다.

엄마는 팸플릿을 접은 다음 뒤집어 보였다. 뒷면에 지도가 있었다. 그녀는 뱀처럼 구불구불 나 있는 청색 선을 톡톡 두드리며 말했다.

"이것이 68번 도로야. 차는 여기에 주차할 거야. 이 주차장에 말이지."

그러면서 조그만 청색 사각형을 두드렸다. 그러고 나서 이번에는 한 손가락으로 구불구불한 적색 선을 더듬었다.

"여기, 68번 도로와 302번 도로 사이에 뉴햄프셔 노스콘웨이 쪽 애팔래치아 종주로가 나 있어. 10킬로미터밖에 안 돼. 난이도 등급도 '적당'이고. 흠…… 가운데 있는 이 조그만 구역에 '약간 어려움'이라고 표시돼 있긴 하지만, 그렇다고 등산 장비를 가지고 기어 올라갈 정도까진 아냐."

그러면서 엄마는 또 다른 청색 사각형을 두드렸다. 오빠는 한 팔로 머리를 괸 채 엉뚱한 쪽을 보고 있었다. 손바닥 밑 부분에 닿은 피터의 왼쪽 입가가 비웃기라도 하듯 위로 올라가 있었다. 올해부터 여드름이 생기기 시작한 피터의 이마에 새로 생긴 여드름 하나가 반들거렸다. 트리샤는 오빠를 좋아했지만, 예를 들어서 어제 저녁 식탁에서 엄마가 함께 갈 산행을 설명하고 있었을 때같이 부루퉁할 경우는 밉기도 했다. 트리샤는 오빠에게, 등신처럼 굴지 말라고, 그랬다가는 그만두고 싶을 때라도 어쩔 수 없이 등신이 되는 거라고 말해 주고 싶었다. 그것은 아빠가 한 말이기도 했다. 오빠가 십대 조무래기 같은 꼬리를 단 채 맬든으로 달아나고 싶어 하는 것은 등신이기 때문이었다. 오빠는 엄마나 트리샤가 아무래도 상관이 없었고, 심지어 아빠랑 함께 지내는 일이 장기적으로 유리한지의 여부도 개의치 않았다. 오빠가 걱정하는 것은 체육관 벤치에서 함께 점심 먹을 친구가 생기는 것도 아니었다. 오빠가 정말 걱정한 것은 수업 시작을 알리는 종이 울리고 나서 홈룸에 들어섰을 때 "어이, 컴퓨터 도사! 잘 지내냐, 응? 이 호모 같은 녀석아?"라고 소리 지르는 애가 없었으면 하는 것이었다.

"여기가 우리가 나올 주차장이다."

엄마는 피터가 지도를 보고 있지 않다는 것을, 또는 보고 있지 않은 척한다는 것을 무시한 채 그렇게 말했다.

"3시쯤 밴 한 대가 이곳에 나타날 거야. 그 차가 우리를 우리 차가 있는 곳까지 데려다 줄 거야. 두 시간 후에는 다시 집에 돌아올 테고, 너무 피곤하지 않으면 너희들에게 영화를 보여 줄 거야. 괜찮을 것 같지 않니?"

전날 저녁 아무 말도 하지 않았던 피터는, 오늘 아침 샌포드에서 차에 올라탈 때부터 할 말이 무척이나 많았다. 자기는 이 소풍을 오고 싶지 않았다, 이건 정말 어리석은 짓이고 게다가 이날 늦게 비가 쏟아진다는 얘기도 들었다, 어째서 토요일을 송두리째 숲속을 걸어 다니는 데 보내야 하는가, 그것도 연중 벌레가 제일 많이 들끓는 계절이잖은가, 트리샤가 옻이 오르기라도 하면 어쩌냐 (마치 그런 일에 신경을 쓰기라도 한다는 듯이) 등등. 재잘재잘 투덜투덜. 오빠는 뻔뻔스럽게도 자기는 집에서 기말시험 공부를 했어야 한다는 말까지 늘어놓았다. 트리샤가 아는 한 오빠는 지금껏 단 한 번도 토요일에 공부한 적이 없었다. 처음에는 엄마도 대꾸를 하지 않았지만 마침내 오빠가 엄마의 성질을 돋우기 시작했다. 시간만 충분하다면 피터는 언제나 엄마의 성질을 돋우었다. 68번 도로에 있는 포장되지 않은 조그만 주차장에 도착했을 무렵에는 운전대를 어찌나 힘주어 잡았던지 엄마의 손가락 관절이 하얗게 보일 정도였다. 엄마는 트리샤가 너무나도 잘 알고 있는, 예의 토막토막 잘라낸 것 같은 말투를 쓰고 있었다. 이제 엄마의 컨디션은 황색을 떠나 적색으로 넘어가는 중이었다. 전체적으로 볼 때 그것은 메인 주 서부의 삼림지대를 도보로 10킬로미터쯤 행진하는 일과 맞먹었다.

처음에 트리샤는 헛간과 방목한 말들, 아름다운 묘지가 나올 때마다 예의 게임쇼에 나오는 게스트처럼 "오우, 와아." 하고 외치며 두 사람의 주의를 다른 곳으로 돌리려 해보았지만 두 사람은 그런 행동을 무시했으며 얼마 후에는 트리샤도 무릎에 모나(아빠는 그 인형을 "모나 모니 발로냐"라고 불렀다.)를 앉혀 놓은 채 두 사람이 다투는 소리를 들으며, 자신이 어쩌면 울지 모른다고, 아니면 정말 미쳐버릴지 모른다고 생각하며 아무 말 없이 뒷자리에 앉아 있기만 했다. 내내 싸우기만 하는 가족을 보면 미쳐버리지 않을까? 엄마가 손끝으로 관자놀이를 문지르기 시작할 때면 그것은 두통이 있어서가 아니라 뇌가 두개골 안에서 자연 발화하거나 폭발하거나 하는 일을 막기 위해서일 것이다.

트리샤는 그들로부터 벗어나기 위해 자신이 좋아하는 환상의 문을 열었다. 아이는 레드삭스 모자를 벗어 챙에 까만 펠트펜으로 큼직하게 갈겨쓴 서명을 바라보았다. 그것을 보면 환상에 빠지는 데 도움이 되었다. 바로 톰 고든의 서명이었다. 오빠는 메이저리그 선수 중 모 본을, 엄마는 노마 가르샤파라를 좋아했지만, 트리샤는 톰 고든을 좋아했으며 아빠 역시 레드삭스 선수 가운데 그를 제일 좋아했다. 톰 고든은 레드삭스의 마무리 투수였다. 그는 게임이 막바지에 접어들고 삭스가 여전히 이기고 있는 8회나 9회에 투입되었다. 아빠가 고든을 좋아하는 이유는 그가 여간해서는 기가 꺾이지 않는다는 사실 때문이었다.

"'번개'는 얼음처럼 냉정하지."

래리 맥팔랜드는 그렇게 말하곤 했는데, 트리샤는 늘 그 말을 입에 달고 다녔다. 그만큼 볼 셋인 상황에서도 커브볼을 던질 만한 배짱이 있는(그것은 언젠가 아빠가 《보스턴 글로브》의 칼럼난에서 읽어준 적이 있는 구절이다.) 고든을 좋아했다. 트리샤는 모니 발로냐에게만, 그리고 (딱 한 번) 여자 친구 펩시 로비쇼드에게만 또 다른 얘기를 해주었다. 트리샤는 펩시에게 톰 고든이 정말 미남이라고 했다. 모나에게만은 대담하게도, 36번 선수야말로 살아 있는 남자 중에서 가장 잘생긴 남자라고, 만약 그가 손을 잡기라도 하면 자신은 기절하고 말 거라고 말했다. 만약 그가 볼에라도 입을 맞춘다면 자기는 죽을지 모른다고.

지금, 앞자리에서 엄마와 오빠가 소풍에 대해, 샌포드 중학교에 대해, 뒤죽박죽이 된 삶에 대해 말다툼을 하고 있을 때, 트리샤는 시즌이 시작되기 직전인 3월에 아빠가 구해다 준 톰 고든의 사인이 들어 있는 야구 모자를 바라보면서 이렇게 생각했다.

'어느 평범한 날, 난 펩시네 집에 가려고 샌포드 공원의 빈 터를 가로지르고 있어. 그런데 핫도그 판매대에 바로 이 남자가 서 있는 거야. 청바지에 하얀 티셔츠 차림이고, 목에는 금 사슬을 걸고 있어. 그는 내게 등을 돌리고 있는데도 내 눈에는 햇빛에 반짝이는 사슬 목걸이가 보이는 거야. 다음 순간 그가 몸을 돌리고…… 난 그를 보게 되지. 아, 정말 믿어지지 않는 일이지만, 사실이었어. 정말 그 사람인 거야. 톰 고든 말이야. 그가 왜 샌포드에 왔는지는 몰라도 그 사람이 분명해. 맙소사, 그 눈이라니. 베이스에 있는 선수들과 사인을 주고받을 때의 바로 그 눈빛이야. 그가 미소를 지으며 자기가 길을 잃었다고, 혹시 노스 버윅이라는 동네를 아느냐고, 어떻게 하면 그곳으로 가는지 아느냐고 묻는 거야. 오, 맙소사. 난 덜덜 떨고 있어. 난 한마디도 하지 못하고 말 거야. 입을 열면 끽끽거리는 바짝 마른 소리만 나오고 말 테니까. 아빠가 "쥐 방귀"라고 하는 그런 소리 말이야. 정상적인 목소리로 말할 수 있게 된다면 뭐든 그때 가서 말하겠어…….'

내가 말하자 그도 무슨 말인가를 하고 내가 그 말에 대꾸하자 그 역시 뭔가를 말한다. 트리샤가 두 사람의 대화 내용을 상상하고 있는 사이에 캐러밴 앞자리에서 벌어지고 있는 싸움은 점점 멀어져 갔다.(트리샤는 가끔 침묵이 삶에서 가장 큰 축복일 때도 있다고 확신했다.) 엄마가 주차장으로 접어들었을 때 트리샤는 여전히 야구모 챙에 적힌 사인에 시선을 고정시키고 있었다. 트리샤는 여전히 멀리 떨어져 있었고(아빠는 그럴 때마다 트리샤가 자기 세계에 들어간 것이라고 표현하곤 했다.) 일상적인 사물의 결 안쪽에 감춰진 이빨을 의식하지 못하고 있지만, 이제 곧 그것에 대해 알게 될 것이다. 아이는 90번 종주로가 아니라 샌포드에 있었다. 아이는 애팔래치아 종주로 입구가 아니라 동네 공원에 있었다. 아이는 등번호 36번인 톰 고든과 함께였고, 그가 아이에게 노스버윅으로 가는 길을 알려 준 대가로 핫도그를 사겠노라고 말하는 중이었다.

정말이지 황홀했다.

1회

　엄마와 피터는 싸움을 멈추고 밴의 후미에서 각자의 배낭과 엄마의 식물채집용 고리버들 바구니를 꺼냈다. 오빠는 트리샤가 배낭을 안정되게 멜 수 있도록 끈 하나를 조여주어서, 한순간 트리샤는 이제부터 일이 제대로 될 거라는 어리석은 희망을 품기도 했다.
　"얘들아, 비옷은 챙겼니?"
　엄마가 하늘을 쳐다보면서 물었다. 하늘은 아직 파란색이었으나 서쪽에는 구름이 몰려들고 있었다. 비가 내릴 것이 확실해 보였지만, 오빠가 한바탕 푸념을 늘어놓을 만큼 금방 쏟아지지는 않을 것 같았다.
　"내 것은 챙겼어요, 엄마!"
　트리샤가 예의 텔레비전 게임쇼 게스트 같은 쾌활한 목소리로 지저귀었다.
　피터는 끙 하는 소리를 냈는데, 자기 것도 챙겼다는 뜻인 모양이었다.

"점심 도시락은?"

트리샤가 이번에도 챙겼다고 대답했고, 피터는 다시 한 번 끙 하는 소리를 냈다.

"좋아, 내 것을 나눠주지는 않을 거니까."

엄마는 캐러밴의 문을 잠근 다음 포장이 되지 않은 주차장을 가로질러, '서쪽 종주로'라고 적힌 밑으로 화살표가 그려진 표지판 쪽으로 아이들을 데려갔다. 주차장에는 다른 차들도 10여 대 있었지만, 그들이 타고 온 차를 제외하면 모두 다른 주 번호판을 단 차들이었다.

"방충 스프레이는? 트리샤?"

종주로로 접어드는 오솔길에 들어서면서 엄마가 물었다.

"챙겼어요!"

트리샤가 다시 한 번 쾌활하게 대답했지만, 대답만큼 확신이 있는 것은 아니었다. 그래도 아이는 가던 길을 멈추고 등을 돌려 엄마가 자기 배낭을 뒤지도록 하고 싶지 않았다. 그랬다가는 오빠가 다시 입씨름을 시작할 게 분명했다. 하지만 길을 걷고 있는 동안이라면 오빠도 흥미를 끄는 것, 아니 적어도 생각을 딴 데로 돌릴 만한 것을 보게 될지 몰랐다. 너구리 같은 것. 어쩌면 사슴이라도. 아니, 공룡도 괜찮을지 모르지. 트리샤는 그런 생각을 하며 킥킥 웃었다.

"뭐가 재미있는 거니?"

엄마가 물었다.

"그냥 혼자 한 생각 때문이에요."

트리샤가 그렇게 대답하자 퀄라는 "혼자 한 생각"이라는 애아빠 어투에 이맛살을 찌푸렸다.

'뭐, 이맛살을 찌푸리라지. 엄마가 원하는 건 그거니까. 난 엄마와 함께 살지만, 그렇다고 저 애늙은이처럼 그런 것에 불평하지는 않겠어. 그래도 그분은 아직 내 아빠고, 난 아직 아빠를 사랑하거든.'

트리샤는 그 생각을 증명이라도 하듯 사인이 들어간 모자 챙을 만져보았다.

"좋아, 얘들아. 출발이다. 두 눈을 똑바로 뜨고 있어."

퀄라가 말했다.

"난 이런 일이 싫어."

피터가 거의 신음하듯 말했는데, 그것은 그들이 밴을 나온 이후로 오빠가 처음으로 분명하게 내뱉은 말이었다.

'제발 하느님, 뭐든 보내주세요. 사슴이든 공룡이든 유에프오든. 그러시지 않으면 두 사람이 다시 싸움을 시작할 테니까 말이에요.'

하느님은 몇 마리 모기 정찰대를 보내주었을 뿐이다. 놈들은 틀림없이 주력 부대에 신선한 고기가 나타났다고 보고할 것이다. '노스콘웨이 관측소 9킬로미터'라는 표지판을 지나칠 무렵 두 사람은 거기에 숲과 트리샤가 있다는 사실도 무시하고, 둘 이외에 다른 모든 것을 무시한 채 또다시 격렬하게 맞붙었다. 어쩌고저쩌고. 트리샤는 일일이 알아듣기도 지겹다고 생각했다.

그것은 안타까운 일이기도 했는데, 두 사람은 정말이지 멋진 것들을 놓치고 있었기 때문이다. 이를테면 저 감미로운 송진 냄새라든지, 너무나도 가깝게 보이는 구름(구름이라기보다는 꼬리를 길게 늘어뜨린 잿빛 연기처럼 보였는데) 같은 것들이 그랬다. 아이는 자신이 어쩌면 산책처럼 따분한 일을 취미로 삼는 어른이 될 수밖에 없을지 모르지만 설혹 그렇다 해도 그렇게까지 나쁜 일은 아닐지 모른다고 생각했다. 아이는 애팔래치아 종주로 전체가 이렇게 잘 관리되고 있는지는 알지 못했다. 아마 그렇지는 않으리라. 하지만 그렇다 쳐도 달리 할 일이 없는 사람들이 그 길을 몇천 킬로미터나 산책하기로 마음먹는 이유를 이해할 수 있을 것 같았다. 트리샤는 그것이 가로수 사이로 난 널찍하고 구불거리는 거리를 걷는 일과 비슷하다고 여겼다. 물론 이 길은 포장되지 않은 데다 계속 오르막길이기는 했지만 걷기에 힘들 정도는 아니었다. 게다가 여기에는 이런 표지판이 붙은 펌프 오두막까지 있었다.

"음료수 적합 판정을 받았음. 다음 사람을 위해 물통에 물을 받아놓을 것."

배낭에는 물병(그것도 빨아 먹는 꼭지가 달린 큰 물병)이 들어 있었지만 트리샤는 갑자기 오두막 펌프의 녹슨 주둥이에서 나오는 차고 시원한 물이 마시고 싶어졌다. 그 물을 마시면서 안개 산맥으로 향하는 빌보 배긴스(『호비트』에 나오는 등장인물—옮긴이)가 된 기분을 맛보고 싶었다.

"엄마, 잠깐 쉬었다……."

트리샤가 두 사람의 등 뒤에 대고 말했다.

"친구를 사귀는 것도 대단한 일이란다, 피터. 그저 우두커니 서서 애들이 다가오기만 기다리면 안 되는 거야."

엄마가 오빠에게 훈계하고 있었다. 엄마는 트리샤 쪽을 돌아보지 않았다.
"엄마, 오빠, 제발 좀 쉬었다 가면……."
"엄마는 몰라. 엄마는 조금도 모른다고. 엄마가 중학교를 다닐 때는 어땠는지 모르지만, 지금은 그때와는 달라."
피터가 머뭇거리는 어조로 대꾸했다.
"오빠, 엄마, 엄마, 저기 펌프가 있어요……."
사실은 펌프가 '있었다'. 문법적으로는 그렇게 해야 맞는 말인 것이, 펌프는 이제 걸어가는 그들 뒤편으로 점점 더 멀어지고 있었기 때문이다.
"난 그 말을 인정할 수 없구나."
엄마가 톡 쏘듯이 사무적인 어조로 말했다.
'저러니 오빠가 미치는 거지.'
트리샤는 생각했다. 이어서 분개한 심정으로, '엄마와 오빠는 내가 여기 있다는 것조차 잊고 있어. 난 투명인간이나 다름없어. 차라리 그냥 집에 있을 걸 그랬나 봐.' 하고 생각했다. 모기 한 마리가 귓전에서 윙윙거리자 트리샤는 짜증스럽다는 듯 손바닥으로 모기를 때려잡았다.
그들은 종주로의 갈림길에 이르렀다. 큰길(지금까지 왔던 길만큼 넓은 것은 아니지만 그래도 더 험한 것은 아니었다.)은 왼쪽으로 나 있고 '노스콘웨이 8킬로미터'라고 적힌 표지판이 있었다. 폭이 좀 더 좁고 대부분 풀로 덮여 있는 다른 길에는 '케자르 골짜기 16킬로미터'라는 표지판이 서 있었다.
"이봐요, 오줌이 마려워요."
'투명인간'이 그렇게 말했지만, 물론 두 사람 모두 트리샤가 한 말을 들은 척도 하지 않았다. 그들은 그저 연인들처럼 나란히 서서, 역시 연인들처럼 서로의 얼굴을 바라보면서, 그러나 아주 지독한 원수들처럼 서로 말다툼을 벌이며 노스콘웨이 쪽으로 난 길을 향해 나아갔다.

'그냥 집에 있었어야 했어. 저 두 사람은 집에서도 말다툼을 할 수 있었다고. 난 책이나 읽으면 됐고 말이야. 『호비트』를 다시 읽을 수도 있었을 테지. 숲 속을 돌아다니기를 좋아하는 호비트들이 잔뜩 나오는 책 말이야.' 하고 트리샤는 생각했다.

"알게 뭐야. 난 오줌을 눌 거야."

아이는 부루퉁하니 그렇게 말하고는 '케자르 골짜기'라고 표시된 길로 접어들었다. 이곳은, 큰길에서는 어느 만큼 물러나 있던 소나무들이 암청색 가지를 늘어뜨린 채 빽빽이 몰려 있는 데다 관목들도 잔뜩 우거져 있었다. 트리샤는 반들거리는 잎사귀들을 쳐다보았는데, 그것이 반들거린다는 것은 독이 있는 옻나무라는 의미였다. 그리고 다행히…… 아무도 보이지 않았다. 엄마는 2년 전, 삶이 지금보다 더 행복하고 단순했을 때 두 아이에게 그림을 보여 주면서 옻나무에 대해 일러주었다. 그 시절에는 엄마와 함께 숲 속을 꽤 많이 돌아다녔다.(식물원 여행에서 피터가 한 불평 중에서 가장 심한 것은, 그곳에 가고 싶었던 사람은 '엄마'였다는 것이다. 그것이 너무나 뻔한 사실로 보였기 때문에 피터는 온종일, 거의 이기적으로 보일 만큼 같은 소리를 하고 또 했다.)

그렇게 엄마와 산책을 다니던 중에 한번은 엄마가 숲에서 여자가 소변보는 법을 가르쳐주었다.

"가장 중요한 것은, 아니 어쩌면 정말 중요한 것은 이것 한 가지뿐일지도 모르지만, 절대로 옻나무가 있는 곳에서 소변을 보면 안 된다는 거야. 엄마를 보렴. 엄마를 잘 보고 엄마가 하는 대로 해야 해."

좌우를 둘러보았지만 아무도 보이지 않았다. 그래도 트리샤는 길에서 벗어나는 것이 좋겠다고 판단했다. 케자르 골짜기로 가는 길은 사람들이 다닌 흔적이 별로 없었지만(주등산로가 큰길이라면 이곳은 뒷골목 정도밖에 되지 않았다.) 그래도 길 복판에 쭈그리고 앉고 싶지는 않았다. 그러는 것은 예의 없는 짓처럼 여겨졌다.

그녀는 노스콘웨이 갈림길로 난 길에서 벗어났는데, 그래도 여전히 두 사람이 말다툼하는 소리가 들렸다. 나중에 완전히 길을 잃고 자신이 자칫하면 숲에서 죽을지도 모른다는 생각을 하지 않으려 애쓰게 될 때가 되서야 트리샤는 자신이 숲 속 빈 터에서 들었던 오빠의 상처 입은, 성난 마지막 한마디를 기억하게 된다.

"……어째서 엄마하고 트리샤가 잘못한 일의 대가를 내가 치러야 하는 건지 모르겠어!"

그녀는 반바지가 아니라 청바지 차림이었음에도 오빠 목소리가 들린 방향으로 가시나무 덤불을 조심스럽게 돌아 대여섯 발짝 옮겨 놓았다. 그곳에서 걸음을 멈추고 돌아보았는데 여전히 케자르 골짜기로 가는 오솔길이 보였다……. 그것은 그 길을 따라오는 사람은 누구라도 반쯤 찬 배낭을 메고 레드삭스 야구모를 쓴 채 웅크리고 앉아 오줌을 누고 있는 트리샤를 볼 수 있다는 뜻이었다. 펩시라면, "그것 참 궁뎅이스러운 일이잖니." 하고 말하리라.(언젠가 트리샤의 엄마 퀼라 앤더슨은 사전에서 '저속하다'는 말 바로 옆에 페넬로프 로비쇼드의 사진을 놓아야 한다고 한 적이 있다.)

트리샤는 지난해 쌓인 낙엽 더미에 운동화를 조금씩 미끄러뜨리면서 심하지 않은 경사로를 따라 내려갔다. 바닥에 이르자 더 이상 케자르 골짜기로 난 오솔길이 보이지 않았다. 됐어. 다른 방향, 즉 바로 앞쪽 숲 저편에서 남자의 목소리와 여자가 대답하며 웃는 소리가 들렸다. 큰길을 지나는 소풍객들인데, 소리로 봐서 그렇게 멀리 떨어지지 않았다. 청바지 지퍼를 내리던 트리샤는 문득 엄마와 오빠가 재미난 말다툼을 멈추고 트리샤가 뭘 하는지 돌아보았는데 웬 낯선 남자와 여자만 보인다면 걱정을 할지도 모르겠다는 생각이 들었다.

'잘됐어! 두 사람에게 잠시라도 뭔가 다른 것을 생각할 거리를 주는 거야. 자기들 생각 말고 다른 생각을 하도록 말이야.'

2년 전, 가정이 좋았던 시절에 엄마가 숲 속에서 말해 주었던 요령은 야외에서 오줌을 눈다는 문제(여자 애들도 남자 애들 못지않게 그 일을 할 수 있다.)가 아니라 옷을 적시지 않고 오줌을 누는 일에 관한 것이었다.

트리샤는 바로 옆에 잡기 쉽게 튀어나온 소나무 가지를 잡고 무릎을 구부리고 앉은 다음 다른 한 손을 다리 사이로 넣어, 오줌 줄기에 닿지 않도록 바지와 속옷을 앞으로 끌어당겼다. 처음 한동안은 아무 일도 일어나지 않았는데, 그런 일은 여간해서는 없는 일이었다. 트리샤는 한숨을 내쉬었다. 피에 굶주린 모기 한 마리가 왼쪽 귓전에서 윙윙거렸지만 모기를 때려잡을 손이 없었다.

"이 워터리스 식기 같으니라고!"

아이는 성난 어조로 그렇게 말했는데, 그것은 웃기는 말이었다. 정말 유쾌할 정도로 말도 안 되고 웃기는 말이었다. 트리샤는 웃음을 터뜨렸다. 그런데 웃음을 터뜨리는 순간 오줌이 나오기 시작했다. 일을 마친 아이는 혹시나 하는 눈으로 오줌 자국을 가릴 만한 것이 없는지 둘러보고는, '운을 과신하지 않기로'(이것 역시 아빠가 즐겨 쓰는 표현이었다.) 마음먹었다. 트리샤는 궁둥이를 살짝 털고는(마치 그러는 것이 정말 쓸모가 있기라도 하다는 듯) 바지를 끌어 올렸다. 좀 전의 모기가 다시 귓전에서 윙윙거리자 아이는 모기를 힘껏 때려잡고는, 손바닥 안쪽에 묻은 작은 핏자국을 흡족한 얼굴로 들여다보았다.

"내가 무장하지 않은 줄 알았지, 안 그래, 친구?"

트리샤는 경사로 쪽으로 몸을 돌리다 말고 다시 돌아섰다. 트리샤에게 있어서 평생 최악이 될 한 가지 생각이 떠올랐던 것이다. 그저 단순히 왔던 길로 되돌아갈 것이 아니라 케자르 골짜기가 있는 앞으로 가보자는 생각이었다. 길들은 Y자 모양으로 갈라져 있었다. 그러니 그저 양쪽 길 사이를 가로지르기만 하면 큰길을 만나게 될 터였다. 식은 죽 먹기였다. 다른 소풍객들의 목소리가 또렷이 들려왔기 때문에 길을 잃을 가능성은 없었다. 길을 잃어버린다는 것은 말도 되지 않는 일이었다.

2회

 트리샤가 잠시 쉬었던 골짜기 서쪽 면은 내려왔던 경사로에 비하면 상당히 가팔랐다. 나무들을 붙잡고 겨우 꼭대기에 올라온 아이는 이번에는 목소리가 들려왔던 좀 더 편평한 길 쪽으로 걸어갔다. 하지만 그곳에는 덤불이 많아서 가시가 있거나 빽빽하게 우거진 곳을 피해 몇 차례 길을 돌아야 했다. 트리샤는 매번 길을 돌 때마다 큰길 방향에서 시선을 떼지 않았다. 트리샤는 이런 식으로 10분가량 걸어가다가 걸음을 멈추었다. 몸속의 모든 전선이 한데 모여 있는 듯한, 가슴과 복부 사이의 부드러운 부분에서 처음으로 불안감이 물고기처럼 파닥거리는 느낌을 받았던 것이다. 지금쯤 애팔래치아 종주로의 노스콘웨이 쪽 길에 이르렀어야 하는 것이 아닐까? 확실히 그래야 할 것처럼 보였다. 케자르 골짜기 쪽 길을 따라 내려온 것은 얼마 되지 않았다. 기껏해야 50걸음 정도 이상은 되지 않았을 것이다.(확실히 60걸음 이상은 아니고, 아무리 많이 잡아도 70걸음은 되지 않았다.) 그러니 Y자의 양 갈래 사이가 그렇게 넓을 리가 없잖은가.

트리샤는 큰길에서 나는 목소리를 듣기 위해 귀를 기울였지만 이제 숲은 고요에 싸여 있었다. 아니, 그건 맞는 말이 아니었다. 서부의 큰 소나무 고목들 사이를 지나는 윙윙거리는 바람 소리라든가 어치가 지저귀는 소리, 그리고 멀리서 딱따구리가 늦은 아침 식사 거리를 찾기 위해 속이 빈 나무를 두드리는 소리, 새로 날아온 모기 두 마리가 윙윙대는 소리(이제 그놈들은 양쪽 귓전에서 윙윙대고 있었다.)는 들려왔지만 사람의 목소리는 들리지 않았다. 마치 이 커다란 숲에 있는 사람은 트리샤 혼자뿐이기라도 한 것 같았다. 그것은 말도 안 되는 생각이었음에도 복부의 우묵한 부분에서는 다시 한 번 물고기 같은 것이 파닥거렸다. 이번에는 좀 전보다 약간 세찬 파닥거림이었다.

트리샤는 다시, 큰길에 닿기 위해, 어서 빨리 큰길을 보고 안심하기 위해, 이번에는 좀 더 빠르게 앞으로 걷기 시작했다. 아이는 거대한 나무가 쓰러져 있는 곳에 이르렀는데, 넘어가기에는 너무 높아서 나무 밑으로 기어서 지나가기로 마음먹었다. 물론 나무를 돌아가는 것이 현명한 짓이라는 사실은 알고 있었지만 그러다 방향을 잃기라도 하면 어쩐단 말인가?

'넌 이미 방향을 잃은 거야.'

머릿속에서 누군가가 소름이 끼치도록 차가운 음성으로 말하는 소리가 들려왔다.

"그만 해. 난 방향을 잃지 않았어. 그만두라니까."

트리샤는 작은 소리로 그렇게 쏘아붙이고는 무릎을 꿇었다. 이

끼로 덮인 고목 줄기 한쪽 밑으로 빈 공간이 나 있었다. 아이는 꿈틀거리며 그 속으로 기어 들어갔다. 아래에 깔린 나뭇잎은 축축했지만 그 사실을 깨달았을 때에는 이미 셔츠 앞자락이 흠씬 젖어 있었기 때문에 신경을 쓰지 않기로 했다. 좁은 공간을 꿈틀거리며 기어가는데 이번에는 등에 멘 배낭이 쿵 하고 나무줄기에 부딪혔다.

"이런 빌어먹을!" 하고 중얼거리며("이런 빌어먹을"은 트리샤와 펩시가 최근 들어 자주 써먹는 욕설이었는데, 왠지 그렇게 말하면 영국 촌뜨기 같은 느낌이 들었던 것이다.) 아이는 다시 몸을 뒤로 빼냈다. 무릎을 꿇은 자세로 몸을 일으킨 다음 셔츠에 달라붙은 축축한 낙엽들을 털어내던 트리샤는 자신의 손가락이 떨리고 있다는 사실을 알아차렸다.

"난 무섭지 않아. 조금도 무섭지 않아. 큰길은 바로 저기 있어. 5분이면 닿을 거야. 거기까지 뛰어갈 거라고."

아이는 소곤대는 자신의 목소리 때문에 왠지 환각 상태에 빠지는 느낌이 들어서 일부러 큰 소리로 말했다. 그리고 배낭을 벗어 앞쪽에 놓고 밀면서 다시 나무 밑을 기어가기 시작했다.

그런데 도중에 뭔가가 몸 아래쪽에서 움직였다. 밑을 내려다보니 통통하고 까만 뱀 한 마리가 나뭇잎 사이를 미끄러지며 지나가고 있었다. 한순간 머릿속에 들어 있던 모든 생각이 극도의 혐오감과 공포감이 한데 섞인, 침묵의 하얀 폭발 속으로 사라졌다. 피부는 얼음처럼 굳어져 버리고 목구멍이 막혔다. 트리샤는 뱀이라는 말조차 떠올릴 수 없었다. 단지 자신의 따스한 손 아래에서 차갑게 고동치는 그것을 느꼈을 뿐이다. 트리샤는 비명을 지르며,

자신이 빈 터에 있는 것이 아니라는 생각은 까맣게 잊은 채 벌떡 일어서려 했다. 그 순간 흡사 잘린 팔뚝처럼 굵은 가지의 밑동 하나가 등허리의 잘록한 부분을 쿡 찔렀다. 다시 앞으로 엎어진 트리샤는, 누가 보면 자신이 뱀이 된 거라고 여겼을지도 모를 만큼 할 수 있는 한 빠르게 꿈틀거리며 나무 밑을 기어 나왔다.

그 역겨운 동물은 사라졌지만 공포감은 그대로 남아 있었다. 그것은 자신의 손바닥 바로 아래, 죽은 낙엽 속에 몸을 숨긴 채였지만 그래도 자신의 손바닥 바로 밑에 있었다. 다행히 무는 뱀은 아니었던 모양이다. 하지만 뱀이 더 있으면 어쩌지? 그리고 그놈들이 독이 있는 것들이라면? 이 숲에 그런 뱀들이 우글거린다면? 그리고 물론 뱀이 있었다. 숲은 싫어하는 모든 것들, 무서워하고 본능적으로 혐오할 만한 것들, 역겨움, 그리고 멍한 공포감에 빠뜨려 버릴 만한 것들로 가득 차 있다. 어쩌자고 애초에 이곳에 오겠다고 했을까? 아니, 그저 오겠다고 한 정도가 아니라 선뜻 나섰을까?

트리샤는 배낭끈을 한쪽 손에 걸고 배낭이 다리에 부딪히도록 내버려 둔 채 미심쩍은 눈길로 쓰러진 나무와 서 있는 나무들 사이, 잎사귀가 우거진 공간을 돌아보면서 걸음을 서둘렀다. 혹시 뱀을 보게 될까 두려워하면서, 아니 한 떼의 뱀을 보게 될 것을 두려워하며. 마치 패트리샤 맥팔랜드 주연의 「살인 뱀의 습격」이라는 공포 영화 속에 등장하는 뱀들처럼 말이다. 그 영화는 숲 속에서 길을 잃은 어린 여자 애에 대한 매혹적인 줄거리로······.

"그렇지 않아. 나는······."

막 입을 열던 트리샤는 어깨 너머로 뒤를 돌아보다가 그만 나무 뿌리를 덮고 있던 흙 위로 삐죽 튀어나온 돌에 발이 걸려 비틀거렸다. 아이는 균형을 잡으려고 배낭을 들고 있지 않은 쪽 팔을 마구 휘저었지만 그만 모로 쓰러지고 말았다. 그 바람에 나뭇가지 밑동에 찔렸던 허리 부분에 격심한 통증을 느꼈다.

트리샤는 숨을 헐떡이면서, 눈과 눈 사이에서 파닥거리는 맥박을 느끼면서 낙엽(이번에는 축축하기는 해도 쓰러진 나무 밑에 깔려 있던 낙엽처럼 역겨울 정도로 절벅거리지는 않았다.) 위에 모로 쓰러져 있었다. 아이는 문득 불길한 심정으로, 자신이 맞는 방향으로 가고 있는 건지 아닌지 모른다는 사실을 깨달았다. 끊임없이 어깨 너머로 뒤를 돌아다보곤 했기 때문에 엉뚱한 방향으로 왔을지도 몰랐다.

'그렇다면 다시 그 나무가 있는 곳으로 돌아가는 거야. 쓰러진 나무가 있던 곳 말이야. 밑으로 기어 나왔던 자리에 서서 똑바로 앞을 바라보면 그쪽이 네가 가려던 방향이고, 큰길이 있는 방향이니까.'

하지만 그렇게 간단하다는 거야? 만약 그렇다면 지금쯤은 벌써 큰길에 도착했어야 하는 게 아닐까?

아이의 눈가에 눈물이 맺혔다. 트리샤는 눈을 질끈 감고 눈물을 떨어냈다. 만약 울음을 터뜨리기 시작하면 자신에게 겁에 질리지 않았다는 말조차 할 수 없게 될 터였다. 만약 울음을 터뜨리기 시작한다면 그 다음에는 무슨 일이 벌어질지 몰랐다.

아이는 이끼에 덮인 채 쓰러져 있는 나무 쪽으로 천천히 걸어갔다. 조금이라도 잘못된 방향으로 가고 싶지 않은 것 이상으로, 뱀(독이 있든 없든 뱀이라면 무조건 싫었다.)을 보았던 자리로 돌아가는 일이 내키지 않았지만 그럴 필요가 있다는 것을 알고 있었다.

아이는 뱀을 보았을 때(맙소사, 그것은 '본' 것이 아니라 '느낌'이었다.) 자신이 있던 자리에 낙엽이 흩어진 것을 알아보았다. 숲 바닥에 자신의 키만 한 얼룩이 나 있는 것이다. 그 자리에는 이미 물이 들어차 있었다. 그 흔적을 본 아이는 침울한 동작으로, 다시 한 번 진흙투성이가 된 축축한 셔츠 앞자락에 손바닥을 문질렀다. 나무 밑을 기어 나오면서 셔츠가 온통 젖고 흙투성이가 되었다는 사실이 왠지, 이제까지 있던 일 중에서 가장 불길한 일로만 여겨졌다. 그것은 처음 세웠던 계획에 모종의 변화가 있었다는 사실을 암시했다……. 그리고 새로 바뀐 계획 속에 쓰러진 나무 밑으로 젖은 구멍을 기어 나오는 일이 들어 있는 것이라면 그 변화가 좋은 쪽이 아닌 것만은 분명했다.

애초에 어쩌자고 길을 벗어났던 것일까? 어쩌자고 길이 '보이지 않는' 곳으로 왔을까? 그저 오줌을 누려고? 그렇게 오줌이 마렵지도 않았는데도? 그게 사실이라면 제정신이 아니었던 것이 분명했다. 게다가 심한 광기가 트리샤를 엄습해서 '지도에도 길이 나와 있지 않은'(이 표현은 이제 막 트리샤의 머릿속에 떠오른 것인데) 숲 속을 안전하게 관통할 수 있을 것이라고 착각하게 만든 것이다. 뭐, 오늘 얼마간 교훈을 배운 셈이었다. 그것은 확실했다. 트리샤는 길을 벗어나면 안 된다는 것을 배웠다. 어떤 일을 해야 하든, 아니 그 일을 얼마나 하고 싶든, 설혹 귀 아프게 수다를 들어야 하는 일이 있어도 길을 떠나지 않는 편이 좋다는 사실 말이다. 길을 떠나지 않았더라면 레드삭스 셔츠를 더럽히거나 적시는 일도 없었을 것이다. 길을 벗어나지 않았다면 가슴과 복부 사이 우묵한 부위에서 불안감이 파닥거리는 일도 없었을 것이다. 길 위에 있었다면 안전했다.
그래, 안전 말이다.
트리샤가 등허리로 손을 뻗어보니 셔츠에 난 깔쭉깔쭉한 구멍이 만져졌다. 나뭇가지가 거기에 구멍을 뚫어놓은 것이다. 아이는 그 셔츠만큼은 구멍이 나지 않았으면 좋겠다고 여겼다. 손을 보니 손가락 끝에 피가 조금 묻어 있었다. 트리샤는 한숨을 짓고 울먹거리면서 손가락을 바지에 닦았다.
"마음을 느긋하게 먹어. 적어도 녹슨 못에 찔린 것은 아니니까. 좋았던 일을 생각해 봐."
그것은 엄마가 늘 하던 말이었지만 별 도움이 되지 않았다. 트리샤는 지금껏 살아오면서 이처럼 불행했던 때가 없었다.
아이는 나무를 죽 훑어보고 운동화를 신은 발로 낙엽 속을 건드려보기도 했지만 뱀이 있는 것 같지는 않았다. 어쨌든 그놈은 무는 뱀이 아니었던 모양이다. 하지만 정말 뱀은 너무 끔찍했다. 다리가 하나도 없고 미끈거리고 역겨운 혓바닥을 홱 내밀었다 집어넣었다 한다. 아이는 지금까지도 그 생각만 하면 견딜 수가 없었다. 자신의 손바닥 바로 밑에서 차가운 근육처럼 고동치던 그 느낌을.
'어쩌자고 장화를 신고 오지 않았을까? 어쩌자고 이 망할 운동화를 신고 숲에 올 생각을 한 것일까?' 하고 트리샤는 목이 낮은 리복 운동화를 쳐다보며 생각했다. 물론 그 답은, 운동화가 길을 걷는 데 편하기 때문이었다. 그리고…… 처음에는 길에서 벗어날 계획이 없었기 때문이다.
트리샤는 잠시 눈을 감았다.

"하지만 난 괜찮아. 냉정을 잃지 말고 정신을 잃지만 않으면 돼. 어쨌든 잠시 후에는 사람들 목소리를 듣게 될 테니까."

이번에는 자신의 목소리가 어느 만큼 확신을 갖게 해주어서 기분이 한결 나아졌다. 트리샤는 몸을 돌리고 자신이 엎드려 있던 검은 자국 한쪽 편에 발을 디디고 서서 이끼 낀 나무줄기에 엉덩이를 갖다 댔다. 저쪽이야. 똑바로 앞쪽. 큰길은 저기 있어. 당연히 그렇지.

'아마 그럴 거야. 아니, 어쩌면 여기서 잠자코 기다리는 게 좋을지 몰라. 사람들 목소리가 들릴 때까지. 그래서 저쪽이 맞는 방향인지 확신할 수 있을 때까지 말이야.'

그렇지만 아이는 잠자코 기다릴 수가 없었다. 한시바삐 그 길로 돌아간 다음 할 수 있는 한 빨리 이 무서운 10분에서(아니면 이제 15분쯤 흘렀을지도 모르지만) 벗어나고 싶었다. 그래서 트리샤는 배낭을(성이 나거나 마음이 산란하지도 않은, 원래부터 사근사근한 오빠가 자기를 대신해서 배낭 끈을 확인해 주었다.) 다시 어깨에 메고 길을 떠났다. 이번에는 깔따구와 등에모기가 찾아왔는데, 그 수가 어찌나 많은지 눈앞에 수많은 까만 반점들이 춤을 추고 있는 것처럼 보였다. 트리샤는 그것들을 때려잡는 대신 손을 휘저어 쫓았다. 모기는 때려잡아야 하지만 더 작은 놈들은 손을 저어 쫓는 게 낫다고 엄마가 말해 준 적이 있었던 것이다……. 그것은 아마도 엄마가 트리샤에게, 여자 애들이 숲에서 오줌을 누는 법을 가르쳐준 그날 해준 말이었을 것이다. 퀼라 앤더슨(그때는 아직 이름이 퀼라 맥팔랜드였지만)은 작은 놈들을 때려잡을 경우 더 많은 깔따구와 등에모기들을 '유인'하는 결과가 되기 때문이라고 했다……. 그리고 물론, 그것들을 때려잡으면 그만큼 기분이 나빠지기 때문이라는 말도 했다. 엄마는 이렇게 말했다.
"숲에 사는 날벌레들은 말처럼 처리하는 게 상책이란다. 네게 꼬리가 있다고 생각하고 그것을 휘저어서 녀석들을 쫓아내렴."
쓰러진 나무 옆에 서서 날벌레들을 손으로 쫓으면서 트리샤는 40미터쯤 북쪽에 서 있는 키 큰 소나무 한 그루에 시선을 고정시켰다……. 아직 방향을 잃은 게 아니라면 북쪽으로 40미터가 틀림없을 터였다. 그 소나무 쪽으로 걸어간 트리샤는, 수액으로 끈적거리는 커다란 소나무 줄기에 손을 짚고 서서 쓰러진 나무를 돌아보았다. 직선으로 온 게 확실할까? 아이는 직선이 확실하다고 생각했다.
기운이 난 트리샤에게 선홍색 열매가 여기저기 달려 있는 덤불이 눈에 띄었다. 자연 학습 산책을 하던 중에 엄마가 한 번은 그 열매들을 가리켜 보였다. 그때 트리샤가 그것은 새들이나 먹는 열매이고 무서운 독이 들어 있다고 하자(그것은 펩시 로비쇼드가 트리샤에게 해준 말이었다.) 엄마는 웃으면서 이렇게 말했다.
"네 유명한 친구 펩시도 모든 것을 다 아는 것은 아니란다. 이건 안심해도 되는 열매야. 이건 백옥나무 열매야, 트리샤. 독 같은 것은 조금도 들어 있지 않아. 티베리 껌 같은 맛이 나지. 분홍색 갑 속에 들어 있는 껌 말이다."
그러면서 엄마는 열매를 한 줌 따서 입 속에 털어 넣었다. 엄마가 숨이 막혀 경련을 일으키면서 쓰러지지 않는 것을 보고 트리샤도 몇 알 따 먹어보았다. 트리샤에게는 드롭스 캔디 맛이 났다. 입 안을 얼얼하게 만드는 녹색 캔디 말이다.

트리샤는 덤불 쪽으로 다가가 그저 기분 전환 삼아서 몇 알 따 먹어볼까 생각했으나 그러지는 않았다. 배가 고프지 않았고, 무슨 일을 해도 지금처럼 원기를 돋우기 어려울 것 같던 때도 없었기 때문이다. 아이는 밀랍 같은 녹색 잎사귀의 싸한 향내를 맡아보고 나서(엄마는 잎사귀도 먹을 수 있다고 말했지만 트리샤는 먹어본 적이 없었다. 어쨌든 자신이 마멋은 아니었으니까.) 소나무 쪽을 돌아보았다. 자신이 여전히 직선으로 가고 있음을 확인한 트리샤는 이번에는 오래된 흑백영화에 나오는 중절모처럼 생기고 갈라진 틈이 나 있는 바위를 세 번째 지표점으로 삼았다. 그 다음에는 자작나무 숲이 나왔다. 아이는 자작나무 숲에서 다시 경사로 중턱까지 찬 빽빽한 양치류 밭을 천천히 걸어 올라갔다.

트리샤는 매번 지표점에서 시선을 떼지 않는 데 전력을 다한 나머지(더 이상 어깨 너머로 뒤를 돌아보지 마라, 애야.) 양치류 밭에 이르렀을 때에야 비로소 자신이(이 자리에서 비유를 해도 용서받을 수 있다면 말인데) 나무를 보느라 숲을 보지 못했음을 깨달았다. 지표점에서 지표점을 따라 걸어간 것은 잘한 일이었다. 트리샤는 자신이 직선을 유지했다고 여겼다……. 하지만 그 직선이 엉뚱한 방향으로 향한 것이라면? 방향이 약간 어긋난 것은 별일이 아니었지만, 처음부터 길을 잘못 든 것이 분명했다. 그렇지 않다면 지금쯤 큰길에 도착했어야 했다. 그런데 어째서일까…… 분명히…….

"이런, 1마일(1.6킬로미터)이 틀림없어. '적어도' 1마일은 될 거야."

목소리에는 숨이 막힌 사람처럼 걸떡거리는 소리가 들어 있었다. 트리샤는 그 소리가 마음에 들지 않았다.

사방이 온통 날벌레들이었다. 깔따구와 등에모기들이 바로 눈앞에 어른거리고, 저 가증스러운 모기들은 헬리콥터처럼 귓가에 얼쩡거리며 윙윙대는 소리로 사람을 미치게 만들었다. 트리샤는 모기를 잡으려고 손바닥을 날렸지만 모기는 놓치고 자신의 귀만 아프게 했을 뿐이다. 그럼에도 다시 한 번 손바닥을 날리지 않기 위해 애써 자제해야만 했다. 만약 그 일을 시작하면 결국 옛날 만화에 나오는 등장인물처럼 자신을 매질하는 결과가 되고 말 터였다.

트리샤는 배낭을 내려놓고 쭈그리고 앉아 죔쇠를 풀고 뚜껑을 젖혔다. 청색 비닐 비옷과 자신이 직접 만든 종이 도시락 상자가 있는가 하면, 게임보이와 선탠로션(지금처럼 햇빛이 완전히 사라지고, 머리 위에 남아 있던 푸른 하늘 한 조각마저 사라지고 있는 이런 날씨에는 쓸 일이 전혀 없을 테지만)도 있고, 물병과 서지(피로 회복제의 일종—옮긴이) 병, 트윙키 초콜릿, 포테이토칩 한 봉지도 들어 있었다. 하지만 살충제 같은 것은 없었다. 세상에. 트리샤는 그 대신 선탠로션을 발랐다. 적어도 깔따구들은 쫓아내 줄지도 모르니까. 그런 다음 물건들을 다시 배낭에 주워 담았다. 트윙키를 보고 잠깐 망설였지만 그것도 다른 것들과 함께 배낭 속에 넣어버렸다. 트리샤는 초콜릿을 좋아했다. 단것을 그만두는 법을 배우지 못하면 자신 역시 오빠의 나이 때쯤에는 얼굴이 온통 여드름투성이가 될지 몰랐다. 하지만 지금 당장은 전혀 배가 고프지 않았다.

'게다가 어쩌면 너는 오빠 나이 때까지 살 수 없을지도 몰라.'

아이의 머릿속에서 어떤 불길한 목소리가 말했다. 어떻게 머릿속에 이렇게 싸늘하고 무서운 목소리가 들어 있는 거지? 어떻게 스스로의 신의를 배반하는 이런 배신자가 있을 수 있지?
 '어쩌면 너는 이 숲에서 영영 벗어나지 못할지도 몰라.'
 "그만, 그만, 그만 하라니까."
 트리샤는 야단을 치듯 쏘아붙이고는 떨리는 손으로 배낭 뚜껑 죔쇠를 채웠다. 그리고 나서 막 몸을 일으키려다…… 동작을 멈추고는 양치류 밭 옆의 부드러운 흙 위에 한쪽 무릎을 꿇은 자세로, 처음 엄마 곁을 떠나 탐험에 나선 새끼 사슴이 공기 냄새를 맡는 것처럼 고개를 치켜들었다. 하지만 트리샤는 냄새를 맡는 것이 아니었다. 아이는 모든 감각을 청각에 집중한 채 귀를 기울이고 있었다.
 미풍의 부드러운 숨결에 나뭇가지들이 버석대는 소리. 모기들이 윙윙대는 소리(불쾌하고 역겹기 짝이 없는 놈들 같으니라고). 딱따구리가 내는 소리. 멀리서 까마귀가 우는 소리. 그리고 침묵과 음향 사이의 가장 먼 변경 어딘가에서 비행기 한 대가 날아가는 소리. 길에서 들리는 소리는 없었다. 사람의 목소리는 한 마디도 들려오지 않았다. 마치 노스콘웨이 쪽으로 난 길이 사라져버리기라도 한 것 같았다. 비행기의 엔진 소리가 완전히 사라져버렸을 때 트리샤는 진실을 인정할 수밖에 없었다.
 트리샤는 일어섰다. 다리가 느른하고 배 속도 묵지근했다. 머리는 현기증이 일었다. 마치 납추에 묶인 가스 풍선처럼 이상한 느낌이 들었다. 갑작스러운 고립 상태에 아이는 혼란을 느꼈으며, 동류로부터 추방된 생물처럼 가볍고도 답답한 존재감에 숨이 막히는 느낌이었다. 어떻게 된 일인지 몰라도 그 애는 정해진 운동장의 경계를 벗어나 지금껏 익숙했던 규칙이 더 이상 적용되지 않는 낯선 지역으로 들어선 것이다.

"이봐요! 이봐요, 아무도 없나요? 내 소리가 들리지 않나요? 이봐요!"

트리샤는 소리를 질렀다.

아이는 응답이 있기를 빌며 잠시 멈췄지만 아무런 응답도 없었다. 그래서 마침내 있는 힘을 다해 악을 썼다.

"도와줘요, 길을 잃었어요! 살려 줘요, 길을 잃었다고요!"

눈물이 나오기 시작했지만 이제는 일부러 억누르지 않았다. 더이상 자신이 이 상황에서 잘해 내고 있다는 식으로 스스로를 기만할 수도 없었다. 아이의 목소리는 떨리고, 처음에는 어린애의 머뭇거리는 목소리였다가 유모차에 실린 채 잊히고 만 갓난애의 비명으로 바뀌었는데, 그 소리가 오늘 아침 지금까지 겪었던 온갖 겁나는 일보다 더 트리샤를 무섭게 만들었다. 이 숲 속에서 들리는 유일한 사람의 음성이 바로 도움을 청하는, 길을 잃었기 때문에 도움을 청하는 트리샤 자신의 울음 섞인 비명이었던 것이다.

3회

트리샤는 아마도 거의 15분가량 고함을 질렀을 것이다. 때로는 두 손을 오므려 입에 댄 채, 큰길이 있으리라고 짐작되는 방향으로, 대부분은 그저 양치류 밭 가장자리에 서서 소리를 질렀다. 아이는 마지막으로 한 번 더 고함을 질렀다. 그것은 말이 아니라 그저 분노와 두려움이 한데 섞인 날카로운 새 울음소리 같은 것이었다. 소리를 어찌나 크게 질렀던지 목구멍이 아팠다. 그러고 나서 배낭 옆에 주저앉아 두 손으로 얼굴을 가리고 울음을 터뜨렸다. 아마 5분쯤 실컷 울었던 것 같다.(시계는 지금 침대 곁 탁자 위에 놓여 있었기 때문에 시간을 정확히 말하기는 어려운데, 대단한 트리샤가 이번에도 멋진 실수를 저지른 셈이다.) 울음을 그치고 나니 기분이 얼마간 나아졌다……. 날벌레들만 아니라면 말이다. 사방에서 벌레들이 우글거렸다. 벌레들은 기어 다니고 윙윙대고 붕붕거리면서 아이의 피를 빨고 땀을 마시려 들었다. 벌레들 때문에 거의 미칠 지경이었다. 트리샤는 레드삭스 야구모로 허공을 저으면서 다시 일어났다. 때려잡지 말 것을 스스로에게 상기시키며, 그러나 결국 그것들을 때려잡게 되고 말리라는 것을 알면서, 사태가 바뀌지 않는다면 그것도 곧 말이다. 트리샤는 자신이 자제할 수 없게 되리라는 것을 잘 알고 있었다.

계속 걸어갈까, 아니면 지금 이 자리에 그대로 있을까? 트리샤는 어느 쪽이 최상책인지 알 수 없었다. 지금은 너무 겁이 나서 무엇이든 이성적으로 생각하기 어려웠다. 발이 트리샤를 대신해서 결정해 주었다. 아이는 퉁퉁 부은 눈을 팔뚝으로 문지르고 두려운 눈길로 주변을 두리번거리면서 다시 움직이기 시작했다. 두 번째로 팔뚝을 얼굴로 가져가려 했을 때 팔에 붙은 대여섯 마리의 모기가 보이자 손바닥으로 쳐서 그 가운데 세 마리를 잡았다. 피를 잔뜩 빤 두 마리는 터져 있었다. 원래 트리샤는 자기 피를 보고도 흥분하거나 하지 않았지만, 이번에는 다리에서 힘이 쭉 빠져서 늙은 소나무 숲 아래 양탄자처럼 깔린 솔잎 위에 털썩 주저앉아 좀 더 울었다. 두통이 나고 배 속이 약간 울렁거렸다.

'하지만 조금 전까지만 해도 난 밴을 타고 있었단 말이야. 밴의 뒷자리에 앉아서 엄마와 오빠가 서로를 비난하는 소리를 듣고 있었다고.'

트리샤는 몇 번이고 그 생각을 했다. 그러고 나서 나무숲 사이로 울려 퍼지던 오빠의 성난 음성에 생각이 미쳤다.

"……어째서 엄마하고 트리샤가 잘못한 일의 대가를 내가 치러야 하는 건지 모르겠어!"

그러자 문득, 어쩌면 그 말이 자신이 마지막으로 듣는 오빠의 말이 될지도 모른다는 생각이 들었다. 트리샤는 마치 어둠 속에서 괴물의 형상이라도 본 것처럼 몸서리를 치며 그 생각을 떨어버렸다.

이번에는 눈물이 금방 말라붙었다. 좀 전처럼 심하게 울지 않았던 것이다. 다시 일어선 아이는(거의 의식하지 않은 채 머리 주위로 야구모를 휘저으면서) 반쯤은 진정된 기분이 들었다. 지금쯤이면 엄마와 오빠도 트리샤가 없어졌다는 사실을 알았을 것이다. 엄마는 아마도 처음에, 트리샤가 말다툼을 하는 두 사람을 보고 화가 나서 밴으로 돌아갔으리라고 생각할 것이다. 그들은 그녀를 부르다가 길을 되짚어 가면서 길에서 만나는 사람들에게 레드삭스 야구모를 쓴 여자 애를 보았는지 물어볼 테고(트리샤는, "그 아이는 아홉 살이지만 키가 크고 나이도 좀 들어 보여요."라고 말하는 엄마의 목소리가 귀에 들리는 것 같았다.) 주차장에 도착해서 트리샤가 밴에 없다는 사실을 알고는 심각하게 걱정하기 시작할 것이다. 엄마가 겁에 질렸다는 생각만으로도 트리샤는 두려움은 물론 양심의 가책을 느꼈다. 그리고 한바탕 소동이 벌어질 것이다. 어쩌면 수렵 감시인과 산림청까지 동원되는 대규모 소동이 벌어질지도 모르는데, 모두가 트리샤의 잘못 때문이었다. 길을 벗어난 것은 자신이었으니까.

이것이 그렇지 않아도 불안한 마음에 새로운 불안을 더했다. 트리샤는 그 모든 소동이 벌어지기 전에, 그러니까 엄마가 "볼 만한 구경거리"라고 부르는 것이 바로 자신이 되기 전에 한시바삐 큰길에 도달하고 싶은 마음에 서둘러 걷기 시작했다. 트리샤는 좀 전처럼 직선을 이루는 점과 점을 세심하게 살피는 일 없이, 자신도 모르는 사이에 점점 더 서쪽으로 방향을 틀면서 걸어갔다. 애팔래치아 종주로로부터, 그 종주로의 지선과 오솔길들로부터 점점 멀어지면서, 작지만 깊고 덤불로 빽빽한 2차림과 수목이 뒤엉킨 협곡으로, 지금까지보다 더 험난한 지역으로 접어들었다. 그러면서 트리샤는 소리치고 귀를 기울이기를 반복했다. 사실 엄마와 오빠가 아직도 말다툼에 빠져 있느라 여태까지도 트리샤가 없어졌다는 사실조차 모르고 있다는 것을 트리샤가 알았다면 분명히 경악했을 것이다.

아이는 소용돌이치듯 몰려오는 깔따구 떼를 손으로 휘저어 쫓으면서 점점 더 걸음을 빨리했으며, 이제는 덤불숲을 맞닥뜨려도 굳이 돌아가지 않고 헤치며 나아갔다. 트리샤는 귀를 기울이고 소리치고, 소리치고 귀를 기울였지만, 사실상 이제는 별로 귀를 기울이지 않았다. 아이는 머리선 바로 밑으로 자신의 목덜미에, 모기들이 떼 지어 몰려와 흡사 서비스 타임을 맞은 술꾼들처럼 마음껏 피를 빨고 있다는 사실을 느끼지 못했다. 아이는 아직 채 마르지 않은 끈적거리는 눈물 자국을 따라 등에모기들이 달라붙어 빠져나오지 못하고 꿈틀거리고 있는 것도 알지 못했다.

트리샤가 공황에 빠진 것은 처음 뱀을 만질 때 이미 시작됐던 만큼 갑작스러운 일이 아니라 기이하리만치 점진적인 일로서, 이 세상으로부터 끌려 나오면서 외부에 대한 의식은 차단되었다. 아이는 자신이 어느 쪽으로 가는 것인지도 신경 쓰지 않은 채 갈수록 걸음을 빨리했으며, 도움을 청하는 자신의 목소리도 듣지 않았고, 이제는 아주 가까운 나무 뒤에서 누군가 응답으로 소리를 지른다 해도 아이의 귀에는 들리지 않았을 것이다. 이윽고 아이는 의식도 하지 못한 채 달리기 시작했다.

'난 진정해야 해.'

트리샤는 운동화를 신은 발로 조깅의 수준을 넘어 뛰기 시작하면서 그렇게 생각했다.

'좀 전까지만 해도 난 밴에 있었어.'

트리샤는 단거리를 전력 질주하는 속도가 됐을 때 그렇게 생각했다.

'어째서 엄마와 트리샤가 잘못한 일의 대가를 내가 치러야 하는 건지 모르겠어.'

트리샤는 상체를 숙여, 금방이라도 자신의 눈을 찌를 것처럼 튀어나온 나뭇가지를 아슬아슬하게 피하며 그렇게 생각했다. 나뭇가지는 아이의 얼굴을 긁어 왼쪽 뺨에 핏기 어린 가느다란 상처를 남겼다.

아주 먼 데서 들리는 것 같은 바스락 소리를 내며 덤불숲을 헤치면서 달릴 때(아이는 가시가 청바지를 찢고 팔뚝에 얕은 홈을 파는 것도 의식하지 못했다.) 얼굴에 닿는 산들바람은 서늘하고 이상하리만큼 상쾌했다. 아이는 모자를 비뚤게 쓴 채, 머리카락을 휘날리며 있는 힘을 다해 경사로를 달려 올라갔다. 머리를 묶었던 고무줄은 없어진 지 오래였다. 오래전 폭풍우 때 쓰러진 작은 나무들을 뛰어넘고 돌출된 흙더미를 건너뛰며…… 그러다 갑자기 눈앞에 청회색을 띤 길쭉한 골짜기가 나타났는데, 지금 트리샤가 있는 곳에서 몇 킬로미터쯤 떨어진 건너편에는 놋쇠 빛을 띤 화강암 절벽이 솟아 있었다. 바로 앞에는 가물가물한 초여름의 잿빛 허공 이외에는 아무것도 없었다. 더 이상 나아갔다가는 엄마를 부르면서 굴러 떨어져 죽을 수밖에 없었다.

　트리샤는 으르렁거리는 저 백색의 공포에 잠겨 정신이 나간 상태였지만, 육신은 절벽 가장자리 저편으로 떨어지지 않기 위해 걸음을 멈춘다는 것이 불가능한 일이라는 사실을 깨달았다. 트리샤가 바랄 수 있는 유일한 희망은 너무 늦기 전에 방향을 바꾸는 것뿐이었다. 트리샤는 왼쪽으로 방향을 틀었는데, 그러는 찰나에 오른쪽 발이 가파른 비탈 너머로 튕겨 나갔다. 아이의 귀에 오래된 암벽을 타고 돌멩이들이 작은 냇물로 굴러 떨어지는 소리가 들려왔다.
　트리샤는 솔잎이 깔린 숲 바닥이 절벽 가장자리와 경계를 이루면서 민둥민둥한 바윗길로 바뀌는 좁고 길쭉한 통로를 내달았다. 트리샤는 조금 전 하마터면 자신에게 일어날 뻔한 재난에 대한 머릿속을 쾅쾅 울리는 혼란스러운 의식과 더불어, 그리고 또한 주인공이 미쳐 날뛰는 공룡을 절벽 너머로 유인해서 굴러 떨어지게 만들었던 공상과학영화를 보았던 어렴풋한 기억을 떠올리면서 뛰어갔다.
　바로 앞에는 물푸레나무 한 그루가 흡사 뱃머리처럼 끄트머리를 6미터 정도 낭떠러지 위로 내민 채 쓰러져 있었다. 트리샤는 긁혀서 핏자국이 난 뺨을 매끄러운 줄기에 붙인 채 두 팔로 나무를 끌어안았다. 날카로운 소리를 내며 들이쉰 숨은 겁에 질린 흐느낌이 되어 새어 나오곤 했다. 아이는 그렇게 꽤 오랫동안 온몸을 와들와들 떨며 나무를 끌어안은 자세로 서 있었다. 이윽고 트리샤는 눈을 떴다. 머리를 오른쪽으로 돌린 트리샤는 자신도 어쩔 수 없는 힘에 이끌려 아래를 내려다보았다.
　이 지점에서 낭떠러지의 높이는 15미터밖에 되지 않았으며, 바닥에는 빙하 작용으로 쪼개진 돌들 사이로 연둣빛 관목 숲이 우거져 있었다. 썩은 나무와 나뭇가지들도 무더기로 쌓여 있었는데, 그것들은 오래전 폭풍우 때 절벽 너머로 날려 간 죽은 나무들이었다. 그때 트리샤의 머릿속에, 소름 끼치도록 선명한 한 가지 영상이 떠올랐다. 그것은 자신이 비명을 지르고 두 팔을 허우적거리며 나뭇더미 위로 떨어지는 영상이었는데, 죽은 나뭇가지가 아래턱 밑을 꿰뚫고 자신의 이빨 사이로 올라와 마치 빨간 메모지처럼 혓바닥을 입천장에 못 박고 뇌를 찔러 자신을 죽이는 광경이었다.
"안 돼!"
트리샤는 역겨운 한편으로 너무나 사실적인 그 영상에 겁을 집어먹고 비명을 질렀다. 그리고 너무 놀란 나머지 숨을 죽였다.
"난 괜찮아."
아이는 나지막하고 빠른 말투로 중얼거렸다. 가시가 팔뚝을 긁은 자국과 뺨에 난 상처가 욱신거렸으며 땀방울이 닿자 따끔거렸다. 트리샤는 이제야 비로소 자신의 몸 여기저기에 작은 상처들을 입었다는 사실을 알아차렸다.
"난 괜찮아. 괜찮고말고. 그럼, 물론이지."
아이는 물푸레나무를 놓고 비틀거리며 일어서다 머릿속으로 공포감이 몰려들자 다시 나무를 붙잡았다. 머릿속의 비합리적인 일면 때문에 실제로 땅바닥이 기울어지면서 자신이 절벽 가장자리 너머로 떨어지는 착각이 들었던 것이다.
"난 괜찮아."
트리샤는 다시 한 번 나지막하고 빠른 어조로 중얼거렸다. 그러고는 윗입술을 핥았는데 축축하고 짠맛이 느껴졌다.

"괜찮아, 괜찮다고."

트리샤는 몇 번이고 같은 말을 되뇌었지만, 그러고 나서도 3분이나 지나서야 가까스로, 필사적으로 붙잡고 있던 물푸레나무에서 팔을 풀 수 있었다. 마침내 나무에서 팔을 푼 트리샤는 낭떠러지로부터 물러났다. 아이는 모자를 바로 쓰고(그러면서 별 생각 없이 챙이 뒤로 가도록 돌려 썼다.) 골짜기 건너편을 바라보았다. 이제 비구름으로 덮인 하늘과 줄잡아 수억 그루는 될 듯한 나무숲이 보였지만 사람이 있다는 흔적은 어디에도 없었다. 모닥불에서 피어오르는 연기 하나 보이지 않았다.

"하지만 난 괜찮아…… 괜찮아."

낭떠러지로부터 다시 한 발짝을 더 물러나던 트리샤가 조그맣게 비명을 질렀다.

(뱀, 뱀이다.)

뭔가가 무릎 뒤쪽을 스쳐 지나갔지만, 그것은 당연히 덤불일 터였다. 이곳에는 백옥나무 덤불이 더 많았다. 아니, 숲이 온통 백옥나무 덤불로 가득했다. 그리고 다시금 날벌레들이 달려들었다. 날벌레들은 구름처럼 떼를 짓고 아이의 눈앞에서 수백 개의 작고 검은 반점들처럼 춤을 추었는데, 아까와는 달리 이번 반점들은 더 커서 흡사 까만 장미 봉오리처럼 활짝 터질 듯이 보였다. 트리샤는 '난 지금 기절하고 있는 거야. 이런 것이 기절하는 거야.' 하고 생각하자마자 눈동자가 하얗게 말려 올라간 채 덤불 속으로 쓰러졌다. 날벌레들이 작고 창백한 아이의 얼굴 바로 위에서 가물거리는 구름처럼 떠 있었다. 잠시 후 처음 몇 마리의 모기가 아이의 눈꺼풀에 내려앉아 피를 빨기 시작했다.

4회 초

엄마가 가구를 움직이고 있었다. 이것이 트리샤가 정신이 들었을 때 처음으로 한 생각이었다. 두 번째로 든 생각은, 아빠가 자신을 린의 굿 스케이트장에 데려갔다는 것, 자신이 방금 들은 소리는 아이들이 롤러 블레이드를 타고 낡은 경사 트랙 위를 지나가는 소리라는 것이다. 다음 순간 뭔가 차가운 것이 콧마루에 튀는 바람에 트리샤는 눈을 떴다. 또 하나의 물방울이 이번에는 이마 한복판에 떨어졌다. 눈부신 빛살이 하늘을 가로지르는 바람에 트리샤는 몸을 움찔하면서 눈을 가늘게 떴다. 그 뒤를 이어서 두 번째 천둥이 요란한 소리를 내며 지나갔다. 트리샤는 화들짝 놀라 옆으로 몸을 굴렸다. 그러고는 본능적으로 태아의 자세를 취하면서 목쉰 소리로 조그맣게 비명을 질렀다. 그런 다음 다시 하늘이 열렸다.

트리샤는 머리에서 떨어진 야구모를 무심결에 집어 쓰면서 일어나 앉았다. 아이는 마치 차가운 호수 속에 갑자기 내동댕이쳐진 사람처럼 헉하고 숨을 몰아쉬었다.(정말이지 그런 기분이 들었다.) 그러고는 비틀거리며 일어섰다. 다시 한 번 천둥이 울리고 번개가 허공에 보라색 빛줄기를 수놓았다. 코끝과 뺨에 찰싹 달라붙은 머리카락으로 빗물을 떨구면서 일어서던 트리샤는 자신의 발아래 계곡 바닥에 서 있던 반쯤 죽은 높다란 가문비나무가 갑자기 폭발하면서 불덩어리가 되어 두 조각으로 갈라지며 쓰러지는 것을 보았다. 다음 순간 억수같이 비가 쏟아져 내려, 골짜기는 얇은 잿빛 천에 싸인 뼈대만 남은 유령처럼 보였다.

트리샤는 그 자리에서 후퇴하여 다시 숲을 은폐물로 삼았다. 아이는 무릎을 꿇고 배낭을 연 다음 청색 비옷을 꺼냈다. 그리고 비옷을 입고(아빠라면 "아예 하지 않는 것보다는 늦는 게 낫지."라고 말했을 것이다.) 쓰러진 나무 위에 걸터앉았다. 머리는 여전히 흐릿했고 눈꺼풀은 잔뜩 부은 데다 가려웠다. 주변의 나무숲이 어느 정도 비를 가려주기는 했지만 모두 다 가리지는 못했다. 빗줄기가 너무 거셌던 것이다. 트리샤는 비옷의 모자를 뒤집어쓰고는 마치 차 지붕 위에 떨어지는 것처럼 들리는 빗소리에 귀를 기울였다. 그러고는 눈앞에 언제까지고 사라지지 않는 날벌레의 군무를 힘없는 손으로 휘저었다.

'무엇으로도 저놈들을 쫓지 못할 거야. 저놈들은 늘 굶주려 있으니까. 내가 기절했을 때 내 눈꺼풀에서 피를 빨아먹었어. 내가 죽으면 내 시체까지 먹어치울 거야.'

트리샤는 그렇게 생각을 하고 다시 울음을 터뜨렸다. 이번에는 나지막하고 풀이 죽은 울음이었다. 아이는 울면서도 끊임없이 손으로 벌레들을 쫓았으며, 머리 위에서 천둥이 칠 때마다 움찔하곤 했다.

시계도 없고 해도 보이지 않으니 시간 감각이 없어졌다. 트리샤가 아는 것이라고는 자신이 그 자리에 앉아 있다는 것, 청색 비옷을 입고 쓰러진 나무에 아무렇게나 앉아 있는 조그만 형체라는 것뿐이었다. 이윽고 천둥소리가 동쪽으로 잦아들기 시작했는데, 그 소리는 마치 패배하기는 했으나 여전히 기세가 등등한 깡패처럼 여겨졌다. 아이의 머리 위로 빗방울이 똑똑 떨어졌다. 모기떼가 윙윙거렸는데, 그중 한 마리가 비옷의 모자 안쪽 벽과 아이의 옆머리 사이에 갇혔다. 트리샤가 엄지로 모자 바깥쪽을 꾹 누르자 윙윙대던 소리가 뚝 그쳤다.
"바로 그거야. 멋지게 처리됐군. 넌 낀 거야."
트리샤는 울적하게 중얼거렸다.
트리샤가 막 일어서려는데 배 속에서 꼬르륵거리는 소리가 났다. 아까까지는 배가 고프지 않았으나 이제는 배가 고팠다. 배가 고플 정도로 오랫동안 길을 잃고 헤매고 있었다는 생각은 그 자체만으로도 겁이 나는 일이었다. 아이는 얼마나 더 많은 무서운 일이 기다리고 있는지 궁금했는데, 자신이 그것을 모를뿐더러 알 수도 없다는 사실이 다행스럽게 느껴졌다.
아이는 속으로 중얼거렸다.
'어쩌면 하나도 없을지도 몰라. 얘, 이제 기운을 내. 어쩌면 무서운 일은 이제 모두 끝났을지도 모르니까.'
트리샤는 비옷을 벗었다. 그러고는 배낭을 열기 전에 가련한 눈길로 자신을 내려다보았다. 아이는 머리끝부터 발끝까지 젖어 있었고 기절했을 때 솔잎을 온몸에 묻힌 상태였다. 난생 처음으로 기절이라는 것을 해본 셈이었다. 펩시에게 그 얘기를 해줘야지.

앞으로 다시 펩시를 보게 되는 일이 있다면 말이지만.

"그만두자."

트리샤는 그렇게 말하고는 배낭 뚜껑 죔쇠를 풀었다. 그러고는 먹을 것과 마실 것을 꺼내 눈앞에 가지런히 늘어놓았다. 점심이 담긴 도시락 상자를 보자 배 속은 한층 심하게 꼬르륵거렸다. 식사 시간이 얼마나 늦은 거지? 아이의 물질대사에 부착된 마음의 시계가, 오후 3시쯤 됐을 것이라고 말해 주었다. 그것은 아이가 아침 식사를 먹곤 하는 부엌 구석 자리에서 콘프레이크를 씹어 먹었던 때부터 여덟 시간이 지났으며, 이 끝도 없이 어리석은 지름길로 접어든 지 다섯 시간이 흐른 시간이었다. 3시. 아니 어쩌면 4시가 됐을지도 몰랐다.

점심 도시락은 아직 껍질을 까지 않은 삶은 달걀 한 개, 참치 샌드위치, 샐러리 몇 줄기였다. 거기에다 포테이토칩 작은 것 한 봉지, 꽤 큰 물병 하나, 서지 병(서지를 좋아하는 트리샤는 20온스짜리 큰 병을 넣어왔다.), 그리고 트윙키가 있었다.

레몬 라임 소다수가 담긴 병을 본 트리샤는 허기보다는 갈증을 느꼈다……. 무엇보다 당분이 필요했다. 트리샤는 뚜껑을 열고 병을 입으로 가져가다 말고 손을 멈췄다. 목이 마르든 않든 그것을 반쯤 마셔버린다는 것은 현명한 처사가 아닐 것 같았다. 어쩌면 꽤 오랫동안 숲에 있게 될지 몰랐다. 트리샤는 마음속으로 신음하면서 그 생각을 애써 털어버리고, 그저 말도 안 되는 소리라고 치부해 버리려 했지만 마음대로 되지 않았다. 일단 숲을 빠져 나오게 되면 다시 어린아이처럼 생각할 수 있을지 몰라도 지금으로서는 가능한 한 어른처럼 생각하지 않으면 안 되었다.

'넌 저기에 뭐가 있는지 보았잖아. 나무 말고는 아무것도 없는 커다란 골짜기 말이야. 길도 없고 연기도 없어. 그러니 똑똑히 굴어야 해. 먹을 것을 아껴야 한다고. 엄마라도 똑같은 말을 할 거야. 아빠도 마찬가지고 말이야.'

트리샤는 큰마음을 먹고 소다수를 크게 세 모금 마시고는 입가에서 병을 떼어낸 다음 트림을 하고 나서 다시 두 모금을 살짝 들이켰다. 그러고 나서 뚜껑을 꼭 닫고 나머지 물건들을 살펴보았다.

트리샤는 달걀을 먹기로 했다. 달걀을 깐 후 남은 달걀껍데기를 달걀을 가져왔던 배기(식품 보관용 플라스틱 백의 상표명—옮긴이)봉지 안에 조심스레 집어넣었다.(그때도 나중에도, 어지른다는 것, 요컨대 트리샤가 그 자리에 있었다는 표시를 남긴다는 것이 자신의 목숨을 구해 줄지도 모른다는 생각은 들지 않았다.) 그러고 나서 달걀에 소금을 살짝 뿌렸다. 그 일을 하면서 다시 한 번 흐느껴 울었는데, 그 일 때문에 지난밤 샌포드의 부엌에 있던 자신이 떠올랐기 때문이다. 그때 트리샤는 엄마가 시범을 보여 준 대로 밀반죽 조각에 소금을 뿌리고 있었다. 아이의 눈에는 머리 위에 달린 전등 불빛으로 포마이카 조리대에 드리운 자신의 머리와 손의 그림자가 보였다. 거실 텔레비전에서는 뉴스 방송이 들려왔고, 오빠가 위층을 돌아다니며 내는 삐걱거리는 소리도 들렸다. 이 기억은 환각을 일으킬 만큼 선명해서 실제로 눈에 보일 정도였다. 아이는 흡사, 아직 보트에 있을 때의 고요하고 편안하며 태평스러우리만큼 안전했던 기분을 떠올리며 익사하고 있는 사람이라도 된 느낌이었다.

하지만 트리샤는 이제 곧 열 살이 되고 또래보다 덩치가 크긴

했어도 아직은 아홉 살이었다. 허기가 기억이나 두려움보다 더 강했다. 아이는 여전히 코를 훌쩍이면서도, 소금을 뿌려가며 순식간에 달걀을 먹어치웠다. 달걀은 맛이 있었다. 한 개, 아니 어쩌면 둘 정도는 간단히 더 먹어치울 수 있을 것 같았다. 엄마는 달걀을 "콜레스테롤 폭탄"이라고 했지만, 지금 엄마가 옆에 있는 것도 아니고, 사방이 긁힌 데다 날벌레들이 물어뜯어서 뭔가 묵직한 것을 달아놓은 것처럼(속눈썹에 밀가루 반죽이라도 붙인 것 같은 느낌이었다.) 잔뜩 불어터진 눈을 한 채 숲 속에서 길을 잃은 상태에서 콜레스테롤이 그렇게 큰 문제가 될 것 같지는 않았다.

트리샤는 트윙키를 노려보다 갑을 뜯고 한 조각을 먹었다. 그러고는 "죽이는걸." 하고 중얼거렸다. 그것은 펩시가 최상의 찬사로 입버릇처럼 쓰던 말이었다. 아이는 물 한 모금으로 입 안에 남은 모든 음식을 삼켰다. 그러고 나서, 손 하나가 배신하여 뭔가를 입 속에 더 집어넣기 전에 빠른 손놀림으로 남은 음식을 도시락 상자에 담고(이제는 뚜껑이 좀 더 아래까지 내려왔다.) 4분의 3 정도 남은 서지 병 마개가 잘 닫혔는지 확인한 다음 모든 것을 배낭에 담았다. 그러는 중에 손끝이 배낭 측면의 불룩한 부분에 스쳤다. 그 순간, 아마도 어느 정도는 새로 칼로리를 보충한 덕분이겠지만 갑작스럽게 기운이 솟으며 얼굴이 환해졌다.

'워크맨! 내가 워크맨을 가져왔어! 그래, 정말!'

아이는 배낭 안주머니의 지퍼를 열고 성체를 다루는 사제처럼 경건하게 워크맨을 꺼내 들었다. 워크맨 본체에는 이어폰 줄이 감겨 있었고 까만 플라스틱 모서리 양쪽에는 조그만 이어폰이 깔끔하게 고정되어 있었다. 안에는 트리샤와 펩시가 요즘 즐겨 듣던

테이프(첨바왐바의 「텁섬퍼」)가 들어 있었지만, 그 순간에는 음악은 아무래도 좋았다. 트리샤는 이어폰을 걸치고 이어폰 단자를 제자리에 꽂고 나서 스위치를 '테이프'에서 '라디오'로 옮긴 다음 전원을 켰다.

처음에는 지직거리는 공전음(空電音) 외에는 아무 소리도 나지 않았는데, 그것은 포틀랜드 방송국인 WMGX에 맞춰놓은 상태였기 때문이다. 그러나 FM 주파수대를 따라 조금 더 내려가니까 노르웨이(미국 지역)의 WOXO 방송국이 나왔으며, 반대 방향으로 돌리자 캐슬록 지역에 있는 작은 WCAS 방송국이 나왔다. 그곳은 애팔래치아 종주로로 오는 도중에 지나쳤던 마을이었다. 아이의 귀에 새로 습득한 십대 소년다운 빈정거림을 듬뿍 담은 오빠의 음성이 들리는 것 같았다.

"WCAS 방송입니다! 비록 오늘은 힉스빌이지만, 내일은 전 세계로 울려 퍼질 겁니다!"

그것은 힉스빌에 있는 방송국임이 분명했다. 마크 체스넛이라든가 트레이스 앳킨스 같은 짜증 나는 카우보이 가수들이 나오는 사이사이에, 여자 아나운서가 세탁기며 건조기, 뷰익 자동차, 엽총 따위를 팔고 싶어 하는 사람들로부터 오는 전화를 받아주었다. 그렇기는 해도 황야에서 들리는 사람의 목소리는 살아 있는 인간과의 접촉이었기 때문에 트리샤는 야구모로 끊임없이 몰려드는 날벌레 떼를 쫓아가면서, 쓰러진 나무 위에 못 박힌 듯 걸터앉아 있었다. 라디오에서 처음 알려 준 시간은 3시 9분이었다.

3시 30분이 되자 여자 아나운서는 지역민 교류를 잠시 멈추고 지역 뉴스를 방송했다. 캐슬록 주민들이 매주 금요일과 토요일 저녁 토플리스 댄서들이 나오는 술집에 몰려들고 있다는 것, 어느 동네 요양원에 화재가 발생했다는 것(부상자는 없음), 그리고 캐슬록 자동차 경주장이 7월 4일 독립기념일을 맞아 신설 스탠드와 폭죽놀이와 더불어 재개장할 예정이라는 것. 오늘 오후 비가 내렸다가 밤에는 맑을 것이고, 내일은 맑은 날씨에 섭씨 27도가 넘는 고온이 예상된다는 것. 그것이 전부였다. 실종된 소녀에 대한 뉴스는 없었다. 트리샤는 안도해야 하는 것인지 걱정해야 하는 것인지 알 수 없었다.

배터리를 절약하기 위해 전원을 끄려고 손을 뻗던 트리샤는 아나운서의 다음과 같은 말에 손을 멈추었다.

"오늘 저녁 7시 보스턴 레드삭스 팀이 성가신 상대인 뉴욕 양키스와 시합을 벌인다는 것을 잊지 마세요. 경기 내용은 바로 이 WCAS 방송을 통해서 들으실 수 있습니다. 저희가 삭스 팀의 경기를 중계할 테니까요. 그러면 이제 다시……."

'이제 다시 꼬마 여자 애가 겪어본 것 중에서 최악의 날로 돌아가는 거지.' 하고 트리샤는 라디오를 끄고 날렵한 플라스틱 몸체를 헤드폰 줄로 다시 감으면서 생각했다. 그러나 진실은, 아이의 기분이 저 역겹고 불길한 물고기가 명치 언저리에서 파닥이기 시작한 이후 처음으로 나아졌다는 것이다. 뭔가를 좀 먹은 것도 이유일 테지만, 라디오를 들은 것이 주된 원인이라는 생각이 들었다. 목소리, 바로 곁에서 나는 것 같은 살아 있는 인간의 음성.

허벅지 양쪽에 모기떼들이 달라붙어 청바지 천을 뚫어보려 애쓰고 있었다. 반바지를 입고 오지 않은 것이 천만다행이었다. 그러지 않았다면 지금쯤 척스테이크(소의 목덜미 살로 만든 스테이크

―옮긴이)가 되고 말았을 것이다.
 트리샤는 손바닥으로 모기떼를 쫓아내고 자리에서 일어섰다. 이제 뭘 어떻게 하지? 숲 속에서 길을 잃은 데 대해 뭐든 아는 것이 있던가? 글쎄, 해가 동쪽에서 뜨고 서쪽으로 진다는 것 정도는 알고 있었다. 그것이 전부였다. 예전에 누군가가, 이끼가 나무의 북쪽인가 남쪽인가에서 자란다는 말을 해주었지만 어느 쪽이 맞는지 기억나지 않았다. 어쩌면 이 자리에 그대로 앉아서 은신처 같은 것을 만들어놓고(그것은 주로 비보다는 벌레를 막기 위해서일 텐데, 비옷 모자 속에 다시 모기들이 들어와 그 애를 거의 미칠 지경으로 만들어놓았던 것이다.) 누군가 오기를 기다리는 것이 상책일지 몰랐다. 성냥이 있다면 불을 피울 수도 있었을 테고(내리는 비 때문에 산불로 번지지는 않을 것이다.) 그러면 누군가 연기를 볼 것이다. 물론 돼지에게 날개가 있다면 베이컨도 날 수 있을 테지. 그것은 아빠가 한 말이었다.
 "아니, 잠깐."
 아이는 중얼거렸다.
 물에 관한 뭔가가 있었다. 물을 이용해서 숲을 빠져나오는 길을 찾는 방법 말이다. 그런데 그것이······?
 그 생각이 떠오르자 아이는 다시 한 번 기운이 솟는 느낌이었다. 이번은 아주 강해서 거의 현기증이 날 정도였다. 실제로 아이는 기분 좋은 음악을 들을 때 그러는 것처럼 선 채로 몸을 약간 흔들었다.
 넌 개울을 찾아야 해. 그것은 엄마가 해준 말이 아니라 오래전, 일곱 살 때쯤 『작은 집』(로라 잉걸스 와일더의 동화책―옮긴이) 시리즈에서 읽은 내용이었다. 먼저 개울을 찾는다. 그런 다음 개울을 따라가면 얼마 가지 않아서 숲을 빠져나오게 되거나 좀 더 큰 개울과 합쳐지게 된다. 좀 더 큰 개울을 만나면 다시 숲을 벗어나거나 더 큰 개울과 만나게 될 때까지 따라가면 된다. 하지만 결국 흐르는 물은 '반드시' 숲을 벗어나게 해줄 것이다. 왜냐하면 물은 반드시 바다로 향하게 되어 있고, 바다에는 숲 대신 해변과 바위, 그리고 때로는 등대가 있기 때문이다. 그러면 어떻게 개울을 찾을 것인가? 물론 절벽 길을 따라가면 된다. 자신이 거의 혼수상태로 하마터면 떨어질 뻔한 그 절벽 말이다. 그 절벽을 따라가다 보면 한쪽 방향으로 가게 될 것이고, 조만간 개울도 찾게 될 것이다. 흔히 말하듯 숲에는 개울이 잔뜩 있게 마련이니까.

트리샤는 배낭을 다시 어깨에 메고(이번에는 비옷 위에 배낭을 둘러메었다.) 쓰러진 물푸레나무가 있던 절벽 쪽을 향해 조심스럽게 걸어갔다. 아이는 이제 어른들이 어린 시절의 못된 행동을 돌아볼 때 느끼는 것 같은 만족감과 거북한 기분을 느끼며 공포 상태에서 숲을 뛰쳐나온 일을 돌이켜보았지만, 절벽 가장자리까지는 도저히 다가갈 수가 없었다. 절벽 끝에 가면 속이 메스꺼워질 것 같았다. 어쩌면 다시 기절하거나……. 그렇지 않더라도 토할지 몰랐다. 그나마 얼마 먹지도 않은 음식을 토한다는 것은 결코 좋은 생각이 아니었다.

트리샤는 왼쪽으로 방향을 돌려 낭떠러지를 오른쪽으로 6미터 정도 사이에 두고 숲 속을 걷기 시작했다. 그러면서 이따금씩 억지로라도 절벽 쪽으로 다가가 방향을 틀리게 잡지 않았는지, 앞이 탁 트인 절벽이 아직 그쪽에 있는지 확인할 셈이었다. 아이는 사람들의 목소리가 들리지 않는지 귀를 기울였으나 거기에는 별로 희망을 걸지 않았다. 이제 오솔길이 어느 쪽에 있는지 알 수 없었기 때문에 설혹 길과 맞닥뜨리게 된다 해도 그것은 순전히 우연일 터였다. 지금 귀를 기울여서 찾는 것은 물이 흐르는 소리였는데, 마침내 물소리가 들렸다.

'만일 저 개울이 절벽 너머로 폭포가 되어 떨어지는 거라면 좋을 게 없어.' 하고 생각한 트리샤는 개울에 이르기 전에 그것이 폭포인지 아닌지 확인할 수 있을 만큼만 절벽에 다가가 보기로 마음먹었다. 그렇게 해서 실망감을 미리 막을 수 있다면 다행일 것이다.

이곳은 나무들이 듬성듬성한 편이고, 숲 가장자리와 절벽 모서리 사이에 난 공간에는 여기저기 관목만 자라고 있었다. 이제 네다섯 주만 지나면 저 관목에 월귤이 잔뜩 달릴 터였다. 하지만 지금처럼 작고 푸른 열매는 먹을 수가 없었다. 그래도 백옥나무 열매는 있었다. 백옥나무 열매는 지금이 한창 때였다. 그 점을 염두에 둘 필요가 있었다. 만약을 위해서 말이다.

월귤 덤불이 있는 땅은 풍화된 바위가 비늘 모양으로 덮여 있어서 미덥지가 않았다. 운동화를 신은 발로 밟을 때마다 깨진 접시를 밟는 것 같은 소리가 났다. 돌 부스러기 땅 위를 한층 더 천천히 걸어간 트리샤는 낭떠러지를 3미터쯤 남겨 놓고 엎드려서 기어갔다.

'난 아주 안전해. 낭떠러지가 저기 있다는 것을 알고 있으니까 걱정할 게 없어.'

그래도 심장은 가슴속에서 두방망이질을 해댔다. 이윽고 절벽 가장자리에 이른 아이는 어리둥절해하며 쿡 웃음을 터뜨렸다. 이 지점에서는 더 이상 절벽이라고 할 만한 높이가 아니었기 때문이다.

골짜기 맞은편으로는 여전히 앞이 트이고 널찍한 전망이 펼쳐져 있었지만 지금은 아까처럼 멀리까지는 보이지 않았는데, 그것은 이쪽 지형이 푹 내려앉았기 때문이다. 트리샤는 이제껏 너무 골몰해서 귀를 기울이고 생각하느라(대부분은 침착함을 유지하고 다시는 정신을 잃는 일이 없도록 자신을 다그치느라) 그 사실을 깨닫지도 못했다. 아이는 마지막 관목 덤불을 헤치고 나와 아래를 내려다보았다.

이제 낭떠러지는 겨우 6미터 정도밖에 되지 않았으며 그렇게 험하지도 않았다. 깎아지른 듯하던 바위 절벽은 잡석이 섞인 가파른 경사면으로 바뀌어 있었다. 바로 밑에는 키 작은 나무들, 열매가 달리지 않은 월귤나무들, 나무딸기 덩굴이 얽혀 있었다. 그리고 사방에 빙하작용에 의해 부스러진 바위들이 무더기로 흩어져 있었다. 소나기는 그치고 천둥은 불평이라도 하듯 간헐적으로 울리고 있었지만 이슬비가 계속 내리고 있었고, 바위 더미들은 광산에서 나온 용재처럼 표면이 반들반들하고 보기 흉했다.

트리샤는 뒤로 물러나서 일어선 다음 덤불을 헤치고 물소리가 나는 쪽을 향해 걸어갔다. 이제 피로감과 함께 다리에 통증을 느끼기 시작했지만, 별문제가 아니라고 생각했다. 물론 두려움은 여전히 남아 있었지만 전처럼 심하지는 않았다. 사람들이 자신을 찾으러 나설 테니까. 누군가 숲에서 길을 잃으면 언제나 사람들이 찾으러 나서곤 했으니까. 실종된 사람이 발견될 때까지 비행기와 헬리콥터를 띄우고 수색견을 보낼 테니까.
'아니면 내 힘으로 살아남게 될지도 몰라. 숲 속 어딘가에서 오두막 같은 것을 발견하고, 문이 잠겨 있으면 창문을 깨고, 집 안에 아무도 없더라도 전화를 이용한다면…….'
트리샤는, 지난 가을 이후 비어 있는 사냥꾼 오두막에 들어간 자신의 모습을 그릴 수 있었다. 빛바랜 페이즐리 천에 덮인 오두막 가구들과 마룻바닥에 깔린 곰 가죽 깔개도 보였다. 먼지와 화덕의 오래된 재 냄새도 맡을 수 있었다. 이 공상은 너무도 선명해서 묵은 커피 냄새의 흔적까지 맡을 수 있을 정도였다. 오두막은 비어 있었지만 전화는 통했다. 구식 전화기여서 수화기가 무거워 두 손으로 들어야 할 정도였지만 어쨌든 전화가 통했으며, 이렇게 말하는 자신의 음성도 들려왔다.
"엄마? 트리샤예요. 정확히 내가 어디 있는지는 모르겠지만, 난 괜찮……."
트리샤는 상상의 오두막과 상상의 전화 통화에 너무 골몰한 나머지 하마터면 숲 속의 조그만 개울에 빠질 뻔했다. 그 개울은 자갈이 깔린 경사면으로 폭포를 이루며 쏟아져 내리고 있었다.
트리샤는 오리나무 가지를 붙잡고는 얼굴에 미소까지 지은 채 개울을 바라보며 서 있었다. 오늘은 이제껏 엉망진창이었지만, 그것도 아주 넌덜머리가 날 정도였지만, 마침내 운이 바뀌고 한바탕 만세를 불러도 될 모양이었다. 경사로 가장자리로 걸어가 보았다. 거품을 일으키며 쏟아져 내리던 개울은 이곳저곳 큰 바위에 부딪히면서, 볕이 있는 날 오후였다면 무지개까지 보였을 정도로 포말을 날렸다. 물이 흐르는 양쪽 경사면은 미끈거리고 안정감이 없어 보였는데, 온통 헐겁고 축축한 바위뿐이었다. 그래도 여기저기 덤불이 나 있기는 했다. 만일 여기서 미끄러진다면 좀 전에 개울가에서 오리나무를 잡았던 것처럼 덤불을 움켜쥐면 될 터였다.

"물이 있으면 사람들이 있는 곳으로 가게 될 거야."

트리샤는 이렇게 중얼거리고 경사로를 내려가기 시작했다.

트리샤는 몸을 옆으로 돌린 채 조금씩 깡충 뛰듯 하며 개울 오른쪽 면을 내려갔다. 위에서 보기보다 비탈이 가파르기는 했어도 처음에는 괜찮았다. 몸을 움직일 때마다 운동화에 밟히는 울퉁불퉁한 지면이 이리저리 움직였다. 지금까지 거의 의식하지 않고 있던 배낭이 마치 인디언들이 등에 메고 다니는 바구니에 든, 덩치가 크고 쉴 새 없이 움직이는 갓난애처럼 느껴지기 시작했다. 배낭이 움직일 때마다 균형을 잡기 위해 두 팔로 허공을 휘저어야 했다. 하지만 괜찮았다. 그런 것도 괜찮다고 할 수 있다면 말이지만. 경사로를 반쯤 내려가다 오른쪽 발을 지지대 삼아 발밑의 푸석푸석한 돌 틈에 박고 잠시 멈춰 선 아이는 이제 도로 올라갈 수도 없다는 사실을 깨달았다. 어떻게 해서든 골짜기 바닥으로 내려가야 했다.

트리샤는 다시 움직이기 시작했다. 그런데 비탈면을 4분의 3가량 내려왔을 때 벌레 한 마리(깔따구나 모기가 아니라 제법 큰 놈이었다.)가 얼굴을 향해 날아들었다. 말벌이었다. 트리샤는 비명을 지르며 말벌을 후려쳤다. 그 순간 배낭이 아래쪽으로 쏠리면서 오른발이 미끄러졌다. 아이는 균형을 잃고 말았다. 트리샤는 쓰러지면서 이가 맞부딪칠 만큼 심하게 바위 면에 어깨를 부딪치고는 미끄러지기 시작했다.

"오, 이런!"
 트리샤는 비명을 지르며 바위 벽을 잡았다. 그러나 아이의 손에 잡힌 것은 함께 미끄러지고 있는 푸석푸석한 돌 부스러기들뿐이었으며, 부서진 석영 덩어리가 손바닥을 찢는 바람에 찌르는 듯한 통증을 느꼈다. 트리샤는 얼른 덤불 하나를 잡아챘으나 뿌리가 얕은 덤불은 어이가 없을 정도로 쉽게 뽑혀 나오고 말았다. 그 순간 한쪽 발이 뭔가에 부딪혔다. 오른쪽 다리가 고통스러운 각도로 구부러지면서 갑자기 허공으로 떠올랐다. 계획에 없던 공중제비를 돌게 되자 온 세상이 빙글빙글 돌았다.
 누운 자세로 떨어진 트리샤는 그 자세 그대로, 다리를 벌리고 두 팔을 허우적거리며 고통과 공포와 놀라움에 비명을 지르며 미끄러졌다. 비옷과 셔츠 등받이는 어깨뼈가 있는 곳까지 끌려 올라갔으며, 날카로운 바위 조각이 어깨뼈 사이의 살갗을 찢었다. 트리샤는 두 발로 어떻게든 멈춰보려고 했다. 왼쪽 발이 튀어나온 이판암에 부딪히면서 몸을 오른쪽으로 돌려놓았다. 그 바람에 아이는 구르기 시작했다. 처음에는 배, 그 다음에는 등, 그리고 다시 배가 바닥에 닿으면서 배낭이 몸을 파고들었으며 한 바퀴 구를 때마다 몸을 위로 튕겨 올리곤 했다. 하늘이 아래로 내려오고, 돌 부스러기가 깔린 저 밉살스러운 비탈면이 위로 올라갔는가 하면 다음 순간 다시 위아래가 바뀌었다.
 빙글빙글 돌면서 모두들 짝을 바꾸세요.
 트리샤는 마지막 9미터를 왼쪽 팔을 쭉 뻗고 팔꿈치 안쪽에 얼굴을 묻은 채 왼편으로 미끄러져 내려갔다. 왼쪽 늑골에 타박상을 입을 정도로 뭔가에 호되게 부딪혔다⋯⋯. 다음 순간 팔에서 고개를 채 들기도 전에 왼쪽 광대뼈 바로 위로 바늘로 찌르는 듯한 통증을 느꼈다. 트리샤는 비명을 지르며 무릎을 꿇고 손바닥으로 힘껏 뺨을 쳤다. 손바닥에서 뭔가가 으스러졌는데, 그것은 보나마나 또 다른 말벌일 터였다. 벌이 다시 한 번 쏘는 순간, 눈을 뜬 아이는 벌 떼를, 보기 흉한 독을 잔뜩 품은 꼬리 부분을 묵직하게 늘어뜨린 황갈색 곤충들이 사방에 우글대는 것을 보았다.

트리샤는 졸졸 흐르는 실개천에서 7~8미터가량 떨어진 비탈면 발치에 서 있는 죽은 나무 쪽으로 미끄러져 내려와 있었다. 또래보다 키가 큰 편인 아홉 살짜리 여자 애의 눈높이 크기인 죽은 나무의 가장 아래쪽 갈래에 얇은 종이처럼 보이는 회색 벌통이 있었다. 흥분한 말벌들이 온통 벌통 주변을 기어 다니고 있었으며, 더 많은 벌들이 꼭대기에 난 구멍 밖으로 나오고 있었다.

야구모 챙 바로 아래, 오른쪽 목덜미에 바늘로 찌르는 듯한 통증이 느껴졌다. 오른 팔꿈치 바로 위가 다시 따끔거렸다. 트리샤는 완전히 공포에 사로잡혀 내달았다. 뭔가가 목덜미를 쏘았다. 또 뭔가가 등허리를, 셔츠가 여전히 말려 올라간 채이고 너덜너덜해진 비닐 비옷이 매달려 있는 청바지 허리띠 바로 윗부분을 쏘았다.

트리샤는 아무 생각이나 계획이나 의도도 없이 무작정 개울 방향으로 달려갔다. 단지 그쪽 땅이 비교적 트여 있었기 때문이다. 아이는 관목 숲 언저리를 헤집듯 나아가다가 덤불이 빽빽해지기 시작하자 억지로 뚫고 나아갔다. 개울에 이른 후 걸음을 멈추고 서서 숨을 헐떡이며 눈물이 글썽한 눈으로(그리고 두려움이 섞인 눈으로) 어깨 너머를 돌아보았다. 말벌은 사라지고 없었지만, 트리샤가 미처 달아나기 전에 이미 상해를 입힐 만큼 입힌 상태였다. 첫 번째 말벌이 쏘았던 자리에 가까운 왼쪽 눈은 잔뜩 부어서 거의 감길 정도였다.

'만약 알레르기가 있다면 난 죽을 거야.' 하고 생각했지만, 공포의 여파 때문에 그런 것은 개의치 않았다. 트리샤는 자신을 이런 곤경에 처하게 만든 실개울 옆에 주저앉아 코를 훌쩍이며 흐느꼈다. 얼마간 마음이 가라앉게 되자 배낭을 벗었다. 팽팽하고도 극심한 몸서리가 훑고 지나갔으며, 한 번 몸서리를 칠 때마다 아이의 몸은 스프링처럼 경직되면서 벌에 쏘인 자리마다 미칠 듯한 통증을 일으키곤 했다. 트리샤는 배낭을 품에 안고 인형을 어르기라도 하듯 흔들면서 한층 더 격렬하게 울음을 터뜨렸다. 배낭을 그런 식으로 안고 있자 캐러밴 뒷좌석에 놓여 있는 모나가 생각났다. 크고 푸른 눈을 가진 귀여운 모나 모니 발로냐. 엄마 아빠가 이혼 준비를 하는 동안, 그리고 실제로 이혼을 하는 동안 모나가 트리샤의 유일한 위안이었던 적이 여러 번 있었다. 펩시조차 이해할 수 없는 그런 시간들이 있었다. 이제 부모의 이혼은 아주 하찮은 일처럼 여겨졌다. 어른들도 대처할 수 없는 훨씬 큰 문제들도 있는데, 이를테면 말벌이 그랬다. 트리샤는 모나를 다시 볼 수만 있다면 무엇을 내주든 아깝지 않다고 생각했다.

적어도 벌에 쏘인 것 정도로 죽지는 않을 것이다. 아니면 벌써 죽어가고 있는 것인지도 모르지만. 트리샤는 엄마와 토마스 아줌마가 길 건너편에서 벌침에 알레르기가 있는 사람에 관해 나누는 이야기를 들은 적이 있었다. 그때 토마스 아줌마가 이렇게 말했다.

"벌에 쏘이고 10초 만에 가엾은 프랭크가 풍선처럼 부었다우. 마침 구급상자를 갖고 있었기에 망정이지 그러잖았다면 숨이 막혀서 죽었을 거예요."

트리샤는 숨이 막히지는 않았지만 쏘인 자리가 무섭게 욱신거렸으며, 어쨌든 풍선처럼 잔뜩 붓기는 했다. 눈가에 쏘인 자국은 이제 거의 피부로 된 뜨거운 화산처럼 퉁퉁 부어서 자신의 눈에도 보일 정도였으며, 손가락으로 조심조심 만져보는 순간 찌르는 듯한 통증이 머리를 꿰뚫고 지나가는 바람에 트리샤는 애처롭게 비명을 질렀다. 정확히 말해서 이제는 울고 있지는 않았지만 그럼에도 그쪽 눈에서는 눈물이 제멋대로 줄줄 흘러내렸다.

트리샤는 양손을 천천히, 조심스레 옮기면서 몸을 조사했다. 쏘인 자리가 최소한 여섯 군데는 되었다.(왼쪽 엉덩이 바로 위 옆구리 쪽에도 쏘인 자리가 한 군데 있다고, 어쩌면 두 군데나 세 군데일지도 모른다고 생각했는데, 그곳이 제일 심하게 욱신거렸다.) 등은 살갗이 온통 벗겨진 것 같았고, 마지막으로 미끄러지면서 입은 손상 대부분을 고스란히 흡수한 왼쪽 팔은 팔목에서 팔꿈치까지 핏물이 그물처럼 배어 나왔다. 나뭇가지에 찔린 옆얼굴에서도 새롭게 피가 나오고 있었다.

'이건 부당해, 말도 안 돼……'

그 순간 무서운 생각이 떠올랐다……. 아니 그저 생각이 아니라 확신이었다. 배낭 안주머니에 들어 있는 워크맨이 산산조각 났으리라는 것이었다. 그럴 수밖에 없었을 것이다. 비탈길을 미끄러졌는데 워크맨이 무사할 가능성은 없었다.

핏물이 번진 떨리는 손가락으로 배낭 죔쇠를 잡아당기던 트리샤는 이윽고 끈을 풀었다. 먼저 게임보이를 꺼내 보았다. 그것은 박살이 나 있었다. 전자 영상이 나오던 조그만 창은 온데간데없고 노란 유리 조각만 남아 있었다. 포테이토칩 봉지도 터진 상태였으며 금간 게임보이의 흰 몸체는 기름기 있는 과자 부스러기로 덮여 있었다.

물과 서지가 담겨 있던 플라스틱 병은 둘 다 움푹 들어간 자리가 있기는 했어도 무사했다. 도시락 상자는 차에 깔려 죽은 짐승과 같은 형상을 하고 있었으나(이쪽에 더 많은 포테이토칩이 묻어 있었다.) 트리샤는 도시락 안을 보려고도 하지 않았다. '내 워크맨……' 안주머니 지퍼를 열면서, 자신이 흐느끼고 있다는 사실도 깨닫지 못했다. '내 가엾은 워크맨.' 사람들의 목소리가 있는 세상으로부터 단절된다는 것은 트리샤가 인내할 수 있는 한도를 넘는 일처럼 여겨졌다.

주머니 속에 손을 넣은 트리샤가 꺼낸 것은 기적이었다. 워크맨이 온전한 상태였던 것이다. 워크맨 몸체에 단정하게 감아두었던 이어폰 줄이 헐거워지고 엉켜 있었지만 달라진 것은 그것뿐이었다. 아이는 믿어지지 않는다는 듯 워크맨과, 밑에 놓인 게임보이를 번갈아가며 쳐다보았다. 어떻게 하나는 온전하고 다른 하나는 박살이 날 수 있단 말인가? 어떻게 그런 일이 있을 수 있다는 거지?

'그렇지 않아. 겉은 괜찮아 보이지만 속은 고장 났어.'

머릿속에서 저 냉혹하고 가증스러운 목소리가 입을 열었다.

트리샤는 줄을 펴고 이어폰을 자리에 꽂은 다음 손끝을 전원 단추에 올려놓았다. 쏘인 상처도, 벌레에 물린 것도, 베이고 긁힌 것도 까맣게 잊었다. 아이는 퉁퉁 붓고 무거워진 눈꺼풀을 감아 시야를 어둡게 만들었다. 그러고는 이렇게 말했다.

"제발 하느님, 워크맨이 고장 나지 않게 해주세요."

그런 다음 전원 단추를 눌렀다.

"방금 들어온 소식입니다. 두 자녀와 함께 캐슬 카운티 쪽 애팔래치아 종주로에 소풍을 나갔던 샌포드에 사는 한 부인이 아홉 살 난 딸 패트리샤 맥팔랜드가 실종되었다고 신고했는데, 그 아이는 90번 종주로와 모튼의 서쪽 산림지에서 길을 잃은 것으로 추정되고 있습니다."

여자 아나운서가 말했다. 그녀는 트리샤의 머릿속에서 방송을 하고 있기라도 한 것 같았다.

눈을 번쩍 뜬 트리샤는 그 다음 10분 동안 WCAS 방송국이 원래 진행하던, 고칠 수 없는 악습에 젖은 사람이라든가 컨트리 뮤직, 자동차 경주 보도 방송으로 돌아가고 나서도 한참 뒤까지 라디오에 귀를 기울였다. 트리샤는 숲에서 길을 잃었다. 그것은 이제 공식적인 사실이었다. 이제 곧 사람들(그들이 누구든 간에 헬리콥터를 날릴 준비를 하고 있고 수색견을 내보낼 사람들)이 행동에 나설 것이다. 엄마는 죽을 정도로 겁에 질려 있을 것이다……. 그런데 그럴 가능성을 생각만 해도 기묘한 만족감이 드는 것이었다.

'난 제대로 보살핌을 받지 못했어. 난 어린 꼬마인데 제대로 보살핌을 받지 못한 거야. 만약 엄마가 나를 혼내면, 엄마가 오빠랑 말싸움을 그만두지 않아서 결국 견딜 수 없어서 그랬던 거라고 대꾸해 줄 거야.' 라고 트리샤는 생각했는데…… 거기에 어느 정도 독선적인 마음이 없다고는 할 수 없었다. 펩시라면 그런 말투를 마음에 들어 했을 것이다. V. C. 앤드류스의 소설에 나오는 말투 같잖아.

이윽고 워크맨을 끄고 이어폰 줄을 다시 감은 다음 그 까만 몸체에 완전히 사심 없는 심정으로 입맞춤을 하고 애정 어린 손길로 배낭 주머니에 넣었다. 짓이겨진 도시락 상자 쪽을 보고는 도저히 참치 샌드위치와 남은 트윙키가 어떤 몰골이 됐을지 속을 들여다 볼 수 없을 것 같았다. 그러면 너무나 울적해질 것 같았다. 한 가지 좋은 점은, 달걀 샐러드가 돼버리기 전에 달걀을 먹어치웠다는 사실이었다. 그것은 충분히 킥킥거리고 웃을 만한 생각일 테지만, 이제 더 이상 웃음이 남아 있지 않은 것이 분명했다. 엄마가 끝없이 샘솟는다고 했던 웃음보가 일시적으로 말라붙은 모양이었다.

트리샤는 실개울(이곳에서는 폭이 1미터도 채 되지 않았다.) 가장자리 둔덕에 앉아 침울한 얼굴로, 처음에는 터진 포테이토칩 봉투에서, 그 다음에는 도시락 상자에 붙은 것들을, 그리고 마지막으로는 배낭 바닥에 떨어진 잘디잔 조각들까지 모조리 집어 먹었다. 커다란 날벌레 한 마리가 코언저리를 붕붕거리며 지나가자 아이는 비명을 지르고 손으로 얼굴을 가리며 몸을 움츠렸지만 그것은 말파리일 뿐이었다.

마침내, 힘든 하루 일을 끝낸 예순 살 먹은 여자처럼 지친 손놀림으로(실제로는 힘든 하루 일을 끝낸 예순 살 먹은 여자가 된 기분이었다.) 트리샤는 쓸모가 없어진 부서진 게임보이까지 모든 물건을 배낭 속에 주워 담고 자리에서 일어섰다. 그러고는 배낭 쥠쇠를 채우기 전에 비옷을 벗어 눈앞에 펼쳐 들고 보았다. 비탈면에서 미끄러질 때 아무런 보호 구실을 해주지 못했던 그 얇은 비닐 조각은 이제, 다른 상황에서라면 익살스럽다고 여길 정도로 여기저기 찢어진 채 축 늘어져 있었다. 그것은 거의 청색 비닐 조각으로 만든 홀라 스커트처럼 보였던 것이다. 하지만 트리샤는 그것을 간직하는 편이 낫겠다고 판단했다. 달리 아무 데도 쓸데가 없다 해도, 모자를 쓰지 않은 아이의 머리 주위에 구름처럼 모여들기 시작한 날벌레를 막는 역할은 할 수 있을지 모른다. 모기떼는 전보다 더 불어나 있었는데, 분명 팔에 난 핏자국에 이끌려 온 것이리라. 모기들이 피 냄새를 맡은 것이다.

"이런, 정말 너무하는군."

트리샤는 코를 찡그리며 모자로 벌레 떼를 쫓았다. 아이는 팔이 부러지거나 머리가 깨지지 않은 것을 감사해야 한다고, 토마스 아줌마의 친구 프랭크처럼 벌침에 알레르기를 일으키지 않는 것도 감사해야 한다고 말하려 애썼지만, 상처를 입고 긁히고 붓고 엉망이 된 상태에서는 감사하기가 쉽지 않았다.

너덜너덜한 비옷을 다시 걸치면서(그 위에 배낭을 멜 생각이었다.) 개울 쪽을 바라보던 아이는 물가가 온통 진흙 밭이라는 사실을 알았다. 트리샤는, 엉덩이 바로 위쪽으로 말벌에 쏘인 자리가 청바지 허릿단에 쓸릴 때 움찔하면서 한쪽 무릎을 꿇고 반죽 같은 회갈색 진흙을 손가락으로 떠 보았다. 발라볼까 말까?

"어쩌면 아플지도 모르지."

트리샤는 한숨을 쉬고는 엉덩이 위쪽 부은 자리에 진흙을 발랐다. 그러자 살 것처럼 시원해지면서 가렵던 통증이 삽시간에 가라앉았다. 아이는 조심스러운 손길로 눈가에 부은 자리를 포함해서 팔이 닿는 한 벌에 쏘인 자리마다 진흙을 발랐다. 그러고는 양손을 청바지에 닦고(바지와 손은 모두 여섯 시간 전에 비하면 엉망이 돼 있었다.) 찢어진 비옷을 걸친 다음 어깨를 움직여 배낭을 걸쳐 메었다. 배낭이 벌에 쏘인 자국 어디에도 닿지 않는 것은 다행한 일이었다. 개울가를 따라 걷기 시작한 트리샤는 5분쯤 뒤에는 다시 숲 속으로 들어가게 되었다.

트리샤는 그 다음 네 시간가량을, 지저귀는 새소리와 끊임없이 윙윙거리는 날벌레 소리를 들으며 개울을 따라갔다. 그 시간 동안 내내 이슬비가 내렸는데, 한 차례 소나기가 퍼부어, 눈에 보이는 가장 큰 나무 아래로 몸을 피했음에도 흠씬 젖고 말았다. 두 번째 소나기 때는 적어도 천둥 번개는 치지 않았다.

트리샤는 힘들고 무서운 하루가 서서히 저물어가는 그동안만큼 자신이 도시에서 자란 아이라는 사실을 뼈저리게 느껴본 적이 없었다. 아이의 눈에는 숲이 마치 단단히 조여드는 것 같았다. 한동안 트리샤는 널찍한 소나무 숲을 따라갔는데, 어느 지점에 이르자 삽시간에 흡사 디즈니 만화에 나오는 숲처럼 바뀌어 보였다. 얼마 후 처음으로 조여드는 느낌이 들었을 때 아이는, 자신의 팔과 눈을 할퀴려고 덤벼드는 얽힌 나뭇가지들과 씨름하며 키 작은 나무들과 밀집한 관목이 한데 엉킨 수풀(관목들은 대부분 가시가 있었다.)을 헤치며 나아가고 있었다. 그것들의 유일한 존재 이유는 장애물 노릇을 하기 위한 것처럼 보였다. 피로가 심해져 기진맥진해질 무렵 트리샤는 그것들이 실제로 지능이 있고 너덜거리는 청색 비옷을 걸친 외부인을 상해하려는 교활한 의도를 가진 생물체처럼 여겨지기 시작했다. 그리고 어쩌면 자신을 잡아채려는 (재수가 좋으면 트리샤의 눈알 하나를 파내려는) 그것들의 욕망은 사실상 부차적인 것일지도 모른다는 생각도 들기 시작했다. 그 덤불 숲이 정말로 원하는 것은 트리샤를 개울에서, 사람들에게로 나아가는 통로이자 숲에서 빠져나가는 티켓에서 떼어놓는 것일지 몰랐다.

트리샤는 나무와 관목이 너무 밀집한 곳에서는 기꺼이 개울이 보이지 않는 길로 돌아갔지만 그 경우에도 물소리에서 벗어나려고는 하지 않았다. 졸졸거리는 물소리가 희미해지면 뚫고 갈 수 없을 만큼 엉킨 나뭇가지들을 피해 더 멀리 빠져나갈 길을 찾기보다는 그 아래로 엉금엉금 기어가는 쪽을 택했다. 질척거리는 지면 위를 기어가는 일이 최악이었다.(소나무 숲은 지면이 건조하고 바닥에는 푹신푹신한 솔잎이 깔려 있었지만, 관목이 뒤엉킨 덤불숲의 바닥은 언제나 젖어 있는 것 같았다.) 아이의 배낭은 뒤엉킨 나뭇가지와 관목 속을 질질 끌려갔으며 이따금씩 뭔가에 걸리곤 했다……. 그리고 숲이 빽빽한 곳에서도 언제나 깔따구와 등에모기 떼가 얼굴 앞에서 춤을 추었다.

트리샤는 이 모든 일을 그토록 위협적이고 기가 질리게 만드는 것이 무엇인지 알고 있었지만 꼬집어 말하기가 어려웠다. 그것은 트리샤가 이름을 알지 못하는 모든 것과 관련이 있었다. 엄마가 말해 준 것들은 알고 있었다. 자작나무라든가 너도밤나무, 오리나무, 가문비나무, 소나무, 그리고 속이 빈 나무를 쪼는 딱따구리 소리라든가 까마귀의 거친 울음소리, 날이 저물기 시작할 무렵 삐걱거리는 문짝 같은 소리를 내는 귀뚜라미 울음소리 등등. 하지만 이런 것들 말고 뭐가 또 있었더라? 엄마가 그것을 말해 줬을지는 몰라도 지금 트리샤의 기억 속에는 없었다. 그러나 엄마가 애초에 말해 준 적이 없었을 것이라고 생각했다. 트리샤는 한동안 메인 주에서 살기는 했지만 엄마가 매사추세츠 출신의 도시 여자라고, 숲 속을 산책하기를 좋아하고 자연 안내서를 몇 권 읽은 것뿐이라고 생각했다. 그런데 이를테면, 저기 번들거리는 연두색 잎사귀가 달린 무성한 관목을 뭐라고 한담? (제발…… 독가시나무가 아니기를.) 아니면, 저기 흐린 회색빛 줄기를 한 쓰레기 더미처럼 보이는 나무는? 또는, 잎이 길쭉하게 늘어진 저 나무들은? 엄마가 알고 있는 저 샌포드의 숲(때로는 엄마 혼자서 때로는 트리샤와 함께 산책하던 숲)은 장난감 숲이었다. 그러나 이곳은 장난감 숲이 아니었다.

트리샤는 수많은 수색자들이 자신을 향해 다가오고 있는 광경을 머릿속에 그려보려 했다. 상상력이 뛰어난 트리샤는 처음에는 별 무리 없이 그 광경을 그려볼 수 있었다. 행선지 칸에 '전담 수색 팀'이라는 글자가 적힌 크고 노란 스쿨버스가 애팔래치아 종주로의 서부 메인 주 전역의 주차장에 정차한다. 버스 문이 열리면서 갈색 제복 차림을 한 남자들(일부는 줄을 맨 개를 데리고 있고, 모두 허리띠에 무전기를 달았으며, 몇몇은 배터리식 확성기를 든 사람들)이 쏟아져 나온다. 아이가 처음 듣게 될, 확성기로 울려 퍼지는 신의 음성은 이런 것이다.

"패트리샤 맥팔랜드, 어디 있니? 이 소리가 들리면 소리가 들리는 쪽으로 오너라!"

그러나 숲의 어둠이 짙어지고 옥죄는 느낌이 강해지면서 개울물 소리(그 개울은 트리샤가 비탈면을 굴러 떨어진 지점에 비해 폭이 더 넓어진 것도 좁아진 것도 아니었다.)와 자신의 숨소리만 들려왔다. 갈색 제복을 입은 사람들에 대한 상상도 차츰차츰 희미해져 갔다.

'이렇게 밤을 밖에서 보낼 수는 없어. 내가 숲에서 밤을 지낼 거라고 생각하는 사람은 아무도 없단 말이야.' 하고 아이는 생각했다.

트리샤는 다시금 공포의 손길이 자신을 휩싸는 느낌이 들었다. 심장이 뛰고 입이 바짝 타며 눈알이 욱신거렸다. 아이는 숲에서 길을 잃고 이름을 알 수 없는 나무들에 에워싸인 채 도시에서 자란 여자 애의 어휘가 필요 없는 장소에 홀로 있었으며, 이제 원시 그 자체처럼 얼마 안 되는 인식과 반응만 주어진 상태로 남겨진 셈이었다. 도시 소녀와 동굴 소녀는 백지 한 장 차이였다.

트리샤는 집에서 창문으로 길 모퉁이 가로등 불빛이 들어오는 자기 방에 있을 때도 어둠을 무서워했다. 아이는 숲에서 밤을 지내야 한다면 공포 때문에 죽을지도 모른다고 생각했다.

트리샤의 마음속에는 달리고 싶은 충동이 남아 있었다. 흐르는 물이 결국 자신을 사람들에게 데려다 주리라는 것은 그저 동화책 『초원의 작은 집』과 같은 부류의 꾸며낸 얘기에 불과하다고 치부하고 말이다. 벌써 꽤 오랫동안 개울을 따라왔는데, 날벌레만 잔뜩 꾀어들었을 뿐이다. 아이는 그것으로부터 달아나고 싶었다. 어디든 상관없으니 제일 가기 쉬운 쪽으로 달리고 싶었다. 아무리 그것이 미친 생각이라고 해도 소용이 없었다. 어쨌든 이대로라면 눈알의 욱신거림이라든가(벌에 쏘인 자리들도 다시 쑤시기 시작했지만) 입 속에 남아 있는 이 구리 맛 나는 공포가 줄어들 것 같지 않았다.

이제 한 덩어리처럼 뒤얽힌 상태로 점점 더 빽빽해지는 나무 수풀을 헤치며 나아간 트리샤는 초승달 모양의 조그만 빈 터로 나섰다. 그곳에서는 개울이 팔꿈치처럼 왼쪽으로 휘어져 있었다. 사방이 관목과 들쭉날쭉한 나무숲으로 에워싸인 이 빈 터는 트리샤에게는 에덴의 동산 같았다. 벤치로 삼기에 딱 좋은 쓰러진 나무줄기도 있었다.

나무줄기로 다가가 걸터앉은 아이는 눈을 감고, 구해 달라는 기도를 올리려 했다. 하느님께 워크맨이 고장 나지 않았기를 빌었을 때는 간단했다. 그때는 무심코 한 것이기 때문이었다. 하지만 지금은 기도를 하기가 쉽지 않았다. 엄마 아빠 모두 교회에 나가는 신자가 아니었다. 가톨릭 신자였던 엄마는 세월이 흐르는 사이에 교회에 나가지 않게 되었고, 트리샤가 아는 한 아빠는 처음부터 신자가 아니었다. 그런데 이제 길을 잃고 보니 기도를 어떻게 드려야 할지 알 수 없었다. 아이는 "우리 아버지시여."라고 말해 보았지만, 그것은 마치 숲 속에서 전기 깡통 따개를 갖고 있는 것만큼이나 밋밋한 느낌이 드는 데다 아무 위안도 되지 않았다. 눈을 뜨고 이미 잿빛 어스름이 깔리기 시작한 사실을 너무나 분명하게 깨달은 아이는 빈 터를 둘러보면서 여기저기 긁힌 상처가 잔뜩 난 두 손을 불안스레 꽉 잡았다.

아이는 자신이 엄마와 영적인 문제를 놓고 이야기한 적이 있는지 기억나지 않았지만, 한 달 전쯤 아빠에게 하느님을 믿느냐고 물어본 일은 있었다. 그때 그들은 맬든에 있는 아빠의 작은 집 뒤뜰에 나와, 여전히 딸랑거리는 하얀 트럭을 몰고 다니는(그 트럭을 생각하자 트리샤는 다시 울음이 터질 것 같았다.) 아이스크림 장수에게서 산 콘 아이스크림을 먹고 있었다. 피트 오빠는 '공원에 내려가고'(맬든에서는 오빠가 옛 친구와 어울려 빈둥거리는 일을 그렇게 표현했다.) 집에 없었다.

"하느님이라······."

아빠는 새로 나온 아이스크림의 맛을 볼 때처럼 그 단어를 음미하는 듯이 보였다. 초콜릿 칩을 얹은 바닐라가 아니라 하느님을 얹은 바닐라 아이스크림처럼.

"어째서 그런 생각을 하게 된 거니, 애야?"

트리샤는 자신도 왜 그런 생각을 했는지 알지 못했기 때문에 고개를 저었다. 그런데 이제 이 흐리고 벌레가 들끓는 6월 어스름 때 쓰러진 나무에 앉고 보니 문득 섬뜩한 생각이 들었다. 만약 자신에게, 미래를 내다보는 어떤 심오한 능력이 있어서 이런 일이 일어날 줄 알고 그런 질문을 했던 거라면? 만일 자신이 곤경을 헤쳐 나가는 데 하느님으로부터 얼마간 도움이 필요하게 될 것임을 미리 알고 있었던 거라면, 그래서 조명탄을 쏘아 올린 거라면?

"하느님은……"

래리 맥팔랜드가 아이스크림을 핥으면서 말했다.

"하느님은 말이지……"

그는 한참을 더 생각했다. 트리샤는 아빠가 얼마든지 생각할 시간을 갖도록 내버려 둔 채 아빠의 조그만 뜰(잔디를 깎을 때가 지났다.)을 바라보며 피크닉 테이블에 조용히 앉아 있었다. 이윽고 아빠가 입을 열었다.

"내가 믿는 것이 뭔지 말해 주마. 난 '들리지 않는 소리'를 믿는단다."

"뭘 믿는다고요?"

트리샤는 아빠가 그저 농담을 하는 건지 아닌지 모른 채로 그를 쳐다보았다. 농담을 하는 것처럼 보이지는 않았다.

"들리지 않는 소리 말이다. 우리가 포어 가에 살았을 때 기억나니?"

물론 아이는 포어 가의 그 집을 기억했다. 지금 두 사람이 있는 곳에서 린의 시내 간선도로를 따라 세 블록 떨어진 집이었다. 이 집보다 크고 뜰도 더 넓었으며 아빠가 늘 잔디를 깎아두곤 했다. 그 당시 샌포드는 할머니 할아버지네 집이고 여름방학 때면 가던 곳이었으며, 펩시 로비쇼드는 여름에만 만나는 친구이고, 팔뚝으로 내는 방귀 소리는 이 세상에서 제일 웃기는 짓이었다……. 물론 진짜 방귀를 빼놓고 말이다. 포어 가의 부엌은 지금 아빠 집 부엌에서처럼 퀴퀴한 맥주 냄새를 풍기지 않았다. 그 모든 일이 너무나 생생했던 나머지 트리샤는 고개를 끄덕이기까지 했다.

"그 집은 전기로 난방을 했지. 그런데 난방을 하지 않을 때도 난방기에서 웅웅대는 소리가 나던 거 기억나니? 여름철에도 말이야."

그 질문에 트리샤는 고개를 저었다. 아빠는 그럴 줄 알았다는 듯이 고개를 끄덕였다.

"그건 네가 그 소리에 익숙해졌기 때문이야. 하지만 아빠 말을 믿으렴, 트리샤. 그 소리는 언제나 들렸단다. 그런 난방 장치가 없는 집이라도 이런저런 소리들이 있지. 냉장고가 가동됐다 끊어졌다 하는 소리 같은 것 말이다. 파이프에서는 텅텅하는 소리가 나고, 마룻바닥에서는 삐걱거리는 소리가 나지. 집 밖으로는 차가 지나는 소리가 들리는 거야. 우리는 늘 이런 소리들을 듣고 있기 때문에 대개는 그 소리를 전혀 듣고 있지 않단다. 그런 소리가……."

그러면서 아빠는 나머지 부분은 아이보고 끝내라는 몸짓을 해 보였다. 아빠는 트리샤가 아주 어렸을 적부터, 아빠의 무릎에 앉아서 이제 막 글을 읽기 시작할 무렵부터 그랬다. 습관처럼 굳어진 아빠만의 몸짓이었다.

"들리지 않는 소리라는 거로군요."

트리샤가 그렇게 말한 것은 그 말의 의미를 완전히 파악했기 때문이라기보다는 그것이 아빠가 원하는 대답임이 뻔했기 때문이었다.

"그래."

아빠는 아이스크림을 먹으면서 한 번 더 같은 몸짓을 해 보였다. 그때 바닐라 아이스크림 한 조각이 그의 왼쪽 카키색 바짓가랑이에 떨어진 것을 보면서 트리샤는 문득 아빠가 그날 얼마나 많은 맥주를 마셨을지 궁금해했던 것이 기억났다.

"바로 그거야, 들리지 않는 소리 말이다. 나는 하느님이 실제로 오스트레일리아에서 땅에 떨어지는 모든 새라든가 인도의 모든 벌레들에 하나하나 유의한다든지, 하느님이 우리의 모든 죄를 커다란 황금 책에 기록해 두었다가 우리가 죽으면 심판한다든지 하는 생각 같은 것은 믿지 않아. 또, 하느님이 일부러 악한 사람을 창조한 다음 그들을 고의로 지옥 불에 태울 거라는 것도 믿지 않는단다. 하느님이 세상을 창조하신 것은 맞을지 몰라도……. 그것 말고 '뭔가'가 더 있을 거라고 생각해."

그는 풀이 너무 많이 자란 데다 지나치게 비좁은 뜰을, 아들딸을 위해 설치해 놓은 유아용 그네와 미끄럼틀 세트(피터 오빠는 거기에서 놀기에는 너무 컸고, 사실이지 그 점은 트리샤도 마찬가지였지만, 그래도 이 집에 오면 단지 아빠를 기쁘게 해주기 위해 이따금씩 그네와 미끄럼틀을 타곤 했다.)를, 두 개의 정원용 난쟁이 상(그

중에 하나는 봄을 지내면서 너무 크게 자란 잡초 때문에 거의 보이지 않을 정도였다.)을, 그리고 그것들 맨 뒤편에 있는, 칠을 새로 해줄 필요가 있는 울타리를 둘러보았다. 문득 그 순간 트리샤의 눈에 아빠가 늙어 보였다. 그것은 약간 혼란스럽고 두려운 느낌을 주었다.('마치 숲에서 길을 잃은 느낌 같았어.' 이제 두 발 사이에 배낭을 내려놓은 채 쓰러진 통나무에 걸터앉아 있는 트리샤는 그렇게 생각했다.) 다음 순간 아빠가 고개를 끄덕이면서 트리샤를 돌아보았다.

"그래, 뭔가가 있어. 선에 대한 가차 없는 힘 같은 것 말이다. 가차 없다는 말이 무슨 뜻인지 알겠니?"

트리샤는 그 말뜻을 정확히 알지 못했지만 아빠가 하던 말을 멈추고 설명하는 것은 원치 않았기 때문에 고개를 끄덕였다. 트리샤는 아빠가 자기를 가르치도록 하고 싶지 않았다. 적어도 그날은 그랬다. 그날은 그저 아빠를 알고 싶었을 뿐이었다.

"난 고교 무도회나 처음 참석했던 록 콘서트에서 술에 잔뜩 취해서 돌아오는 십대 아이들을 자동차 사고로부터 보호해 주는 어떤 힘이 있다고 생각해. 그 힘 덕분에 뭔가가 잘못됐을 때도 모든 비행기들이 다 떨어지지 않는 것이라고 말이야. 전부가 다 그런 것은 아니지만 대부분은 그렇다는 거지. 그래, 1945년 이래로 민간인을 상대로 핵무기를 사용한 사람이 없었다는 사실도 '뭔가'가 우리 편에 서 있다는 것을 암시하는 거라고. 물론 조만간 누군가 핵무기를 쏠지 모르지만, 반세기가 넘은 시간은…… 정말 긴 시간이란다."

아빠는 말을 끊고는, 멍청하고 유쾌한 얼굴을 한 정원용 난쟁이 상을 바라보았다.

"뭔가가 있어서 우리들 대부분은 잠을 자다가 죽지 않는 거야. 내 생각에는 그것이 우리를 사랑하는 전지전능한 하느님이 있다는 증거라기보다는 어떤 힘이 있다는 증거처럼 보이는구나."

"들리지 않는 소리 말이죠."

"바로 그거야."

트리샤는 무슨 말인지 이해했지만 그렇다고 그 말이 마음에 들었던 것은 아니다. 그것은 흥미롭고 중요한 내용일 거라고 여기고 막상 뜯어보니 '거주자 귀하'로 시작되는 편지를 받는 것과 너무 흡사했다.

"그것 말고 또 믿는 것이 있나요, 아빠?"

"뭐 흔한 것들이지. 죽음이라든가 세금 같은 것. 그리고 네가 세상에서 제일 예쁜 애라는 것."

"아빠!"

트리샤는 아빠가 자기를 끌어안고 머리 위에 입을 맞추자 웃음을 터뜨리며 꿈틀거렸다. 아빠의 감촉과 입맞춤은 좋았지만 입에서 풍기는 맥주 냄새는 별로였다.

아빠는 아이를 놓아주고 자리에서 일어섰다.

"그리고 또 이제 맥주를 마실 시간이 됐다는 것도 믿는단다. 아이스 티, 마실래?"

"아뇨, 됐어요."

어쩌면 그때 선견지명이 있는 뭔가가 '이미' 작용했던 것인지 몰랐다. 아빠가 막 자리를 뜨려는 참에 트리샤가 다시 이렇게 말했던 것이다.

"'정말로' 뭐든 다른 것을 믿고 계세요? 진담이에요."

아빠의 미소가 사라지면서 정색한 표정으로 바뀌었다. 그는 그 자리에 선 채로 생각에 잠겼으며(통나무에 앉아 있는 지금, 트리샤는 아빠가 자기를 위해 그토록 골똘하게 생각에 잠겼던 일 때문에 우쭐해했던 것이 기억났다.), 들고 있던 아이스크림은 이제 손에서 녹아 떨어지기 시작했다. 이윽고 아빠가 다시 미소를 지으며 고개를 들었다.

"나는 너의 우상인 톰 고든이 올해 마흔 게임을 세이브할 거라고 믿지. 현재 그가 메이저 리그에서 가장 뛰어난 마무리 투수라는 것, 만일 그가 제 컨디션을 유지하고 삭스 팀의 타선이 받쳐준다면 오는 10월에 월드 시리즈에서 투구를 할 수 있으리라는 것 말이다. 네게는 그 정도면 충분한 게 아니냐?"

"정말 그래요!"

트리샤는 자신이 애초에 진지하게 질문을 던졌던 일을 잊어버리고 깔깔거리며 소리를 질렀다. 톰 고든은 정말 트리샤의 우상이었기 때문이다. 아이는 아빠가 그 사실을 알고 있다는 것, 그리고 그 사실을 놓고 빈정거리거나 하지 않고 유쾌하게 대해 준다는 것이 좋았다. 그때 트리샤는 달려가서 아빠를 힘껏 끌어안았다. 아이스크림이 자신의 셔츠에 묻었지만 아무래도 좋았다. 친구 사이에 서니 트리트 아이스크림 같은 것은 아무래도 좋았던 것이다.

그리고 이제, 점점 짙어져 가는 잿빛 어둠 속에 앉아, 숲의 온 사방에서 들리는 빗방울 소리를 들으면서, 형태가 흐릿해지기 시작하여 이제 곧 무서움을 잔뜩 안겨 줄 나무들을 바라보며, 확성기로 부르는 소리("소리가 들리는 쪽으로 오너라!")나 멀리서 개 짖는 소리가 들리지 않는지 귀를 기울이며 아이는 이렇게 생각했다.

'들리지 않는 소리에 기도할 수는 없어. 그럴 수는 없다고.'

그렇다고 톰 고든에게 기도할 수도 없는 일이었다. 그것은 바보 같은 짓이었다. 하지만 그가 게임하는 것은 들을 수 있을지 몰랐다……. 그것도 양키스 팀을 상대로 해서 말이다. WCAS 방송은 삭스 팀 시합을 중계할 테고 아이는 그 중계방송을 들을 수 있을 터였다. 배터리를 아껴야 한다는 사실은 알고 있었지만, 그래도 얼마간은 들어도 괜찮지 않을까? 그리고 어쩌면 게임이 끝나기 전에 확성기나 개 짖는 소리를 듣게 될지도 몰랐다.

트리샤는 배낭 안쪽 주머니에서 워크맨을 조심스레 꺼낸 다음 이어폰을 꽂았다. 문득 라디오가 더 이상 나오지 않을지도 모른다는 생각에 아이는 잠시 망설였다. 비탈에서 구를 때 어떤 중요한 선이 헐거워져서 이번에는 전원 단추를 눌러도 아무 소리도 들리지 않을 것이라는 느낌이 든 것이다. 어쩌면 바보 같은 생각일지 모르지만 온갖 나쁜 일이 벌어진 날에는 무서우리만큼 가능성이 높은 생각이기도 했다.

'어서 틀어봐, 어서. 겁쟁이처럼 굴지 말고!'

트리샤는 단추를 눌렀다. 그러자 무슨 기적처럼 아이의 머릿속에 제리 트루피아노(유명한 스포츠 중계방송 아나운서—옮긴이)의 음성이 가득 찼다…….

그리고 더욱 중요한 것은 펜웨이 파크(보스턴 레드삭스 팀의 홈구장—옮긴이)의 소리였다. 트리샤는 점점 어두워져 가는 비 오는 숲 속에서 길을 잃은 채 혼자 앉아 있었지만 3만 명이 내는 소리를 들을 수 있었다. 그것은 기적이나 다름없는 일이었다.

"……고든이 투구 자세를 취합니다. 와인드업했습니다. 던졌습니다. ……삼진 아웃. 마르티네스가 잡았습니다! 멋진 슬라이더였습니다! 안쪽 구석으로 오는 공이었는데 버니 윌리엄스는 손도 대지 못했군요! 오, 이런! 2회가 끝나고 반 이닝이 진행됐는데, 여전히 양키스가 2점, 보스턴 레드삭스는 득점이 없네요."
트루프가 중계하고 있었다.
광고 음악이 나오면서 자동차 수리를 받으려면 1-800-54-자이언트로 전화를 걸라고 알려 주었지만 트리샤의 귀에는 그 소리가 들리지 않았다. 벌써 2회하고 반 이닝이 지났다면 지금이 저녁 8시라는 얘기였다. 처음에는 그 사실이 어이가 없었지만, 흐릿해진 빛을 보니 믿어지지 않을 정도는 아니었다. 아이는 벌써 열 시간째 혼자 있었던 셈이다. 그 시간은 영원처럼 여겨지기도 했고, 그 사이에 전혀 시간이 흐르지 않은 것처럼 여겨지기도 했다.
트리샤는 손을 휘저어 날벌레를 쫓고(이제 그 손짓은 무의식적이고 자동적으로 이루어졌다.) 도시락 상자를 뒤적여 보았다. 참치 샌드위치는 생각했던 것만큼 나쁘지 않았다. 납작해지고 큼직한 덩어리로 부서져 있기는 했어도 여전히 샌드위치의 형태는 유지하고 있었다. 배기 덕분에 흩어지지 않을 수 있었던 것이다. 그러나 먹다 남은 트윙키는, 펩시 로비쇼드라면 '곤죽'이라고 표현했을 만한 형태로 바뀌어 있었다.
트리샤는 자리에 앉아서 중계방송에 귀를 기울이며 참치 샌드위치를 천천히 반쯤 먹었다. 그것이 식욕을 자극했기 때문에 나머지 절반도 순식간에 먹어치울 수 있었지만 아이는 남은 샌드위치를 다시 봉지 속에 넣고 그 대신 축축한 케이크 부분과 역한 맛이 나는 화이트 크렘 속(여기에는 언제나 크림 대신 크렘이 들어간단 말이야 하고 트리샤는 생각했다.)을 한 손가락으로 떠가며 곤죽이 된 트윙키를 먹었다. 손가락으로 떠낼 수 있는 부분을 모조리 먹고 난 다음에는 포장지를 뒤집어서 안쪽도 깨끗이 핥아 먹었다.

'쩨쩨하다고 해도 할 수 없어.'

트리샤는 이런 생각을 하며 트윙키 포장지를 도시락 가방 안에 집어넣었다. 레드삭스와 양키스가 3회와 4회 시합을 하는 동안 아이는 서지를 크게 세 모금 들이켠 다음 트윙키를 먹었던 손가락 끝으로 혹시 남아 있는 포테이토칩 조각이 없는지 뒤적여 보았다.

5회 중반에는 양키스와 4 대 1이었고 마르티네스는 짐 코르시로 대체되었다. 래리 맥팔랜드는 코르시를 불신했다. 언젠가 트리샤와 전화로 야구 얘기를 하던 그가 이렇게 말했다.

"내 말을 잘 들으렴, 얘야. 짐 코르시는 레드삭스에 득이 될 게 없어."

트리샤는 킥킥거리며 웃었다. 그러지 않을 수가 없었다. 아빠의 말이 너무나 '엄숙하게' 들렸던 것이다. 그리고 얼마 후에는 아빠도 킥킥거리며 웃었다. 그것은 두 사람 사이에서 일종의 유행어처럼, 그들 두 사람만이 이해할 수 있는 말, 암호 같은 것으로 쓰였다.

"내 말 잘 들어. 짐 코르시는 절대로 레드삭스에 득이 되지 않아."

하지만 6회 초 코르시는 양키스를 삼진으로 잡으면서 레드삭스에게 득을 안겨 주었다. 트리샤는 이제 라디오를 끄고 배터리를 아껴야 한다고 생각했다. 레드삭스가 3점이 뒤진 상황에서는 톰 고든이 투구를 하러 나오지 않을 터였다. 그러나 펜웨이 파크와의 접속을 끊는다는 것은 생각만 해도 견디기 어려운 일이었다. 아이는 제리 트루피아노와 조 캐스틸료네의 중계방송 자체보다는 조개에서 나는 소리 같은 야구장의 웅성거림에 더 열심히 귀를 기울였다. 저들은 실제로 '그곳'에 있었다. 핫도그를 먹고 맥주를 마시고, 리걸 시푸드 매점에서 기념품과 소프트 아이스크림과 차우더(조개나 생선을 넣어 만든 수프―옮긴이)를 사기 위해 줄을 서면서 말이다. 그들은 하늘이 저물면서 조명등의 불빛에 대런 루이스(아나운서들은 종종 그를 "딜루"라고 부르지만)가 그림자를 늘어뜨리며 타석에 들어서는 광경을 지켜보고 있었다. 트리샤는 모기떼의 나지막한 윙윙거림(땅거미가 지면서 모기떼는 한층 더 극성스럽게 몰려들었다.)과 나뭇잎에서 떨어지는 빗방울 소리, 귀에 거슬리는 귀뚜라미 울음소리…… 그 밖에 숲에서 나는 다른 수많은 소리들 때문에 저 3만 관중이 내는 웅얼거림을 포기한다는 것이 견딜 수 없었다.

하지만 아이가 정작 두려워하는 것은 다른 소리였다.

어둠 속에서 들리는 또 다른 소리들.

딜루가 오른쪽으로 싱글 안타를 뽑아내고 타자 하나가 아웃된 후 모 본이 잘못 던진 슬라이더를 잡았다.

"뒤로 뒤로 쭉 뻗습니다! 레드삭스 불펜 쪽입니다! 누군가가, 제 생각엔 리치 가시스였던 것 같습니다만, 날아드는 공을 잡았습니다. 모 본 선수, 홈런입니다! 올해 모 본의 열두 번째 홈런 덕분에 양키와는 1점 차로 좁혀졌습니다."

트루프가 노래하듯 소리를 질렀다.

트리샤는 나무줄기에 앉은 채 웃음을 터뜨리고 박수를 치면서, 톰 고든의 사인이 든 모자를 좀 더 단단히 눌러썼다. 이제 날은 완전히 어두워져 있었다.

8회 말에 노마 가르샤파라가 그린 몬스터(펜웨이 파크의 명물로, 왼쪽 펜스에서 좌중간까지 설치된 거대한 담장—옮긴이) 위쪽 스크린으로 투런 홈런을 쏘아 올렸다. 레드삭스가 5 대 4로 앞서기 시작하면서 9회 초에 톰 고든이 등판했다.

트리샤는 쓰러진 나무 위에서 땅바닥으로 주르륵 내려앉았다. 나무껍질이 벌에 쏘인 엉덩이를 문지르듯 스쳤으나 느끼지도 못했다. 굶주린 모기들이 셔츠와 너덜너덜한 비옷이 말려 올라가면서 드러난 등허리의 맨살에 몰려들었지만 그것도 느끼지 못했다. 아이는 개울물에 비친 마지막 희미한 빛 한 점을, 흐릿한 수은 빛을 응시하며 손가락으로 양쪽 입가를 누른 채 축축한 땅바닥에 앉아 있었다. 문득 톰 고든이 1점 차의 리드를 지키는 것, 시즌 초반에 애너하임에게 두 게임을 졌을 뿐 그 뒤로 패배를 모르는 강적 양키스와의 이번 게임에서 승리를 지키는 일이 아주 중요해 보였다.

"자, 어서요, 톰."

트리샤가 나지막하게 말했다. 이쯤에 캐슬뷰의 한 호텔에서는 엄마가 미칠 듯한 공포에 사로잡혀 있었고, 아빠는 퀼라와 그의 아들 곁으로 오기 위해 보스턴에서 포틀랜드행 델타 항공에 몸을 싣고 있었다. 패트리샤 관할서로 지정된 캐슬 카운티의 주 경찰서에서는 실종된 소녀가 머릿속에 그렸던 것과 흡사한 수색대가 최초의 수색을 소득 없이 끝낸 채 돌아오고 있었다. 경찰서 밖에는 포틀랜드 세 개 방송사와 포츠머스 두 개 방송사의 뉴스 취재 차량이 주차되어 있었다. 30여 명 정도의 노련한 삼림지기들(그중 일부는 정말 개를 데리고 있었다.)은 모든 삼림지와, 90번, 100번, 110번 종주로 등 뉴햄프셔의 굴뚝으로 이어지는, 같은 군에 편입되지 않은 세 곳의 타운십에 잔류하고 있었다. 숲에 남아 있는 이들이 의견의 일치를 본 것은 패트리샤 맥팔랜드가 아직 모튼이나 90번 종주로 언저리에 있으리라는 것이었다. 어쨌든 트리샤는 어린 소녀였으므로 최종 목격된 장소로부터 그렇게 멀리까지 가지는 못했을 가능성이 높았다. 이들 노련한 안내원과 수렵 감독관, 산림청 소속 직원들은, 트리샤가 수색대가 가장 가능성이 높으리라고 생각했던 지역에서 서쪽으로 거의 14킬로미터가량 떨어진 곳까지 갔다는 사실을 알았다면 경악했을 것이다.

"자, 어서요, 톰. 이제 삼진으로 잡아요. 어떻게 할지 당신도 잘 알잖아요."

트리샤가 소곤거렸다.

그러나 오늘 밤은 그러지 못했다. 고든은 9회 초에, 잘생기기는 했어도 사악하기 짝이 없는 양키스의 유격수 데릭 제터를 걸려 내보냈던 것이다. 트리샤의 머릿속에 언젠가 아빠가 해준 말이 떠올랐다. 선두 타자를 내보내면 점수를 낼 확률이 70퍼센트 상승한다는 것이다.

'우리가 이기면, 톰이 세이브를 딴다면 나도 구조될 거야.'

이 생각이 마치 불꽃이 터지는 것처럼 갑작스레 머릿속에 떠올랐다.

물론 그것은 투 스트라이크 스리 볼에서 아이의 아버지가 액막이를 위해 나무를 두드리는 버릇만큼이나(아버지는 매번 그렇게 했다.) 어리석은 생각이었지만, 어둠이 점점 짙어지고 개울의 마지막 흐릿한 은빛마저 사라져버리고 나자 반박할 수 없는 논리로서, 2 더하기 2는 4가 되는 것만큼이나 확실해 보였다. 톰 고든이 이 게임을 구원한다면 '트리샤'도 구조될 것이다.

폴 오닐이 내야 플라이를 쳤다. 원 아웃. 버니 윌리엄스가 타석에 나왔다.

"언제나 위험한 타자죠."

조 캐스틸료네가 그렇게 말한 순간 윌리엄스가 중앙으로 안타를 쳐서 제터를 3루로 보냈다.

"대체 왜 그런 소리를 한 거예요, 조? 맙소사, 어쩌자고 그런 소리를 한 거람?"

트리샤는 신음 소리를 냈다.

주자는 1루와 3루에 있었고, 아웃된 타자는 하나밖에 없었다. 펜웨이의 관중들은 희망을 품고 환성을 지르고 있었다. 의자에서 상체를 앞으로 숙이고 있는 사람들의 모습이 트리샤의 눈앞에 선했다.

"자, 톰, 어서요, 톰."

트리샤가 속삭였다. 깔따구와 등에모기가 주위에 떼로 몰려와 있었지만 트리샤는 더 이상 그것들의 존재를 알아차리지 못했다. 싸늘하고도 격렬한 절망감이 심장을 쥐어짰다. 그것은 트리샤의 머릿속에서 들리던 저 가증스러운 목소리와 같은 것이었다. 양키스는 너무 잘했다. 단타 하나면 동점을 이룰 수 있었다. 장타라면 쫓아가기 어려울 정도로 달아나고 말 터였다. 게다가 다음 타자는 저 무서운 마르티네스였고, 바로 그 뒤에는 가장 위험한 타자가 기다리고 있었다. '허수아비'가 이제 타자 대기석에서 한쪽 무릎을 살짝 굽힌 채 배트를 휘두르며 게임을 지켜볼 것이다.

고든은 마르티네스와의 볼 카운트를 투 앤 투로 만들어놓고 나서 커브볼을 던졌다.

"스트라이크 아웃! 오, 이런, 정말 멋졌어요! 마르티네스는 간발의 차이로 공을 놓쳤군요!"

조 캐스티뇰레가 소리쳤다. 마치 믿을 수 없다는 듯한 어투였다.

"두 발의 차이쯤 되죠."

트루프가 도움을 준답시고 거들었다.

"결국 이렇게 됐군요."

조가 말했는데, 트리샤는 그의 목소리 뒤편에 있는 다른 목소리들, 팬들의 목소리들이 점점 고조되는 것을 들을 수 있었다. 박자에 맞춰 박수 소리가 터져 나오기 시작했다. 펜웨이 구장의 충실한 신봉자들은 이제 찬송가를 부르려는 교회 신자들처럼 일제히 일어서 있을 터였다.

"주자 두 명에 타자 둘이 아웃된 상태에서 레드삭스는 1점 차 우위를 지키고 있습니다. 마운드에는 톰 고든이 있고……."

"그 말은 하지 마. 절대로 그 말을 해서는 안 돼!"

트리샤가 여전히 양손으로 입 언저리를 누른 채 속삭였다.

하지만 그는 그 말을 했다.

"그리고 언제나 위험한 대릴 스트로베리가 타석에 나오고 있습니다!"

이젠 끝이다. 저 악마 같은 조 캐스틸료네가 함부로 입을 놀려 불운을 불러들였다. 어째서 그냥 스트로베리의 이름만 말하면 안 된단 말인가? 어떤 바보라도 그렇게 하면 사태를 더 위험하게 만들 뿐이라는 사실을 잘 아는 마당에 어째서 "언제나 위험한"이라는 말뼈다귀 같은 말로 시작해야 한단 말인가?

"자, 여러분, 이제 안전띠를 졸라매세요. 스트로베리가 방망이를 뒤로 젖힙니다. 제터는 고든으로부터 견제구를 끌어볼까 해서, 아니면 적어도 얼마간 주목이라도 받기 위해 3루에서 춤을 추고 있습니다. 하지만 고든은 어떤 행동도 하지 않고 있습니다. 고든이 힐끗 시선을 보냅니다. 베리텍이 재빨리 사인을 보냅니다. 이윽고 투구 자세를 취합니다. 고든이 공을 던집니다…… 스트로베리가 방망이를 휘두르지만 놓치고 맙니다. 스트라이크 원. 스트로베리는 화가 난다는 듯 고개를 젓고 있습니다……"

조가 말했다.

"화를 낼 일은 아니죠, 정말 멋진 투구였으니까 말입니다."

트루프가 말했다. 어딘지 모를 날벌레가 들끓는 어둠의 구덩이 속에 앉아 있던 트리샤는 '제발 조용히 해요, 트루프. 잠시만이라도 입을 닥치라고요.' 하고 생각했다.

"스트로가 타석을 벗어나…… 야구화 바닥의 징을 두드려보고는…… 다시 타석에 들어섭니다. 1루 주자 윌리엄스 쪽을 힐끗 쳐다본 고든이…… 자세를 취하고…… 공을 던집니다. 바깥쪽 낮은 공입니다."

트리샤는 신음 소리를 냈다. 이제 손끝이 뺨을 너무 깊이 누르는 바람에 입술이 이상한 모양으로 튀어나오며 심란한 미소를 짓는 것처럼 보였다. 가슴속에서는 심장이 방망이질을 했다.

"자, 다시 시작합니다. 고든이 자세를 취합니다. 공을 던졌습니다. 스트로베리가 방망이를 휘둘렀습니다. 오른쪽으로 높이 날아가 장타입니다. 만일 공이 제대로 뻗기만 한다면…… 공은 계속 날아가고 있습니다…… 계속…… 날아갑니다…….”
　조가 말했다.
　트리샤는 숨을 죽이고 기다렸다.
　"파울볼."
　이윽고 조가 말하는 소리에 아이는 참았던 숨을 토했다.
　"하지만 정말이지 아슬아슬했습니다. 스트로베리는 스리런 홈런을 칠 뻔했으니까요. 겨우 2에서 3미터 차이로 페스키폴(펜웨이 구장의 파울 기둥——옮긴이) 저쪽에 떨어졌습니다.”
　"제가 보기엔 1미터 정도였던 것 같습니다."
　트루프가 거들었다.
　"제가 보기엔 아무짝에도 쓸모없는 해설이었답니다. 자, 어서요, 톰. 제발.”
　트리샤가 속삭였다. 그러나 톰은 더 이상 허용할 생각이 없었다. 트리샤는 이제 그것을 확실히 알았다. 이만큼 가까이는 허용해도 끝장을 내게 해주지는 않을 것이다.
　그래도 아이는 그의 모습을 눈앞에 그려볼 수 있었다. 랜디 존슨처럼 키가 멀대 같고 괴짜처럼 보이지도 않고, 리치 가시스처럼 너무 작고 땅딸막하지도 않았다. 중키에 균형이 잡힌…… 미남이었다. 특히 모자를 쓰고 눈가에 그늘이 지게 한 채로 있을 때는 더욱 그랬다……. 하지만 아빠는 야구 선수는 거의 모두 잘생겼다고 말했다.
　"그건 유전자 때문이지."
　그러고는 이렇게 덧붙여 말했다.

"물론 그들 대부분은 머릿속이 텅 비었단다. 결국 이런 식으로 평형이 유지되는 셈이지."
 그러나 톰 고든은 그런 부류처럼 보이지 않았다. 그가 처음 트리샤의 눈을 사로잡고 찬사를 받게 된 것은 투구하기 직전의 정지 동작 때문이었다. 그는 다른 투수들처럼 마운드 주위를 돌아다니지도 않았고 야구화를 만지작거리지도 않았고 송진 주머니를 집었다가 던져서 흰 먼지를 일으키거나 하지도 않았다. 그러지 않았다. 등번호 36번은 타자가 이런저런 사소한 온갖 동작을 다 마칠 때까지 잠자코 기다렸다. 눈부신 흰색 운동복 차림을 한 그는 타자를 기다리는 동안 꼼짝도 하지 않았기 때문에 속마음을 읽히는 일도 없었다. 그리고 물론 세이브를 땄을 때면 언제나 하는 동작이 있었다. 마운드를 떠나면서 하는 동작. 트리샤는 그것이 마음이 들었다.
 "고든이 와인드업했다가 공을 던졌습니다…… 악송구로 땅에 떨어진 공입니다! 베리텍이 몸으로 공을 막아 도루를 막았습니다. 이번에 도루를 하면 동점이 됩니다."
 "맙소사!"
 트루프가 말했다.
 조는 상대방의 말을 아는 체하지 않았다.
 "고든이 마운드에서 숨을 한 번 크게 내쉽니다. 스트로베리는 타석에서 자세를 취하고 있습니다. 고든이 몸을 돌리고…… 공을 뿌립니다…… 높은 공입니다."
 불길한 바람처럼 야유하는 소리가 진동했다.
 "스탠드에 계신 3만 관중, 아니 3만 심판들은 마음에 들지 않는 모양이군요, 조."
트루프가 말했다.
"그렇습니다. 하지만 결정권은 주심 래리 바넷에게 있으며, 바넷이 높은 공으로 판정했습니다. 이제 대릴 스트로베리는 풀 카운트를 맞았습니다. 투 스트라이크 스리 볼이 됐습니다."
배후에서는 팬들의 리드미컬한 박수 소리가 점점 고조되고 있었다. 그들의 목소리가 공기를 진동시키고 트리샤의 머릿속을 가득 채웠다. 트리샤는 무심결에 나무줄기를 두드렸다.
"관중들이 일어섰습니다. 3만 관중 모두가 일어섰습니다. 오늘 밤은 탈구된 사람이 없는 모양이군요."
조 캐스틸료네가 말했다.
"어쩌면 한둘 정도는 그런 사람이 있을 겁니다."
트루프가 말했다. 트리샤는 그 말에 신경 쓰지 않았다. 그것은 조도 마찬가지였다.
"고든이 투구 자세를 취했습니다."
그랬다. 트리샤의 눈에도 그의 모습이 보였다. 양손을 한데 모은 그는 이제 홈플레이트 쪽을 똑바로 바라보지 않고 왼쪽 어깨 너머로 시선을 주고 있었다.
"고든이 와인드업을 시작했습니다."
트리샤는 그 광경을 눈으로 보듯 그릴 수 있었다. 왼발은 체중을 싣고 있는 오른발 쪽을 향해 움직이고, 한 손에는 글로브를, 한 손에는 공을 든 두 손이 흉골 쪽으로 올라갔다. 아이는 심지어 버니 윌리엄스가 2루로 질주하기 위해 투구와 동시에 자리를 뜨는 것까지 볼 수 있었다. 그러나 톰 고든은 그쪽에는 신경을 쓰지 않고 여전히 꼼짝도 않는 기본자세를 흐트러뜨리지 않은 채 두 눈은 제이슨 베리텍의 미트를 향하고 있었다. 미트는 홈플레이트 뒤편으로, 바깥쪽 코너에 낮게 떠 있었다.
"고든이 공을 던집니다. 셋…… 둘…… 던졌습니다…… 그리고……."
관중들이 대신 말을 해주었다. 기쁨에 들뜬 환호성이 천둥처럼 터져 나왔던 것이다.
"삼진입니다!"
조는 거의 악을 쓰다시피 했다.
"맙소사, 고든이 투 스트라이크 스리 볼에서 커브볼을 던졌군요. 스트로베리는 꼼짝도 하지 못했습니다! 레드삭스는 양키스를 상대로 5 대 4로 승리하고 톰 고든은 열여덟 번째 세이브를 따냈습니다!"
그의 목소리는 다시 평상시의 높이로 떨어졌다.
"고든의 팀 동료들이 마운드를 향하고, 모 본이 허공을 주먹질하며 앞장섰습니다. 하지만 본이 채 그곳에 이르기 전에, 고든은 삭스 팀의 마무리 투수가 된 직후 팬들에게 익히 알려진 예의 동작을 재빠르게 보여 주는군요."
트리샤는 울음을 터뜨렸다. 아이는 워크맨의 전원 단추를 누른 다음 나무줄기에 등을 기대고 벌린 다리 사이로는 훌라 스커트처럼 너덜너덜해진 청색 비옷을 늘어뜨린 채로 축축한 땅바닥에 그대로 앉아 있었다. 그리고 처음에 자신이 길을 잃었음을 확신했을 때 그랬던 것보다 더 격렬하게 울었다. 그러나 이번은 안도감에서 나온 울음이었다. 자신은 길을 잃었지만 사람들에게 발견되리라는 안도감이었다. 아이는 그렇게 될 것임을 확신했다. 톰 고든이 세이브를 딴 것처럼 자신 역시 구조될 터였다.

트리샤는 여전히 울면서도 몸을 움직일 만한 공간을 마련하기 위해 비옷을 벗어 쓰러진 나무 아래까지 닿도록 펼쳐 깔곤 비닐 바닥에 닿을 때까지 왼편으로 몸을 눕혔다. 트리샤는 거의 의식도 하지 않고 이런 동작을 취했다. 아이의 마음은 여전히 펜웨이 파크에 가 있었던 것이다. 스트로베리를 아웃시키는 심판, 톰 고든을 축하하기 위해 마운드를 향해 내닫는 모 본, 유격수 자리에서는 노마 가르샤파라가, 3루에서는 존 발렌틴이, 2루에서는 마크 렘케가 각각 구보로 달려오는 광경을. 그러나 동료들이 달려들기 전에 고든은 세이브를 땄을 때 언제나 하는 동작을 보여 주었다. 하늘을 찌르는 동작을. 손가락으로 한 차례 재빨리 하늘을 찌르는 광경을.

트리샤는 워크맨을 배낭 속에 넣었는데, 팔을 뻗고 그 위에 머리를 얹기 전에 고든이 그랬던 것처럼 자신도 손가락으로 하늘을 가리켜 보였다. 뭐 어때? '뭔가'가 자신을 저 끔찍했던 하루를 무사히 버틸 수 있게 해주었다. 그런데 그런 식으로 하늘을 가리켜 보인다면 그 뭔가가 하느님처럼 느껴졌던 것이다. 그렇다고 기대도 할 수 없는 행운이나 들리지 않는 소리를 가리킬 수는 없지 않은가.

그렇게 하자 트리샤의 기분은 더 좋아지기도 하고 더 나빠지기도 했는데, 더 좋아진 이유는 그것이 실제 말로 하는 것보다 더 기도답게 여겨졌기 때문이고, 더 나빠진 이유는 그것 때문에 그날 처음으로 자신이 혼자라는 사실을 뼈저리게 느꼈기 때문이다. 톰 고든을 따라서 손가락으로 하늘을 찔러본 후 이전에는 생각지 못한 상실감을 느꼈다. 워크맨 이어폰으로 쏟아져 나와 머릿속을 채웠던 음성들은 이제 유령의 목소리만큼이나 어렴풋해졌다. 아이는 그 생각에 몸을 떨었다. 이곳에서는, 이 숲에서는, 어둠 속에 쓰러진 나무 밑에 몸을 웅크린 지금은 유령 생각 같은 것은 하고 싶지 않았다. 트리샤는 엄마가 보고 싶었다. 그보다 더 아빠가 보고 싶었다. 아빠라면 자신을 이 상태에서 벗어나게 해줄 것이고, 손을 잡고 숲 밖으로 인도해 줄 것이다. 자신이 걷다가 지치면 안아주기도 할 것이다. 아빠는 근육이 늠름한 사람이니까. 트리샤와 오빠가 아빠 집에서 주말을 보낼 때면 아빠는 토요일 밤 트리샤를 번쩍 안아서 조그만 침실로 데려다 주곤 했다. 트리샤가 아홉 살이나 됐는데도(게다가 또래보다 덩치가 큰 편인데도) 여전히 그렇게 했다. 그 일은 맬든에서 주말을 보낼 때 트리샤가 좋아하는 부분이기도 했다.

트리샤는 자신이 심지어 아무짝에도 쓸데가 없고 끝없이 불평만 늘어놓는 오빠까지도 그리워하고 있다는 사실을 발견하고 비참하고도 놀라운 심정이 되었다.

몰아치는 축축한 바람 속에서 울다가 몸을 웅크리기도 하다가 트리샤는 잠이 들었다. 어둠 속에서 날벌레들은 점점 더 빽빽하게 에워쌌다. 벌레들은 드러난 살갗 부위에 내려앉아 트리샤의 피와 땀을 마음껏 빨아먹었다.

한 차례 바람이 잎을 흔들어 마지막 남은 빗방울을 떨구며 숲속을 훑고 지나갔다. 잠시 후 대기는 다시 잠잠해졌다. 그러나 잠잠한 것이 아니었다. 물방울이 뚝뚝 떨어지는 고요 속에서 나뭇가지가 부러지는 소리가 났다. 그것은 잠시 멈췄지만 곧이어 나뭇가지가 후드득 움직이는 소리, 어딘지 세련되지 못하고 귀에 거슬리는 소리가 났다. 까마귀 한 마리가 놀라서 우는 소리가 났다. 잠시 조용해졌던 그 소리는 다시 움직이며, 트리샤가 팔을 베고 잠든 쪽을 향해 점점 다가왔다.

4회 말

그들은 맬든에 있는 아빠의 조그만 집 뒤편에 있었다. 그들 둘 뿐이었다. 그들은 좀 지나치게 녹슨 정원 의자에 앉아 좀 지나치게 자란 풀밭 저편을 바라보고 있었다. 정원 난쟁이들은 은밀한 미소를, 잡초 더미 깊숙이 묻힌 채 불쾌한 미소를 지으며 아이를 빤히 쳐다보고 있는 것 같았다. 아이는 아빠가 짓궂게 굴어서 울고 있었다. 그런데 아빠는 아이한테 짓궂게 군 적이 없었다. 아빠는 언제나 아이를 끌어안고 머리에 입을 맞추며 우리 예쁜이라고 부르곤 했지만, 지금은 짓궂게 굴고 있었다. 그것 모두가 아이가 부엌 창문 아래에 있는 지하실 뚜껑문을 열고 계단 네 개를 내려가서 아빠가 시원한 곳에 보관해 둔 상자에서 맥주 캔을 꺼내다 주려고 들지 않았기 때문이다. 아이는 너무도 혼란스러웠다. 얼굴에 뭔가 잔뜩 난 것이 분명했다. 얼굴이 온통 가려웠던 것이다. 가렵기는 팔도 마찬가지였다.

"이 갓난쟁이 아가씨, 아빠는 사냥을 나간 거라네."
아빠가 아이에게 몸을 숙이며 말해서 아빠의 입 냄새를 맡을 수 있었다. 아빠는 맥주를 더 마실 필요가 없었다. 그러잖아도 이미 취한 상태였던 것이다. 아빠의 입에서는 누룩과 죽은 생쥐 냄새가 풀풀 풍겼다.
"겁쟁이가 될 생각이냐? 용기라고는 눈곱만큼도 없다는 거니?"
여전히 울면서, 그러나 아빠에게 용기가 있다는(어쨌든 조금이라도 있다는) 것을 증명하기로 마음먹고 아이는 녹슨 정원 의자에서 일어나 훨씬 더 녹슨 지하실 뚜껑문 쪽으로 다가갔다. 트리샤는 '온몸'이 몹시 가려웠으며, 뭔가 무서운 것이 있을 것 같아서 뚜껑문을 열고 싶지 않았다. 그것은 난쟁이들도 알고 있는 사실인데, 녀석들이 짓고 있는 교활한 미소를 한 번 보기만 해도 알 수 있는 일이었다. 하지만 트리샤는 손잡이를 잡았다. 등 뒤에서는 아빠가 저 끔찍하고 낯선 목소리로 놀려대고 있었다.
"어서 해, 어서 해보렴, 갓난쟁이 아가씨, 어서 해, 예쁜아. 어서 해봐, 아가씨. 어서 해보라니까."
트리샤가 뚜껑문을 열어 보니 지하실로 내려가는 계단이 보이지 않았다. 층계가 통째로 사라진 것이다. 계단이 있던 자리에는 어마어마하게 부풀어 오른 말벌통이 있었다. 말벌 수백 마리가, 놀라 죽은 사람의 눈처럼 보이는 시커먼 구멍 밖으로 기어 나오고 있었다. 아니, 수백 마리가 아니라 수천 마리가 흉측한 침을 아이 쪽으로 향한 채 날아들었다. 달아날 틈은 없었다. 벌 떼가 일제히 침을 쏠 테고 아이는 온몸에 벌 떼를 붙인 채로 죽고 말 것이다.

벌들이 눈 속으로, 입 속으로 기어들고, 독이 오를 대로 오른 트리샤의 혓바닥은 벌 떼를 자신의 목구멍 속으로 밀어 넣을 테고…….

트리샤는 자신이 비명을 지르고 있었다고 생각했지만, 나무줄기 아래쪽에 머리를 세게 부딪치는 바람에 나무껍질과 이끼가 땀에 젖은 머리 위로 쏟아져 내리면서 잠을 깬 아이의 귀에 들린 것은 새끼 고양이가 야옹대는 것 같은 조그만 소리뿐이었다. 그 소리가 아이의 잠긴 목에서 나올 수 있는 소리의 전부였다.

한순간 어째서 침대가 이렇게 딱딱한지, 머리가 어디에 부딪힌 것인지 알 수 없었던 아이는 완전히 혼란에 빠졌다……. 자신이 침대 밑에 들어와 있다는 것이 있을 수 있는 일일까? 게다가 피부가 온통 근질근질했다. 방금 빠져나온 꿈에서처럼 문자 그대로 뭔가가 스멀거리며 기어 다니는 것 같았다. 정말이지 끔찍한 악몽이었다.

트리샤는 다시 한 번 머리를 부딪쳤는데, 그러자 그 동안의 일들이 떠오르기 시작했다. 아이는 침대 위에, 아니 침대 밑에조차 있는 것이 아니었다. 숲 속에, 그것도 길을 잃은 채로 숲 속에 있었다. 트리샤는 나무 밑에 들어가 잠을 자고 있었던 것이고 피부는 여전히 근질거렸다. 그것은 무서움 때문이 아니라 바로…….

"저리 가, 이 망할 것들. 저리 가지 못해!"

놀란 아이가 날카로운 소리로 외치며 두 손으로 눈 앞을 부채질하듯 휘저었다. 피부에 붙어 있던 깔따구와 모기들 대부분이 날아올라 구름처럼 허공에 떠올랐다. 근질거리던 느낌은 사라졌으나 지독한 가려움증은 그대로 남아 있었다. 말벌은 없었지만 그래도 날것들한테 잔뜩 물린 상태였다. 아이가 잠든 사이에 그곳을 지나던 모든 벌레들이 한 번씩 물어뜯은 것이다. 온몸이 가려웠다. 게다가 오줌도 누고 싶었다.

트리샤는 숨을 몰아쉬고 몸을 움찔거리며 나무줄기 아래에서 기어 나왔다. 바위 비탈에서 구른 여파 때문에 온몸이 뻣뻣했던 것이다. 특히 목과 왼쪽 어깨가 심했다. 그리고 잠잘 때 깔고 누운 왼팔과 왼쪽 다리가 저렸다. 엄마라면 말뚝처럼 뻣뻣하다고 말했을 것이다. 어른들(특히 트리샤의 가족 중에 있는 어른들)은 모든 일에 독특한 표현을 쓰곤 했다. 말뚝처럼 뻣뻣하다느니, 종다리만큼이나 까불거린다느니, 귀뚜라미처럼 생기발랄하다느니, 기둥처럼 귀가 먹었다느니, 소 배 속만큼이나 캄캄하다느니, 그리고 또…….

아니, 그것은 생각하고 싶지 않았다. 어쨌든 지금은 그랬다.

트리샤는 일어서려 했으나 그럴 수 없었기 때문에 엉금엉금 기어가다시피 해서 초승달 모양을 한 조그만 빈 터까지 나아갔다. 몸을 움직이자 바늘과 핀으로 찌르는 것처럼 따끔거리는 불쾌한 느낌이 들면서 팔다리에 얼마간의 감각이 돌아오기 시작했다.

"제기랄, 여긴 마치 소 배 속만큼이나 캄캄한걸."

트리샤는 이렇게 투덜거렸는데, 무엇보다 자신의 음성을 듣기 위해서 한 말이었다.

그런데 개울가에서 걸음을 멈춘 트리샤는 그렇게까지 어두운 것은 아니라는 사실을 깨달았다. 조그만 빈 터는 차갑고 투명한 달빛으로 가득했다. 달빛은 아이의 곁으로 검은 그림자를 드리우고 작은 개울물에 은회색 섬광을 뿌릴 만큼 강했던 것이다. 머리 위 하늘에 약간 일그러진 은빛 달이 떠 있었는데 똑바로 쳐다보면 눈이 부실 정도였지만…… 그래도 바로 쳐다보았다. 잔뜩 붓고 가려운 얼굴, 치켜뜬 눈으로 엄숙하게. 오늘 밤 달은 너무 밝아서 아주 밝은 별을 제외한 다른 모든 별들을 보이지 않게 만들었는데, 달 때문인지 아니면 지금 아이가 있는 곳에서 달을 바라보는 일 때문인지는 몰라도 자신이 혼자라는 사실을 뼛속 깊숙이 느끼도록 해주었다. 얼마 전까지만 해도, 톰 고든이 9회 초에 타자 셋을 잡았다는 이유만으로 자신이 구조될 것이라고 여겼던 믿음은 이제 사라졌다. 그것은 나무를 두드리거나, 등 뒤로 소금을 뿌린다거나, 아니면 노마 가르샤파라가 늘 그러는 것처럼 타석에 들어서면서 성호를 긋는 일이나 다름없었다. 여기에는 카메라도, 즉석 재생 화면도, 환호하는 팬도 없었다. 싸늘할 정도로 아름다운 달은 저 '들리지 않는 소리'라는 것이 아까보다는 훨씬 더 그럴싸해 보이도록 만들어주었다. 그것은 스스로가(또는 그것 자신이) 신이라는 것을 모르는 하느님, 길 잃은 어린 여자 애에게는 아무 관심도 없는 존재, 그 어떤 것에도 흥미가 없는 존재, 마음속이 선회하는 날벌레 무리 같고 멍하고 텅 빈 달이 그의 눈인, 지쳐 떨어진 그런 존재 말이다.

트리샤는 욱신거리는 얼굴에 개울물을 끼얹으려고 허리를 숙였다가 물에 비친 자신의 얼굴을 보고 신음 소리를 냈다. 왼쪽 광대뼈 바로 위 말벌에 쏘인 자리가 좀 더 부어올랐으며(어쩌면 자는 동안 그 자리를 긁었거나 부딪쳤을지 모른다.), 발라두었던 진흙 사이로 마치 새로 잠을 깬 화산이 이전에 눌어붙었던 용암을 뚫고 나온 것처럼 터진 형상을 하고 있었다. 그것이 왼쪽 눈을 온통 비뚤어진 기형처럼 보이도록 이겨놓았다. 흔히 거리에서 정박아를 마주치게 될 때처럼 저도 모르게 시선을 돌리게 되는 그런 눈 말이다. 얼굴의 다른 부분도 그만큼 엉망이거나 더 심했다. 벌에 쏘인 자리는 우툴두툴했으며 잠든 사이에 수백 마리의 모기가 물어뜯은 자리는 그저 부어 있기만 했다. 트리샤가 쭈그리고 앉은 둑 가장자리의 물은 비교적 잔잔했는데, 물속을 보니 적어도 한 마리의 모기가 아직도 얼굴에 달라붙어 있었다. 오른쪽 눈언저리에 붙어 있는 그 모기는 너무 굼떠서 살에서 주둥이를 뽑지도 못한 채였다. 어른들이 곧잘 쓰는 표현이 한 가지 더 생각났다. 너무 먹어서 뛰지도 못한다는.

트리샤가 때려잡자 모기가 터지면서 피가 눈에 튀어 따끔거렸다. 트리샤는 비명을 지르려 했지만 꽉 다문 입술 사이로는 혐오감으로 으음 하는 소리밖에 나오지 않았다. 트리샤는 손에 묻은 핏자국을 믿을 수 없다는 듯이 쳐다보았다. 모기 한 마리가 이렇게 많은 피를 빨 수 있다니! 이건 아무도 믿지 못할 거야!

트리샤는 양손으로 물을 움켜서 얼굴을 씻었다. 숲 속의 물을 마시면 병에 걸릴 수 있다는 누군가의 말이 어렴풋이 기억이 나서 물은 전혀 마시지 않았지만, 화끈거리고 우툴두툴한 피부에 닿는 물의 감촉은 차가운 공단만큼이나 기막히게 좋았다. 아이는 물을 좀 더 떠서 목덜미를 적시고 팔뚝을 씻었다. 그런 다음 진흙을 떠서 바르기 시작했는데 이번에는 물린 자리뿐 아니라 '36 고든'이라고 적힌 셔츠의 둥근 옷깃에서부터 머리선 바로 아래까지 온 얼굴에 다 발랐다. 그렇게 하고 있는 동안 머릿속에는 텔레비전의 닉 앳 나이트 프로에서 본 「난 루시를 사랑해」의 한 장면이 떠올랐다. 루시와 에델은 둘 다 저 1958년도의 구닥다리 진흙 팩을 하고 있었는데, 데시가 들어와 두 여자를 번갈아보더니 이렇게 말했다.

"아니, 이런, 어느 쪽이 유대인이지?"(실제로는, "루시, 어느 쪽이 당신(you)이지?"라는 물음인데, 여기에서는 you와 jew의 발음을 이용한 말장난—옮긴이)

그러자 청중이 배를 잡고 웃었다. 자신도 필시 그런 몰골을 하고 있을 테지만 트리샤는 그런 것에 신경 쓰지 않았다. 여기에는 방청객도, 녹음해 둔 웃음소리도 없었으며, 무엇보다 더 이상 벌레에 물리는 일이 참을 수 없었다. 더 이상 물렸다가는 미쳐버릴 것 같았다.

트리샤는 5분 동안 진흙을 발랐으며, 눈꺼풀에도 조심스럽게 두어 차례 찍어 바른 다음, 허리를 숙이고 물에 비친 얼굴을 들여다보았다. 둑 언저리 비교적 잔잔한 물에 어린 자신의 모습은 코미디 촌극에 나오는 진흙 바른 소녀가 달빛에 비친 모습이었다. 트리샤의 얼굴은 고고학 발굴 현장에서 출토된 화병에 그려진 얼굴처럼 창백한 잿빛이었다. 그 위로 더러운 머리카락이 뻗쳐 있었다. 휘둥그렇게 뜬, 흰자가 많이 드러난 눈은 눈물에 젖고 겁에 질려 있었다. 피부 관리를 받고 있던 루시와 에델처럼 우스워 보이지 않았다. 바로, 죽은 사람처럼 보였다. 죽은 다음 함부로 훼손된 시체처럼 말이다.

트리샤는 물에 비친 자신의 얼굴에 대고 읊조렸다.

"그리고 나서 흑인 꼬마 삼보는 '부탁이야, 호랑이들아, 새 옷만은 가져가지 말아줘.' 하고 말했어요."

하지만 아무리 그래도 우습지가 않았다. 아이는 우툴두툴하고 가려운 팔뚝 위쪽까지 진흙을 바른 다음 손을 씻기 위해 두 손을 물에 담그려다 멈췄다. 그것은 바보 같은 짓이었다. 저 망할 날벌레들은 손도 물어뜯을 터였다.

팔다리에서 따끔거리던 느낌이 대부분 사라졌기 때문에 트리샤는 이제 제대로 쭈그리고 앉아 오줌을 눌 수 있었다. 또, 고개를 오른쪽이나 왼쪽으로 조금만 움직여도 매번 통증 때문에 얼굴을 찡그려야 했지만 그래도 자리에서 일어나 걸어갈 수도 있었다. 트리샤는 자신이 아무래도 동네 위쪽에 사는 체트윈드 아줌마처럼 목뼈를 다친 모양이라고 생각했다. 어떤 할아버지가 신호가 바뀌기를 기다리고 있던 아줌마의 차를 뒤에서 들이받았던 것이다. 그 할아버지는 손끝 하나 다친 데가 없었지만 가엾은 체트윈드 아줌마는 6주 동안이나 목에 깁스를 하고 다녔다. 아이도 숲에서 빠져나가면 목에 깁스를 하고 있어야 할지 모른다. 드라마 「매시」에 나오는 것처럼 동체에 적십자 표시를 한 헬리콥터에 실려 병원으로 가게 될지도 모른다. 그리고……

'그건 잊어버려, 트리샤. 네겐 목 깁스 따위는 없을 거야. 헬리콥터에 타는 일도 없을 거고.'

저 무섭고 냉혹한 음성이 말했다.

"조용히 해."

트리샤가 나지막한 소리로 경고했지만 목소리는 멈추지 않았다.

'네 시체가 함부로 훼손될 일도 없을 거야. 사람들이 널 찾지 못할 테니까. 넌 여기서 죽을 거야. 이 숲 속을 헤매다 죽을 거야. 짐승들이 썩은 네 시체를 먹어치울 테고 언젠가 지나가던 사냥꾼이 네 뼈만 발견할 테지.'

이 마지막 말은 너무나 그럴싸해서(아이는 텔레비전 뉴스에서 이와 비슷한 이야기를, 그것도 한 번이 아니라 여러 번 들은 적이 있었던 것이다.) 트리샤는 다시 울음을 터뜨렸다. 실제로 선홍색 모직 재킷과 오렌지색 캡 차림을 하고 면도를 하지 않은 사냥꾼의 모습이 눈앞에 보이는 것 같았다. 사냥꾼은 잠복해서 사슴을 기다릴 만한 자리나 아니면 그저 오줌을 눌 만한 자리를 찾고 있다. 그러다 뭔가 하얀 물체를 보고 처음에는 그저 '돌멩이'일 것이라고 생각하지만 가까이 다가가 보니 그 돌멩이는 바로 눈구멍이다.

"그만둬."

트리샤는 그렇게 속삭이듯 말하고는 너덜너덜한 비옷을 깔아 놓은 쓰러진 나무 쪽으로 돌아갔다.(트리샤는 이제 그 비옷이 마음에 들지 않았는데, 이유는 알 수 없었지만 왠지 그것이 일이 꼬이게 된 모든 것을 상징하는 듯이 여겨졌던 것이다.)

"제발 그만 하라니까."

그래도 냉혹한 음성은 그만두려고 하지 않았다. 뭔가 할 말이 좀 더 있는 것 같았다. 적어도 한 가지는 더 있는 것 같았다.

'아니면 네가 그저 죽는 일은 없을지 몰라. 어쩌면 저쪽에 있는 **그것**이 너를 죽이고 먹어치울지도 몰라.'

트리샤는 쓰러진 나무 곁에 멈춰서서 한 손으로 죽은 나뭇가지 하나를 잡은 채 불안한 눈으로 주변을 두리번거렸다. 잠을 깬 뒤로 아이가 실제로 생각할 수 있는 것은 너무나 가렵다는 것뿐이었다. 진흙이 어느 정도 가려움증과 벌에 쏘인 통증을 가라앉혀 주자 이제 자신이 처한 상황, 즉 자기가 혼자 밤중에 숲 속에 있다는 사실을 깨달았다.

"그래도 달이 있잖아."

아이는 나무 곁에 서서 초승달 모양을 한 조그만 빈 터 주변을 불안하게 둘러보며 생각했다. 아이가 잠든 사이에 나무와 덤불이 슬금슬금 다가오기라도 한 듯 빈 터는 아까보다 훨씬 줄어든 것처럼 보였다. 그것들이 정말 아이의 눈에 띄지 않는 사이에 살금살금 기어 왔을지도 모를 일이다.

달빛도 아이가 생각했던 것만큼 쓸모가 있는 것은 아니었다. 달빛이 빈 터를 밝게 비추고 있는 것은 사실이었지만, 그것은 모든 것을 너무 사실적이면서 동시에 전혀 비현실적으로 보이게 만드는 현혹적인 빛이었다. 그림자들은 너무 시커멨으며, 산들바람이 나무를 흔들고 지나가기라도 하면 불길한 형태로 바뀌곤 했다.

그때 숲에서 뭔가가 목이 막힌 듯 끽끽거리는 듯한 소리를 냈다. 그 소리는 한 번 더 들리더니 잠잠해졌다.

멀리서 올빼미 울음소리가 들려왔다.

그리고 이번에는 좀 더 가까이에서 나뭇가지가 부러지는 소리가 났다.

'뭐지?'

트리샤는 나뭇가지가 부러지는 소리가 난 쪽으로 고개를 돌리며 생각했다. 심장 고동이 도보에서 구보로, 속보로 바뀌더니 질주하기 시작했다. 이제 몇 초만 지나면 심장은 단거리 경주라도 하듯 뛸 것이고 아이 역시, 다시금 공포에 질린 채 산불을 만난 사슴처럼 전력을 다해 질주하게 될 것이다.

"아무것도 아냐, 별일 아니었어."

아이는 나지막하고 빠른 어조로 중얼거렸다······. 트리샤 자신은 의식하지 못했지만 그것은 엄마의 음성과 아주 비슷했다. 또한 지금 쓰러진 나무 곁에 서 있는 곳에서 약 50킬로미터쯤 떨어진 모텔 방에서 엄마가 잠을 이루지 못한 채 일어나 앉아 비몽사몽간에 눈을 반쯤 뜨고, 실종된 자기 딸에게 뭔가 무서운 일이 일어난 것이라고, 그게 아니라도 이제 곧 그런 일이 일어날 것이라고 확신하고 있다는 사실도 알지 못했다.

'바로 **그것**이 내는 소리야, 트리샤. **그것**이 네게 다가오고 있어. 네 냄새를 맡은 거야.'

냉혹한 음성이 말했다. 겉으로는 슬픈 척하고 있지만 그 밑으로는 이루 말할 수 없을 만큼 기뻐하는 어조였다.

"**그것** 같은 것은 없어. 이제 그만 해, **그것**이란 건 없단 말이야."

트리샤는 절망에 차서 속삭였는데, 떨리는 목소리는 조금만 높이 올라가도 그대로 끊어지곤 했다.

믿을 수 없는 달빛이 나무의 형태를 까만 눈이 달린 뼈만 앙상한 얼굴 모습으로 바꿔놓았다. 나뭇가지 두 개가 서로 맞비비는 소리는 괴물이 웅얼거리는 소리처럼 들렸다. 트리샤는 어설프게 몸을 빙글 돌려 가며, 진흙투성이 얼굴로 눈알을 굴리며 단번에 사방을 살피려 애썼다.

'**그것**은 특별한 것이야, 트리샤…… **그것**은 길을 잃어버린 사람을 기다리지. 그러고는 그들이 잔뜩 겁을 집어먹을 때까지 헤매게 놔두는 거야. 왜냐하면 공포가 맛을 더 좋게 하고 살을 연하게 만들어주거든. 이제 너도 알게 될 거야. 이제 곧 **그것**이 나무숲에서 튀어나올 테니까 말이야. 사실 언제든 나타날 거야. **그것**의 얼굴을 보면 넌 미쳐버릴 거야. 네 목소리를 들을 사람이 있다면 네가 비명을 지른다고 생각할 테지. 하지만 넌 깔깔거리고 웃을 거야, 안 그래? 미치광이들이 죽을 때는 그렇게 웃는 거니까 말이야. 그런 사람들은 깔깔거리고 웃는다고…… 깔깔거리고…… 깔깔거리고…….'

"그만 해. 그런 것은 없어. 숲 속에 **그것** 따위는 없다고. 그러니 그만둬!"

이 말을 아주 빠르게 속삭이면서 트리샤는 저도 모르게 나뭇가지의 죽은 혹 부분을 잡고 있던 손에 힘을 주는 바람에 가지가 출발 신호를 알리는 총성처럼 요란한 소리를 내며 부러져 버리고 말았다. 아이는 그 소리에 화들짝 놀라며 나지막하게 비명을 질렀지만, 그 덕분에 어느 정도 안정을 되찾았다. 아이는 그것이 나뭇가지에 불과하다는 것, 자기가 나뭇가지를 부러뜨렸다는 사실을 알았던 것이다. 아이는 여전히 나뭇가지를 부러뜨릴 수 있었으며 그만큼 세상에 대해 통제력을 갖고 있었던 셈이다. 소리는 소리에 불과했다. 그림자는 그림자에 불과했다. 아이는 두려워할 수도 있고, 원한다면 저 배신자 같은 음성에 귀를 기울일 수도 있지만, 숲 속에는

(특별한 그것)

따위는 존재하지 않았다. 여기에는 야생 동물이 살고 있고, 지금 이 순간에도 여기에서는 죽이느냐 죽느냐 같은 일이 벌어지고 있는 것은 확실했지만, 그런 것은……

'존재한다'.

그런 것이 실제로 존재했다.

이제 모든 생각을 멈추고 자신도 모르게 숨을 죽인 상태에서 트리샤는 냉혹한 확신과 더불어 그것이 존재한다는 것을 깨달았다.

'뭔가'가 있었다. 그 순간 아이의 머릿속에는 아무런 목소리도 들리지 않았다. 있는 것이라고는 아이가 알지 못했던 자신의 한 부분, 어쩌면 집과 전화와 전등 불빛이 있는 세계에서는 잠들어 있다가 이곳 숲에서 완전히 살아난, 숨어 있던 어떤 특별한 신경계뿐이었다. 그 부분은 눈으로 보지 못하고 생각할 수는 없었지만 감각은 있었다. 그런데 이제 그 부분이 숲에 뭔가가 있다는 것을 감지한 것이다.

"이봐요! 거기 누가 있나요?"

트리샤는 달빛으로 앙상한 얼굴처럼 보이는 나무숲 쪽에 대고 외쳤다.

캐슬뷰의 모텔 방에서(퀼라가 방을 함께 쓰자고 했다.) 래리 맥팔랜드는 잠옷 차림으로 트윈 베드 가장자리에 앉아 전처의 어깨를 안고 있었다. 비록 그녀가 아주 얇은 면 잠옷을 입고 있고 그 아래 아무것도 입고 있지 않다고 확신했으며, 벌써 일 년 넘게 자신의 왼손으로 한 짓 말고는 성 관계를 전혀 갖지 않았음에도 불구하고, 그는 조금도 성욕을 느끼지 못했다.(어쨌든 지금 당장은 그랬다.) 그녀는 후들후들 떨고 있었다. 마치 그녀의 등에 있는 모든 근육이 뒤집히기라도 한 것 같은 느낌이었다.

"아무것도 아냐. 그냥 꿈이라고. 당신은 악몽을 꾼 거야. 그래서 잠을 깨고 일어나 그런 기분이 된 거고."

그가 말했다.

"그렇지 않아. 그 앤 위험에 처했어. 느낌이 와. 몹쓸 위험에 처했단 말이야."

퀼라가 흡사 머리카락으로 그의 뺨을 때리는 느낌이 들 만큼 고개를 힘껏 저으며 말했다. 그러고는 울기 시작했다.

트리샤는 울지 않았다. 아무튼 그때는 그랬다. 그 순간 아이는 너무 겁에 질려서 울 수도 없었다. 뭔가가 자기를 지켜보고 있었다. 뭔가가.

"이봐요!"

트리샤는 다시 한 번 불러보았다. 대꾸가 없었다……. 그렇지만 **그것**은 거기에 있었고, 이제 빈 터 뒤편에 있는 나무숲 저편에서, 왼쪽에서 오른쪽으로 움직이고 있었다. 그리고 달빛과 감각을 좇아 눈을 옮기던 아이는 시선을 향하던 곳에서 나뭇가지가 부러지는 소리를 들었다. 그와 함께 부드럽게 숨을 내쉬는 소리도 났다……. 정말 한숨 소리였을까? 그저 바람이 지나가는 소리에 불과한 것은 아니었을까?

'그게 아니라는 것은 알고 있잖아.'

냉혹한 음성이 속삭였다. 물론 아이는 그게 아니라는 것을 알고 있었다.

"나를 해치지 마세요. 뭔지는 모르겠지만, 나를 해치지 마세요. 난 당신을 해치지 않을 거예요. 그러니 제발 나를 해치지 마세요…… 난 어린애라고요."

트리샤는 눈물을 흘리기 시작했다.

다리에 힘이 빠져나가면서 트리샤는 쓰러진다기보다는 풀썩 주저앉았다. 여전히 울면서, 공포 때문에 몸을 떨면서 아이는 작고 무력한 동물처럼(실제로 작고 무력한 동물이긴 했지만) 쓰러진 나무 밑으로 파고들었다. 그러면서, 빌고 있다는 의식도 없는 채로 끊임없이 자기를 해치지 말라고 빌었다. 아이는 배낭을 움켜쥐고 그것을 방패 삼아 얼굴 앞을 가렸다. 몸서리치는 경련이 트리샤의 몸을 한바탕 훑고 지나갔다. 다음 순간 좀 더 가까이에서 다시 한 번 나뭇가지가 부러지는 소리가 나자 트리샤는 비명을 질렀다. 그것은 빈 터에서 난 소리가 아니었다. 아직은 그랬지만 이제 거의 다가와 있었다. 거의.

나무숲 속에 있는 걸까? 뒤얽힌 나뭇가지 사이를 뚫고? 박쥐처럼 날개가 달린 것일까?

아이는 배낭 꼭대기와 숨어 있는 나무의 구부러진 줄기 사이를 힐끗 내다보았다. 달빛으로 환한 하늘을 배경으로 뒤엉켜 있는 나뭇가지만 보였다. 거기에는 짐승 같은 것은 없었다. 적어도 아이의 눈에는 그렇게 보였다. 하지만 이제 숲은 완전한 정적에 싸여 있었다. 새 울음소리도, 풀벌레 소리도 나지 않았다.

그것이 무엇인지는 몰라도 아주 가까이에 있었으며, 지금 마음을 정하지 못하고 있었다. 가까이 다가와서 트리샤를 갈기갈기 찢어놓을 것인지, 아니면 그대로 지나갈 것인지. 그것은 농담도 아니고 꿈도 아니었다. 그것은 빈 터 언저리 저편에 서 있거나 웅크리고 있거나 나뭇가지에 앉아 있는 죽음과 광기였다. 그것은 지금 아이를 덮칠 것인지…… 아니면 좀 더 익도록 놔둘 것인지 마음을 정하지 못하고 있었다.

트리샤는 배낭을 움켜쥐고 숨을 죽인 채 엎드려 있었다. 영원에 가까운 시간이 흐르고 난 다음 또다시 나뭇가지가 부러지는 소리가 났는데, 이번 것은 좀 전보다 떨어진 곳에서 났다. 그것이 무엇인지는 몰라도 멀어져 가고 있었다.

트리샤는 눈을 감았다. 눈물이 진흙이 눌어붙은 눈꺼풀 밑으로 비어져 나와 역시 진흙투성이인 뺨을 타고 흘러내렸다. 입 가장자리가 위아래로 떨렸다. 잠깐 동안 자신이 차라리 죽었으면 하고 생각했다. 이런 공포를 참느니 차라리 죽는 편이 낫다고, 길을 잃고 헤매는 것보다는 죽는 편이 더 낫다고 생각했다.

더 멀리서 다시 한 번 나뭇가지 꺾이는 소리가 났다. 한순간 잔잔한 돌풍에 나뭇잎이 흔들렸다. 그리고 다시 조용해졌다. 그것은 떠나고 있었지만, 아이가 지금 이곳에, 자신의 숲 속에 있다는 사실을 알고 있었다. 그것은 돌아올 터였다. 밤은 아이 앞에, 1000킬로미터의 텅 빈 길처럼 펼쳐져 있었다.

"난 절대로 잠자지 않을 거야. 절대로."

엄마는 트리샤가 잠을 이루지 못할 때면 뭔가 다른 것이 된 시늉을 해보라고 말했다.

"뭐든 멋진 것을 상상해 보렴. 잠귀신이 늦게 올 때는 그러는 게 좋단다, 트리샤."

자신이 구조되는 광경을 상상해 보면 어떨까? 아니, 그것은 흡사 목이 마를 때 커다란 물잔을 상상하는 것처럼 기분만 언짢게 할 뿐이다······.

트리샤는 자신이 정말로 목이 마르다는 사실을 깨달았다······. 목이 바싹 말라 있었다. 아이는 아마 최악의 공포가 지나고 나면 남는 것이 그것인 모양이라고, 그렇게 목이 타는 모양이라고 생각했다. 트리샤는 힘겹게 배낭을 돌린 다음 쥠쇠를 풀었다. 앉은 자세였다면 일이 좀 더 쉬웠을 테지만, 오늘 밤 이 나무 밑에서 나오는 일은 결코 없을 것이다. 무슨 일이 있더라도 나오지 않을 것이다.

'그것이 돌아오지 않는다면 말이지. 그것이 돌아와 너를 끌어

내지 않는다면 말이야.'
 냉혹한 음성이 말했다.
 트리샤는 물병을 잡고 꿀꺽꿀꺽 몇 모금 들이켠 다음 다시 뚜껑을 닫고 배낭 속에 집어넣었다. 물을 마시고 난 후 간절한 눈길로 워크맨을 넣어둔 지퍼 주머니를 쳐다보았다. 워크맨을 꺼내 잠시 동안만이라도 라디오를 듣고 싶었지만 배터리를 아껴야 했다.
 트리샤는 마음이 약해지기 전에 배낭 뚜껑을 도로 잠그고 나서 다시 두 팔로 배낭을 끌어안았다. 이제 갈증이 가셨으니 무엇을 상상해야 한담? 아이는 무엇을 상상해야 할 것인지 잘 알고 있었다. 트리샤는 톰 고든이 자기와 함께 빈 터에 있다고, 그가 바로 저쪽 개울가에 서 있다고 상상했다. 홈경기에 쓰는 유니폼을 입고. 그것은 너무 하얘서 달빛 속에서 불타는 듯이 보였다. 실제로 아이를 보호해 주려는 것은 아니었다. 그는 그저 시늉만 하는 것에 불과했다……. 그렇지만 그런 것도 어느 정도는 자신을 보호하는 것이나 다름없었다. 안 될 게 뭐람? 어차피 시늉하기 놀이인데 뭘.
 '숲에 있는 것이 뭐예요?'
 트리샤가 톰에게 물었다.
 '나도 몰라.'
 톰이 대답했다. 별 관심이 없다는 투였다. 물론 그는 별 관심이 없다는 듯이 굴 수 있다. 그렇잖은가? 진짜 톰 고든은 그곳에서 320킬로미터 떨어진 보스턴에 있었으며 지금쯤은 문을 잠가놓고 자고 있을 테니까.

"그런데 어떻게 하는 거예요? 대체 비결이 뭐예요?"

트리샤가 물었다. 다시 졸음이 오기 시작했는데, 너무 졸린 나머지 자신이 입 밖으로 소리 내어 말하고 있다는 사실을 의식하지 못했다.

'무슨 비결 말이니?'

"마무리하는 것 말이에요."

트리샤는 눈이 감겨 왔다.

아이는 톰이 하느님을 믿는다고 말할 것이라고 여겼다. 어쨌든 세이브를 따낼 때마다 하늘을 가리키곤 했으니까. 그게 아니라면 자신을 믿는다고, 또는 그저 최선을 다하는 것뿐이라고(그것이 트리샤의 축구 코치 선생님이 늘 쓰는 좌우명이었다.) 말할 것이라고 여겼다. 그러나 지금 개울가에 선 36번 선수는 그런 얘기는 하지 않았다.

'되도록 첫 타자를 잡아야 해. 초구로 승부를 걸어보는 거야. 상대가 칠 수 없는 스트라이크를 던지는 거지. 그는 타석에 나오면서, 내가 저 친구보다 뛰어나다고 생각하거든. 그의 머리에서 그 생각을 없애야 해. 기다리지 않는 게 좋아. 지체 없이 해치우는 거야. 그래서 내가 더 낫다는 것을 확인시켜 주는 거지. 그것이 마무리의 비결이란다.'

그것이 그가 한 말이었다.

"그러면······."

초구로는 주로 어떤 공을 쓰느냐는 질문을 하려 했지만 그 말을 채 다 마치기도 전에 트리샤는 잠에 빠져 들어갔다. 캐슬뷰에 있는 부모도 잠자고 있었는데, 한바탕 급작스럽고 흡족하며 전혀 계획에 없던 섹스를 치르고 난 끝에 비좁은 침대 하나에서 나란히 잠자고 있었다. 퀼라가 잠들기 전 마지막으로 했던 생각은 '당신이 내게 말을 했더라면.' 이었고, 래리가 했던 마지막 생각은 '나는 100만 년이 지나도 그러지 못할 거야.' 였다.

가족 전체 중에서 그 늦봄의 아침에 얼마 안 되는 시간을 가장 불편하게 잠을 잔 사람은 피터 맥팔랜드였다. 부모의 방 바로 옆방에 있던 피터는 신음 소리를 내며 이리저리 끊임없이 몸을 뒤척여 이불을 온통 엉키게 만들며 잠을 잤다. 꿈속에서 자기와 엄마가 말다툼을 벌이며 등산로를 따라 걸어가고 있었는데, 어느 시점에선가 넌더리를 내며 고개를 돌려 뒤를 돌아보니(아니면 자기가 울기 시작했다는 사실을 엄마가 알아차리고 흡족해할까 봐 그랬을지도 모르지만) 트리샤가 사라고 없었다. 이 시점에서 그의 꿈은 마치 목에 뼈가 걸린 것처럼 막혀 버렸다. 피터는 침대에서 몸을 이리저리 비틀면서 꿈에서 빠져나오려고 했다. 늦은 달이 그런 그를 비추어 이마와 관자놀이에 맺힌 땀방울을 번득이게 했다.

고개를 돌려 보니 동생이 없었다. 고개를 돌려 보니 동생이 사라졌다. 고개를 돌리니 동생이 보이지 않았다. 거기에는 텅 빈 길뿐이었다.

"안 돼."

피터는 꿈속에서 중얼거리며 고개를 좌우로 흔들어 꿈을 떨어버리려고 했다. 꿈에 질식당하기 전에 그것을 토해 내려고 했다. 그런데 그럴 수 없었다. 고개를 돌려 보니 동생이 없었다. 그의 뒤에는 텅 빈 길뿐이었다.

마치 처음부터 여동생이 없었다는 듯이.

5회

다음 날 아침, 잠을 깬 트리샤는 목이 너무 아파서 고개를 돌릴 수 없었지만 개의치 않았다. 해가 떠서 초승달 모양의 빈 터를 아침 햇살로 채워주었다. 트리샤가 신경 쓴 일은 그것이었다. 아이는 다시 태어난 느낌이었다. 트리샤는 밤중에 너무 가렵고 오줌이 마려워 잠을 깬 일, 개울가에 가서 달빛을 받으며 쏘인 자리와 물린 자리에 진흙을 바른 일, 톰 고든이 지켜보고 서서 마무리 투수의 비결에 대해 설명하는 동안 자신이 잠에 곯아떨어진 일들을 기억했다. 그리고 또 숲에 있는 뭔가 때문에 겁에 질렸던 일도 기억났지만 물론 거기에는 자기를 지켜보고 있는 것은 아무것도 없었다. 아이가 겁에 질렸던 것은 어둠 속에 혼자 있었기 때문일 뿐이었다.

마음속 깊은 곳에서 이런 결론에 이의를 제기하려는 움직임이 있었지만 트리샤는 그 일을 허락하지 않았다. 밤은 지나갔다. 아이는 바위 비탈로 돌아가 다시 한 번 벌통이 있는 나무 쪽으로 굴러 떨어지고 싶지 않은 것만큼이나 그 일을 돌이켜보고 싶지 않았다. 지금은 낮이었다. 수색대가 몰려들 것이고 자신은 구조될 것이다. 트리샤는 그렇다는 것을 알았다. 숲 속에서 혼자 밤을 꼬박 지냈으니 구조되어야 마땅했다.

트리샤는 배낭을 앞으로 밀며 나무 밑에서 기어 나와 일어선 다음 모자를 쓰고 다리를 절며 개울가로 갔다. 얼굴과 손에서 진흙을 씻어낸 뒤 벌써부터 머리 주변에 떼 지어 모여든 깔따구와 등에모기들을 보고는 내키지 않아 하며 찐득찐득한 진흙을 새로 발랐다. 진흙을 바르던 머리에 문득, 트리샤 자신과 펩시가 좀 더 어렸을 때 미장원 놀이를 했던 일이 떠올랐다. 그러다 로비쇼드 아줌마의 화장품을 온통 엉망으로 만들어놓아서, 펩시의 엄마는 실제로 아이들에게 당장 집에서 나가라고, 자신이 더 이상 화를 참지 못하고 두들겨 패기 전에 얼굴을 씻는다거나 청소할 생각도 말고 어서 나가 버리라고 소리쳤던 일이 생각났다. 그래서 아이들은 온통 분과 루즈를 바르고 아이라이너를 그리고 녹색 아이섀도와 패션 플럼 립스틱을 바른 채, 세상에서 제일 어린 스트립 댄서 같은 몰골을 한 채 밖으로 나왔다. 두 아이는 트리샤네 집으로 갔는데, 처음에는 너무 놀라 입을 딱 벌리던 퀼라는 눈물을 철철 흘릴 정도로 웃어댔다. 트리샤의 엄마는 두 아이를 하나씩 손에 잡고 욕실로 데려가 화장품을 씻어내기 위해 콜드크림을 발라주었다.

"위쪽으로 우아하게 펴듯이 발라주렴, 얘들아."

트리샤는 엄마의 목소리를 흉내 내며 중얼거렸다. 얼굴에 진흙을 바른 다음 개울물에 손을 씻고 남아 있던 참치 샌드위치와 샐러리 줄기 절반을 먹었다. 아이는 어렴풋이 걱정스러운 마음으로 도시락 상자를 둘둘 말았다. 이제 달걀도 없고 참치 샌드위치도 없고 포테이토칩도 없고 트윙키도 없었다. 남은 것이라고는 서지 반 병(사실은 반이 채 되지 않았지만), 물 반 병, 샐러리 줄기 몇 가닥뿐이었다.

"상관없어."

트리샤는 빈 도시락 상자와 남은 샐러리 줄기를 배낭 속에 챙겨 넣었다. 그 위에 다시 너덜너덜하고 더러워진 비옷도 집어넣었다.

'상관없어. 이제 곧 수색대가 사방에서 몰려올 테니까. 누군가가 나를 찾아내겠지. 점심 때쯤에는 근처 간이식당에서 점심을 먹게 될 거야. 햄버거와 프라이, 초코 우유와 아이스크림을 얹은 애플파이를 먹게 될 거야.'

그 생각을 하자 배 속에서 꼬르륵거리는 소리가 났다.

물건을 모두 챙긴 트리샤는 손에도 진흙을 발랐다. 이제 빈 터 안쪽 깊숙이까지 해가 들었다. 날은 맑았으며 분명 더울 터였다. 움직이는 것이 한결 쉬워졌다. 트리샤는 팔다리를 뻗고, 피가 다시 돌게끔 제자리 뛰기도 하고, 목이 뻣뻣한 느낌이 어느 만큼 줄어들 때까지 고개를 좌우로 돌렸다. 그러고는 잠시 동작을 멈추고 혹시 사람의 목소리나 개 짖는 소리나 헬리콥터 날개가 도는 훅훅 훅 하는 불규칙한 소리가 들리는지 귀를 기울여 보았다. 이른 아침 식사에 나선 딱따구리 소리 외에는 아무 소리도 들리지 않았다.

'뭐 괜찮아. 아직 시간이 많으니까. 6월이잖아. 일 년 중에서 낮이 제일 긴 때라고. 개울을 따라가 보자. 설혹 수색대가 금방 나를

찾지 못하더라도 개울을 따라가면 사람들 있는 곳으로 가게 될 거야.'

그러나 아침이 지나고 정오에 가까워지는 사이에 개울이 트리샤를 인도한 곳은 더 무성한 숲 속이었다. 기온은 꾸준히 올라갔다. 땀방울이 얼굴에 바른 진흙 위로 팬 홈을 그렸다. '36 고든'이라고 적힌 셔츠의 겨드랑이 주위에 시커먼 얼룩이 점점 늘어났으며, 나무 모양을 한 또 다른 얼룩 하나는 어깨뼈 사이에서 점점 커져 가고 있었다. 이제 진흙투성이가 되어 금발이라기보다는 검은색에 가까워 보이는 머리는 얼굴 주위로 흘러 내려와 있었다. 트리샤가 품었던 희망은 점점 사그라지기 시작했으며, 7시에 빈 터를 떠날 때 갖고 있던 원기는 10시쯤에는 사라져버리고 없었다. 11시경에는 뭔가가 마음속을 한층 더 어둡게 만들었다.

경사면 꼭대기에 이르러서(적어도 이번 비탈면은 아주 완만했으며 낙엽과 솔잎이 쌓여 있었다.) 걸음을 멈추고 잠시 휴식을 취했을 때, 트리샤는 달갑지 않은 사실을 감지하고(실제로 이것은 트리샤의 의식과는 무관한 것이었지만) 다시 한 번 경계심을 품었다. 그것은 자신이 감시당하고 있다는 것이었다. 그것은 사실이었기 때문에 아무리 그것이 사실이 아니라고 말해 봤자 소용이 없었다.

트리샤는 천천히 몸을 돌렸다. 아이의 눈에는 아무것도 보이지 않았지만 왠지 숲이 다시 한 번 뭔가에 의해 침묵에 잠긴 것 같았다. 낙엽과 덤불 사이를 쪼르르 달려가는 얼룩다람쥐도, 개울 맞은편에 보이던 다람쥐들도 더 이상 보이지 않았으며, 잔소리처럼 들리던 어치 소리도 나지 않았다. 딱따구리는 여전히 나무를 쪼고 있었고 멀리서 까마귀 울음소리도 들렸지만, 그것 말고는 자신과 윙윙대는 모기떼뿐이었다.

"거기 누가 있어요?"

트리샤가 외쳐보았다.

물론 아무 대꾸도 없었다. 트리샤는 발밑이 미끄러웠기 때문에 덤불을 붙잡고 개울 바로 옆에 있는 비탈면을 따라 아래로 내려갔다. '그저 내가 상상한 것뿐이야.' 하고 트리샤는 생각했지만……그것이 상상이 아니라는 것을 너무나 잘 알고 있었다.

개울은 점점 폭이 좁아지고 있었는데, 그것은 자신의 상상이 아닌 것이 분명했다. 소나무가 우거진 긴 비탈길을 따라가던 아이가 지나가기 힘든 낙엽수림(덤불이 너무나 많았고, 그 대부분은 가시가 나 있었다.)을 통과하는 사이에 개울은 꾸준히 폭이 좁아져서 폭이 45센티미터 정도밖에 되지 않는 실개천으로 바뀌어 있었다.

개울은 빽빽한 덤불숲 속으로 사라졌다. 개울을 잃어버릴까 겁이 난 트리샤는 길을 돌아가지 않고 빽빽한 수풀을 헤치며 나아갔다. 마음 한구석으로는 개울이 향하는 곳이 자신이 가고자 하는 곳이 아님을 거의 확신하고 있었기 때문에 개울을 잃는다 해도 별 차이가 없으리라는 것을 알고 있었다. 아마 개울은 실제로는 전혀 엉뚱한 곳으로 향하고 있을 테지만 그렇다 해도 별 차이가 없어 보였다. 진실은, 이제는 개울에 애착을 느끼고 있어서(엄마라면 트리샤가 개울과 '단단히 연결되어' 있다고 말했을 것이다.) 개울을 떠난다는 것은 참을 수 없는 일이었기 때문이다. 개울이 없다면 트리샤는 그저 아무 계획도 없이 깊은 숲 속을 길을 잃고 헤매는 어린애에 불과할 터였다. 그 생각만 해도 목이 죄어들고 심장이 두근거렸다.

덤불을 헤치고 나오자 개울이 다시 나타났다. 트리샤는 배스커빌의 개가 남긴 자국을 좇는 셜록 홈즈처럼 열중해서 고개를 숙이고 얼굴을 찌푸린 채 개울을 따라갔다. 아이는 덤불숲이 관목에서 양치류로 달라진 것을, 개울이 지그재그로 지나고 있는 나무들 태반이 죽은 것이라는 사실을, 발밑의 지면이 흐물흐물해지기 시작했음을 알아차리지 못했다. 아이의 모든 주의는 개울에 집중되어 있었다. 아이는 연구를 하듯 몰두해서 고개를 숙인 채 개울을 좇았다.

다시 폭이 넓어지기 시작한 개울을 보고 트리샤는 15분쯤(이때는 정오 무렵이었다.) 개울이 그대로 소멸되는 것은 아닐지 모른다는 희망을 품었다. 다음 순간 트리샤는 개울이 점점 얕아지고 있다는 사실을 깨달았다. 이제 개울은 수면을 덮고 있는 막과 수면 위를 뛰어다니는 벌레들로 둔탁해진 물웅덩이 몇 개를 이어놓은 정도에 불과했다. 그로부터 10분쯤 뒤에는 운동화 한 짝이 땅속으로 들어가 버렸다. 이제 지면은 전혀 단단하지 않았고 걸쭉한 진흙 구덩이 위에 믿지 못할 이끼가 껍질처럼 표면을 덮고 있는 데 지나지 않았던 것이다. 진흙이 발목을 덮으며 흐르자 트리샤는 역겨운 나머지 나지막하게 비명을 지르며 발을 잡아 뺐다. 황급히 힘주어 잡아당기는 바람에 운동화가 발에서 반쯤 벗겨졌다. 트리샤는 다시 한 번 비명을 지르며 죽은 나무줄기를 붙잡고는 풀숲에 발을 닦고 나서 운동화를 다시 신었다.

그 일이 끝나자 주위를 둘러보던 아이는 자신이, 예전 산불이 났던 자리로, 유령의 숲이라고 할 만한 곳에 와 있음을 알았다. 눈앞에는(그리고 이미 사방에는) 오래전에 죽은 나무들이 미로처럼 얼기설기 얽혀 있었다. 나무가 서 있는 지면은 수렁처럼 질퍽질퍽했다. 고여 있는 물웅덩이에는 풀과 잡초로 덮인 거북등 같은 조그만 둔덕들이 여기저기 솟아나 있다. 그곳의 대기는 모기와 잠자리들로 들끓었다. 그곳에는 다른 곳보다 딱따구리들이 훨씬 많았는데, 소리로 봐서 수십 마리는 될 것 같았다. 죽은 나무가 너무 많았고, 시간은 너무 없었다.
트리샤의 개울은 이 늪지로 들어오면서 어디론지 사라져버리고 말았다.
"이제 어떻게 한담?"
트리샤는 울음 섞인 지친 목소리로 반문했다.
"누가 말 좀 해봐요."
앉아서 생각해 볼 만한 장소는 많았다. 사방에 죽은 나무들이 쓰러져 있었으며, 대부분은 여전히 창백한 줄기에 그을린 자국들이 나 있었다. 그러나 처음 앉아보려고 했던 나무는 체중에 푹 꺼지면서 트리샤를 더러운 땅 위로 동댕이쳤다. 트리샤는 청바지 엉덩이 부분이 젖자 소리를 지르며(맙소사, 트리샤는 엉덩이가 그런 식으로 젖는 것은 질색이었다.) 비틀비틀 일어섰다. 습기 때문에 나무가 썩은 것이다. 부러진 자리에는 쥐며느리들이 꿈틀거렸다. 트리샤는 역겨우면서도 홀린 눈으로 그것들을 잠시 들여다보다가 그 옆에 쓰러져 있는 나무 쪽으로 걸어갔다. 이번 나무는 앉기 전에 먼저 시험해 보았다. 나무가 단단해 보이자 조심스럽게 나무 위에 걸터앉은 트리샤는 부러진 나무가 들어찬 수렁을 바라보며 멍하니 아픈 목을 문지르면서 이제 어떻게 하면 좋을지 생각해 내려 애썼다.

비록 처음 잠을 깼을 때만큼 머릿속이 맑지는 않았지만(그때에 비하면 아주 흐릿해진 셈이었다.) 그래도 두 가지 선택밖에 없어 보였다. 그 자리에 꼼짝 않고 앉아서 구조의 손길이 다가오기를 기다리든지 아니면 길을 계속 가서 구조대와 만나려는 시도를 하든지. 지금은 한 장소에 머문다는 것이 비교적 이치에 닿아 보였다. 힘을 아낄 수 있다는 사실만으로도 그랬다. 또, 개울이 없어진 마당에 이제 '어느 쪽으로' 간다는 말인가? 확실한 것이 아무것도 없다는 것만이 확실했다. 문명이 있는 쪽을 향해 나아갈 수도 있지만 그로부터 '멀어질' 수도 있었다. 어쩌면 원을 그리며 같은 곳을 맴돌게 될지도 몰랐다.

그런 반면에(언젠가 아빠는 "모든 일에는 언제나 다른 면이 있는 법이란다, 얘야." 하고 말한 적이 있었다.) 여기에는 먹을 것도 없고 진흙과 썩은 나무에서는 악취가 풍겼으며 전혀 다른 뭔가가 있는지도 알 수 없는 일이었다. 이곳은 언짢고 넌더리 나는 장소였다. 문득 트리샤의 머리에, 만약 자신이 이곳에 머물고 있는데 어두워지기 전에 수색대가 오지 않을 경우 이 자리에서 밤을 보내야 한다는 생각이 떠올랐다. 그것은 생각만 해도 끔찍했다. 여기에 비하면 초승달 모양을 한 그 조그만 빈 터는 디즈니랜드나 다름없었다.

아이는 일어서서 사라지기 직전까지 개울이 흘러들었던 방향을 응시했다. 잿빛 나무줄기의 미로와 말라죽은 채 튀어나와 한데 엉킨 나뭇가지들 사이를 보고 있던 아이는 그 너머로 얼핏 녹색 물체를 본 것 같았다. 그것은 '용기한' 녹색이었다. 어쩌면 언덕이 있을지도 몰랐다. 백옥나무 열매가 잔뜩 우거진 것일까? 그럴 수도 있었다. 지금까지도 몇 번이나 백옥나무 열매가 잔뜩 달린 관목 수풀을 지나쳐 왔으니까. 열매를 따서 배낭에 넣어두었어야 했지만 그때는 개울에 집중하느라 그럴 생각이 들지 않았다. 그런데 이제 개울이 없어지고 다시 허기가 졌던 것이다. 적어도 아직까지는 미칠 듯이 배가 고픈 것이 아니라 그저 허기를 느낀다는 정도였지만.

트리샤는 앞으로 두 발짝을 내디디며 무른 지면을 시험해 보고는 운동화 코끝 주위로 빠르게 배어 나오는 물기를 불안스러운 눈으로 지켜보았다. 그렇다면 저곳으로 가야 한다는 말인가? 단지 건너편을 본 것 '같다'고 생각한 것만으로?

"모래 수렁 같은 것이 있을지도 몰라." 하고 중얼거렸다.

'바로 그거야! 모래 수렁! 악어!「엑스파일」에 나오는 회색 인간들이 네 엉덩이를 찔러댈 탐침을 들고 나타날지도 모르고 말이야!'

냉혹한 음성이 즉각 거들고 나섰다.

트리샤는 앞으로 나섰던 두 발짝만큼 뒤로 물러나 다시 나무에 걸터앉았다. 아이는 무심결에 아랫입술을 잘근잘근 씹고 있었다. 이제 주위에 가득한 날벌레 떼 같은 것은 안중에도 없었다. 갈 것인가 말 것인가? 그대로 있을 것인가 갈 것인가?

그로부터 10분쯤 지나서 아이의 마음속을 사로잡은 것은 맹목적인 희망과…… 열매에 대한 생각이었다. 이젠 잎사귀까지라도 맛을 볼 준비가 되어 있었다. 트리샤는 교과서에 나오는 삽화 속의 조그만 소녀처럼(아이는 얼굴에 바른 진흙과 헝클어지고 더러운 채 뻗친 머리에 대해서는 까맣게 잊고 있었다.) 상쾌한 녹색 언덕 비탈길에서 선홍색 열매를 따는 자신의 모습을 눈앞에 그려보았다. 그러고는 배낭을 열매로 가득 채운 자신이 더듬더듬 언덕 꼭대기로 난 길을 찾아 올라가는 모습도……. 그러다 마침내 꼭대기에 이르러 아래를 내려다보니…….

'길이 있는 거야. 양쪽에 울타리가 있는 오솔길…… 풀을 뜯는 말들…… 그리고 멀리 헛간이 하나 보이는 거야. 하얀 틀에 빨간 칠을 한 헛간이…….'

말도 안 돼. 헛소리야!

그것이 정말이라면? 그저 찐득거리는 진흙이 겁이 난다는 이유로 여전히 길을 잃은 채 안전한 곳에서 30분밖에 떨어지지 않은 곳에 앉아 있는 거라면?

"좋아."

트리샤는 자리에서 일어나 불안한 손길로 배낭끈을 조절했다.

"좋아, 열매란 말이지. 하지만 길이 너무 험하면 돌아올 거야."

트리샤는 마지막으로 한 번 끈을 잡아당겨 보고는 갈수록 더 질척해지는 지면을 천천히 걸어가며, 한발 한발 시험해 가면서, 뼈만 앙상하게 남은 채 서 있는 나무들과 죽은 채 쓰러진 나무들을 돌아가며 앞으로 걸음을 옮겨놓기 시작했다.

마침내 트리샤는 다시 걸음을 내딛기 시작한 지 30분이나 45분쯤 지나서, 수천(아니, 수백만일 수도 있지만)의 남녀가 알게 된 사실을 깨닫게 되었다. 즉, 길이 너무 험해졌을 때는 이미 돌아가기에 늦은 때라는 것을. 질퍽거리기는 해도 비교적 안정된 지면에서 저 멀리 보였던 언덕은 실제로는 허상에 불과했는데, 트리샤가 들어선 곳이 바로 그 허상 속이었던 것이다. 아이의 발이 차갑고 끈적거리는 물질 속으로 들어갔는데, 물이라기에는 너무 뻑뻑했고 진흙이라기에는 지나치게 묽었다. 트리샤가 기울어지는 몸을 한쪽으로 가누면서 놀라움과 분노가 한데 섞인 소리를 지르며 죽은 나뭇가지를 잡는 순간 나뭇가지가 뚝 부러졌다. 아이가 길게 자란 풀숲으로 쓰러지자 벌레들이 후드득 튀어 달아났다. 아이는 한쪽 무릎을 꿇은 자세로 빠진 발을 잡아 뺐다. 입으로 뭔가를 빨아대는 듯한 소리를 내며 발은 빠졌지만 운동화는 그 속에 그대로 남은 채였다.

"안 돼!"

트리샤의 고함에 크고 하얀 새 한 마리가 놀라서 날아올랐다. 새는 마치 미사일이라도 된 것처럼 긴 다리를 뒤에 늘어뜨린 채 허공으로 솟구쳤다. 다른 장소 다른 때였다면 이 이국적인 생물체의 출현을 감탄해서 쳐다보았을 테지만, 지금은 새가 있다는 것도 거의 알아차리지 못했다. 아이는 무릎을 꿇은 자세로 몸을 돌려서 (오른쪽 다리는 이미 무릎까지 번들거리는 시커먼 오물 같은 것에 덮여 있었다.) 한 팔을, 자신의 발을 삼켰던 구멍 속으로 집어넣었다. 그 구멍 속에는 물이 차오르고 있었다.

"내놔! 그건 내 거야. 내 것…… 이란…… 말이야!"

화가 치민 트리샤가 외쳤다.

트리샤는 엷은 막 같은 뿌리를 헤집거나 너무 뻑뻑한 부분은 이리저리 피해 가면서 손가락으로 차갑고 캄캄한 구덩이 속을 더듬었다. 뭔가 살아 있는 것이 한순간 손바닥에 닿았다가 사라졌다. 잠시 후 아이는 손에 잡힌 운동화를 끌어냈다. 온통 진흙을 뒤집어쓴 여자 애한테 딱 어울리는, 시커먼 진흙에 범벅이 된 신발을 바라보던 아이는 다시 울기 시작했다. 펩시라면, 완전히 개똥을 뒤집어쓴 꼴이라고 말했을 것이다. 트리샤가 운동화를 들어 올려 한쪽으로 기울이자 더러운 오물이 줄줄 흘러나왔다. 그것을 보자 이번에는 웃음이 터져 나왔다. 아이는 이렇게 1분쯤 둔덕에서, 되찾은 운동화를 무릎에 올려놓은 채 책상다리를 하고 앉아, 죽은 나무가 사방을 호위하듯 에워싸고 귀뚜라미가 우는 가운데 날벌레 떼의 검은 소용돌이 한복판에서 울다가 웃다가 했다.

이윽고 울음이 훌쩍임으로 잦아들고 웃음소리도 목이 막힌 것처럼 왠지 시들한 킥킥거림으로 바뀌었다. 아이는 둔덕에서 풀을 한 줌 뜯어서 운동화 바깥쪽을 할 수 있는 한 모두 닦았다. 그런 다음 배낭을 열고 빈 도시락 상자를 뜯은 조각을 수건 대용으로 삼아서 운동화 안쪽을 훔쳐냈다. 트리샤는 다 쓴 상자 조각을 둘둘 말아서 아무 생각 없이 뒤로 던졌다. 누군가 이 보기 흉하고 악취가 풍기는 장소를 어지른 죄로 자신을 체포하겠다면 뭐 그러라지.

아이는 한 손에 운동화 한 짝을 든 채로 자리에서 일어서서 앞을 내다보았다.

"오, 이런 빌어먹을."

트리샤가 신음하듯 중얼거렸다.

아이가 그 상스러운 말을 입 밖으로 꺼내서 말한 것은 태어나서 처음이었다.(펩시는 이따금 그 말을 쓰곤 했지만 펩시는 펩시니까.) 트리샤는 자신이 언덕이라고 착각했던 녹색의 정체가 무엇인지 이제 분명히 알 수 있었다. 그것은 그저 작은 둔덕들에 불과했다. 그곳에는 그런 둔덕들이 더 많았다. 둔덕 사이에는 흐르지 않은 채 썩은 물과, 대부분 죽었지만 군데군데 꼭대기에 녹색 솜털 같은 것을 달고 있는 나무들이 있었다. 개구리 우는 소리가 들렸다. 제대로 된 언덕은 없었다. 수렁에서 습지로, 상황이 더 나빠진 것뿐이었다.

트리샤는 몸을 돌려 뒤를 돌아보았으나 자신이 어디로 해서 이 연옥과도 같은 지대로 들어오게 된 것인지 더 이상 알 수 없었다. 들어왔던 곳을 뭔가 밝은 물체, 이를테면 너덜너덜해진 비옷 조각으로라도 표해 놓을 생각을 했다면 온 길을 돌아갔을지도 몰랐다. 하지만 그런 생각은 하지 않았고, 그것으로 끝이었다.

'그렇다 해도 어쨌든 돌아갈 수는 있어. 비슷하게 방향은 알고 있으니까.'

그럴지도 몰랐다. 그러나 이제 아이는 애초에 자신을 이런 미궁에 빠뜨리게 만든 것 같은 그런 생각을 따르지는 않을 것이다.

트리샤는 다시 둔덕들과, 더껑이가 진 채로 고여 있는 물에 반사되는 희미한 햇살 쪽으로 몸을 돌렸다. 의지할 나무는 잔뜩 있었으며, 습지라고 해도 결국은 어딘가에서 끝나게 마련이 아닌가?

'그런 생각을 하다니 미쳤군.'

그랬다. 이것은 정말 말도 안 되는 상황이었다.

트리샤는 그렇게 잠시 동안 서서, 이제는 톰 고든과, 그의 독특한 '투구 직전의 정지 상태'에 대해 생각하고 있었다. 톰은 바로 그런 자세로 마운드에 서서 레드삭스의 포수(해트버그나 베리텍)가 보내는 사인을 응시했다. 그렇게 꼼짝 않고 있으면(지금 트리샤가 서 있는 자세처럼) 그의 양어깨에서 깊은 고요가 사방으로 뿜어져 나오는 듯이 보였다. 그러고 나서 투구 자세를 취하는 것이다.

"저 친구는 보통 냉정한 게 아냐."

아빠는 그렇게 말했다.

트리샤는 이곳을 벗어나고 싶었다. 우선 이 더러운 늪에서, 그런 다음에는 이 저주받은 숲에서 벗어나 사람들과 상점, 쇼핑센터, 전화기, 그리고 길을 잃으면 도와줄 경찰이 있는 곳으로 돌아가고 싶었다. 아이는 그럴 수 있다고 생각했다. 용기만 있다면. 정신만 바짝 차린다면.

트리샤는 정지 상태를 깨고 다른 쪽 리복 운동화마저 벗어서 양쪽 운동화의 끈을 서로 묶었다. 그러고는 뻐꾹시계에 달린 추처럼 운동화를 목에 걸었으며, 양말에 대해 잠시 생각해 본 다음 일종의 절충안으로 양말은 그냥 신고 있기로 결정했다(실제로 아이가 머릿속으로 생각한 것은 '우웩 소리가 나올 만한 것들에 대한 일종의 방패 삼아서'라는 표현이었지만.). 아이는 청바지 자락을 무릎까지 말아 올리고는 숨을 한 번 깊이 들이쉬었다가 내뱉었다.

"와인드업한 맥팔랜드, 이제 공을 던집니다."

트리샤는 이렇게 중얼거리고는 삭스 야구모를 다시 쓰고(이번에는 뒤로 돌려 썼는데 그 편이 시원했기 때문이다.) 다시 걸음을 떼어놓기 시작했다.

트리샤는 극도의 주의를 기울이며 이따금씩 주변을 재빨리 둘러보고, 어제 그랬듯이 표적이 될 만한 것을 설정하고는 그쪽을 향해 나아가면서 둔덕에서 둔덕으로 걸음을 옮겼다. '오늘은 그렇게 겁에 질려 달아나지 않을 거야. 오늘 나는 냉정을 찾았으니까 말이야.' 하고 트리샤는 생각했다.

한 시간, 그리고 다시 두 시간이 흘렀다. 그런데 지면은 단단해지는 대신 늪지가 점점 더 많아졌다. 이윽고 조그만 둔덕을 제외하면 단단한 지면은 볼 수 없게 되고 말았다. 트리샤는 그럴 수 있는 곳에서는 나뭇가지와 덤불을 붙잡고, 붙잡을 것이 없는 곳에서는 줄타기 곡예사처럼 두 팔을 벌려 균형을 잡아가며 둔덕에서 둔덕으로 걸음을 옮겼다. 이윽고, 건너뛸 만한 거리에 둔덕이 없는 곳에 이르렀다. 마음을 모질게 먹은 그 애가 썩은 물 속으로 한 발을 집어넣자 물벌레 떼가 놀라 날아오르고 토탄질의 부패한 악취가 솟아올랐다. 물은 무릎까지도 채 닿지 않았다. 그 애의 발이 묻힌 바닥은 차갑고 덩이진 젤리 같은 느낌이었다. 휘저어진 물에서 누르스름한 거품이 올라왔는데, 그 속에는 뭔지 모를 까만 부스러기들이 소용돌이쳤다.

"더러워. 너무 더러워. 구더기처럼 구역질이 나."

트리샤는 가장 가까운 둔덕 쪽으로 걸어가면서 신음 소리를 냈다.

아이는 큰 걸음으로 비틀거리며 걸어갔는데, 걸음을 옮겨 놓을 때마다 발을 빼기 위해 힘을 주어야 했다. 그러면서 발을 뽑지 못할 경우, 바닥에 있는 개흙에서 빠져나오지 못한 채 가라앉기 시작한다면 어떤 사태가 벌어질지에 대해서는 되도록 생각하지 않으려 했다.

"더러워, 더러워, 더러워."

이제 그 소리는 읊조림에 가까웠다. 따뜻한 땀방울이 얼굴을 타고 흘러내렸고 눈이 따끔거렸다. 귀뚜라미 울음소리는 끝없이 높은 음조 하나에만 매달린 듯이 들렸다. 바로 앞, 아이가 가려고 하는 둔덕에서 개구리 세 마리가 풀숲에서 물속으로 펄쩍 뛰어들었다. 퐁, 퐁, 퐁.
"버드 와이 저."
그러면서 트리샤는 힘없는 미소를 지었다.
거뭇하고 누르스름한 흙탕물 속에는 올챙이들이 셀 수 없이 많았다. 올챙이를 내려다보는 순간 아이의 한쪽 발에 끈끈한 물질에 싸인 딱딱한 물체가 닿았다. 아마 통나무일 것이다. 트리샤는 허우적거리면서도 넘어지지 않고 그 물체를 타 넘어 간신히 둔덕에 닿았다. 헐떡이며 둔덕 위로 올라선 트리샤는 거머리나 아니면 그보다 더 나쁜 것이 잔뜩 들러붙어 꿈틀거릴 것이라는 막연한 예감과 함께 불안한 눈길로 끈적끈적한 진흙으로 범벅이 된 다리를 들여다보았다. 이상한 것은 없었지만(적어도 눈으로 보기에는 그랬다.) 무릎 바로 위까지 끈적끈적한 것이 말라붙어 있었다. 트리샤는 시커메진 양말을 벗었는데, 양말 아래 있던 흰 피부가 양말보다 더 양말처럼 보였다. 그것을 본 트리샤는 미친 듯이 웃음을 터뜨렸다. 아이는 팔꿈치를 괴고 누워서 하늘을 보고 큰 소리로 웃음을 터뜨렸는데, 그런 식으로는 웃고 싶지 않았다. 그것은 마치
(미치광이)
아니 백치처럼 보였다. 그래도 얼마 동안은 도저히 웃음을 멈출 수 없었다. 가까스로 웃음을 자제할 수 있게 된 트리샤는 비틀어 짠 양말을 다시 신고 자리에서 일어났다. 아이는 한 손으로 눈에 그늘을 만들고 서서, 아래쪽 큰 가지 하나가 부러진 채 물속까지 늘어진 나무를 골라 다음 표적으로 삼았다.
"와인드업한 맥팔랜드, 이제 공을 던집니다."
아이는 지친 어조로 중얼거린 다음 다시 길을 떠났다. 트리샤는

이제 백옥나무 열매 생각은 하지 않았다. 지금 아이가 원하는 것은 이대로 곧장 이곳을 빠져나가는 것뿐이었다.

자력에 의지해야 하는 상황에 처한 사람들이 살기를 멈추고 그저 생존을 위해 버티기 시작하게 되는 시점이 있다. 새로운 에너지원이 고갈된 육체는 축적돼 있던 칼로리에 의지하게 된다. 생각도 흐릿해지기 시작한다. 지각 작용은 범위가 제한되면서 동시에 이상한 방식으로 밝아진다. 사물은 짐짓 가장된 모습을 띤다. 숲속에서 두 번째 오후가 가는 동안 트리샤 맥팔랜드는 삶과 생존의 이런 경계에 다가가고 있었다.

지금 자신이 정서쪽을 향해 나아가고 있다는 사실은 별로 걱정스럽지 않았다. 아이는 한쪽 방향으로 꾸준히 나아가는 것이 좋으며 그것이 현재 자신이 취할 수 있는 최상책이라고 생각했다.(아마 그 생각이 맞을 것이다.) 배가 고프기는 했지만 대부분 그 사실을 그렇게까지 의식하지는 못했는데, 똑바로 직선을 그리며 가는 일에만 골몰하고 있었기 때문이다. 왼쪽이나 오른쪽으로 벗어나기 시작하면 날이 저물 무렵에도 여전히 이 악취 나는 지역에서 벗어나지 못할지도 몰랐다. 그것은 생각만 해도 견디기 힘든 일이었다. 아이는 한 번 걸음을 멈추고 서서 물병의 물을 마셨으며 4시쯤에는 거의 의식도 못한 채 남은 서지를 모두 마셔버렸다.

시간이 흐를수록 죽은 나무들은 점점 더, 나무라기보다는 혹이 달린 발을 잔잔하고 시커먼 물 속에 담그고 있는 수척한 보초들처럼 보이기 시작했다. '이제 곧 저 속에서 얼굴이 나타나겠지.' 하고 트리샤는 생각했다. 얕은 물 속을 헤치며 이런 나무 곁을 지나다(사방 9미터 안쪽으로는 둔덕이 하나도 없었다.)가 물에 잠긴 뿌리나 가지에 발이 걸렸는데, 이번에는 헉하는 소리와 함께 물을 튀기며 큰 대 자로 엎어지고 말았다. 모래와 진흙이 섞인 물을 한 입 가득 물었던 아이는 비명을 지르며 물을 뱉어냈다. 두 손은 여전히 시커먼 물 속에 잠긴 채였다. 그것들은 마치 오래전에 물에 빠진 것들처럼 누르스름하고 창백해 보였다. 아이는 두 손을 물에서 빼냈다.
"괜찮아."
트리샤는 재빨리 중얼거렸다. 아이는 자신이 어떤 중요한 선을 넘어가고 있다는 사실을 어렴풋하게나마 의식하고 있었다. 말이 다르고 돈이 이상한 물건 취급을 받는 어떤 다른 나라로 넘어간다는 것을 감지할 수 있었다. 사물들이 달라지고 있었다. 하지만…….
"난 괜찮아. 그래, 괜찮다고."
게다가 배낭은 아직 젖지 않았다. 그 안에 워크맨이 들어 있었기 때문에 그것은 중요한 일이었다. 이제 그 워크맨이 세상과의 유일한 연결 고리였던 것이다.
이제 앞쪽이 흠뻑 젖은 더러운 몰골로 트리샤는 계속 전진했다. 새로운 표적은 중간 위쪽이 갈라져 기우는 해를 배경으로 까맣게 Y자 모양을 그리고 있는 죽은 나무였다. 트리샤는 그 나무를 향해 나아갔다. 도중에 둔덕이 하나 나왔지만 트리샤는 그것을 힐끗 보고는 그냥 물속을 걸어갔다. 이제 둔덕 같은 것에 신경 쓸 일이 없었다. 물속을 걷는 쪽이 더 빨랐다. 바닥에 깔린 차가운 젤리 같은 부패물에 대한 반감도 이제는 사라진 상태였다. 꼭 그래야 한다면 무엇에든 익숙해질 수 있다. 아이는 이제 그렇다는 것을 깨달았다.
처음 넘어진 때로부터 얼마 지나지 않아서 트리샤는 남은 하루를 톰 고든과 함께 보내기 시작했다. 처음에는 그 일이 이상하게 여겨졌지만(좀 섬뜩한 느낌마저 들었다.) 오후의 긴 시간을 보내면서 자의식 없이 자연스럽게 재잘거리면서 톰에게, 자신이 다음번에는 어떤 표적을 향하는지, 아마도 산불 때문에 이 늪지가 생겼을 것이라는 것, 이제 곧 이곳에서 벗어나게 되리라는 것, 이런 식으로 영원히 계속될 리가 없다는 등의 말을 해주었다. 레드삭스가 오늘 저녁 시합에서 20득점을 올려서 그가 마음 놓고 불펜에 있었으면 좋겠다는 말을 하던 트리샤가 갑자기 말을 멈췄다.

"무슨 소리가 들려요?"

아이가 물었다.

톰이 어떨지는 몰라도 트리샤는 그것이 어떤 소리인지 알았다. 그것은 헬리콥터 날개가 내는 안정된 진동음이었다. 멀기는 했지만 틀림없는 그 소리였다. 그 소리가 들렸을 때 트리샤는 마침 둔덕에 앉아 쉬던 중이었다. 아이는 벌떡 일어나 손을 들어 그늘을 만든 채 눈을 가늘게 뜨고 지평선을 바라보며 한 바퀴 빙글 돌았다. 아무것도 보이지 않았다. 얼마 지나지 않아 그 소리는 사라졌다.

"스파게티."

아이는 침울하게 중얼거렸다. 하지만 적어도 사람들이 수색을 하고 있었다. 아이는 목에 붙은 모기를 때려잡고 다시 걷기 시작했다.

10분이나 15분쯤 지나서 트리샤는 더럽고 올이 풀린 양말을 신은 채 반쯤 물에 잠긴 나무뿌리 위에 서서 앞쪽을 바라보며 의아하고 어리둥절해하고 있었다. 지금 아이가 있는, 부러진 나무들이 무질서하게 여기저기 흩어진 늪지대 저편으로 평탄하고 괴어 있는 연못이 펼쳐져 있었던 것이다. 한복판에는 둔덕들이 좀 더 많이 있었지만 갈색을 띠고 있는 것으로 봐서 부러지거나 끊어낸 나뭇가지처럼 보였다. 통통한 갈색 동물들 대여섯 마리가 그런 둔덕 몇 곳에 올라앉아 트리샤 쪽을 빤히 쳐다보고 있었다.

그것이 무엇인지를 깨닫는 순간 트리샤의 이마에 잡혔던 주름이 천천히 펴졌다. 아이는 자신이 지금 늪지대에 있다는 것, 물에 젖고 진흙투성이에다 지쳤으며 길을 잃은 상태라는 것도 잊었다.

"톰, 비버예요! 비버들이 자기들 집 위에 올라앉아 있는 거라고요. 안 그래요?"

트리샤가 약간 숨을 헐떡이며 속삭였다.

아이는 균형을 잡기 위해 나무줄기를 붙잡은 채 발끝으로 서서 기쁨에 넘친 얼굴로 그쪽을 바라보았다. 비버들이 나뭇가지로 만든 자기들 집 위를 어슬렁거리고 있었다……. 아니면 아이를 바라보고 있는 것일까? 아이는 그런 것 같다고 생각했다. 특히 중앙에 있는 비버가 그랬다. 그놈은 다른 놈들보다 덩치가 컸으며, 트리샤가 보기에 그 까만 눈을 아이의 얼굴에서 떼지 않고 있는 것 같았다. 그놈은 수염이 나 있는 것 같았고 털은 윤기가 흐르는 암갈색인데, 통통한 엉덩이 쪽으로 내려가면서 다갈색을 띠었다. 그 비버를 보자 문득 『버드나무 숲에 부는 바람』(케네스 그레이엄의 동화책—옮긴이)에 나오는 그림이 떠올랐다.

이윽고 트리샤는 나무뿌리에서 내려와 그림자를 길게 뒤로 끌면서 다시 움직이기 시작했다. 그 순간 대장 비버(트리샤는 그놈이 대장일 거라고 생각했다.)가 벌떡 일어나더니 엉덩이와 뒷다리가 물에 잠기도록 뒷걸음질을 치면서 꼬리로 멋지게 수면을 내리쳤다. 그러자 고요하고 무더운 공기를 흔들며 믿을 수 없을 만큼 크게, 철썩하는 소리가 났다. 다음 순간 나뭇가지로 만든 집 위에 있던 비버들이 일제히 물속으로 뛰어들었다. 흡사 수중 잠수 팀을 보고 있기라도 한 것 같았다. 트리샤는 가슴 앞에 두 손을 꼭 쥔 채 얼굴에 큼직한 미소를 띠고 그것을 바라보았다. 그것은 아이가 지금껏 살아오면서 본 것 중에서 가장 굉장한 광경이었다. 트리샤는 자신이 왜 그렇게 느꼈는지, 대장 비버가 왜 그토록 지혜로운 늙은 교장처럼 보였던 것인지를 앞으로도 설명할 수 없으리라고 여겼다.

"톰, 저것 좀 봐요! 저기를 좀 봐요! 비버들이 들어간 자리 말이에요! 야호!"

트리샤가 웃으며 손으로 가리켰다.

거무스레한 수면에 나타난 대여섯 개의 V자 모양이 활 모양의 파동을 그리며 비버의 집에서 멀어져 갔다. 잠시 후 파동이 모두 사라지자 트리샤는 다시 걸음을 옮겨 놓기 시작했다. 아이가 지금 표적으로 삼은 것은 헝클어진 머리카락처럼 자란 암녹색 양치류로 덮인 아주 큰 둔덕이었다. 아이는 그곳으로 직선을 그리지 않고 크게 반원을 그리며 다가갔다. 비버를 본 것은 굉장한 일이었지만(펩시식으로 표현하자면 "게토"였지만) 물속을 헤엄치는 비버와 맞닥뜨리고 싶은 생각은 없었다. 그림책 덕분에 비버들에게 커다란 이빨이 있다는 사실을 알고 있었던 것이다. 그로부터 얼마 동안 트리샤는 물에 잠긴 풀이나 잡초 같은 것이 다리를 스칠 때마다 그것이 대장 비버가 자기를 다가오지 못하게 쫓으려는 것이 분명하다고 여기고 비명을 지르곤 했다.

트리샤는 비버의 집을 계속 오른쪽에 둔 채 큰 둔덕으로 다가갔는데, 가까이 다가가는 사이에 기대에 찬 흥분에 휩싸이기 시작했다. 그 암녹색 양치류는 단순한 양치류가 아닌 것 같았다. 지난 3년 동안 봄마다 엄마와 할머니와 함께 고사리를 뜯었던 트리샤의 눈에는 그것이 고사리처럼 보였다. 샌포드에서는 고사리 철이 끝났지만(고사리 철은 기껏해야 한 달 정도였다.) 엄마는 내륙에서는 고사리 철이 좀 더 늦게 와서 늪지대 같은 경우에는 거의 7월까지 이어진다고 말했다. 이렇게 악취가 풍기는 곳에서 뭐든 쓸모 있는 것이 나온다는 사실은 믿기 어려웠지만 가까이 다가갈수록 그것이 고사리라는 것이 점점 확실해졌다. 고사리는 단순히 쓸모 있는 정도가 아니라 '맛이 있었다'. 야채를 좋아하지 않는 오빠조차(버즈 아이 상표가 붙은 냉동 완두콩을 전자레인지에 데운 것 말고는) 고사리는 먹었던 것이다.

아이는 너무 기대하지 말자고 다짐했지만 첫 번째 가능성이 머릿속에 떠오르고 나서 5분이 지난 다음 트리샤는 확신했다. 눈앞에 있는 것은 그저 평범한 둔덕이 아니라 '고사리 섬'이었던 것이다! 그러나 이제 허벅지까지 올라오는 물속을 천천히 걸어가면서 둔덕이 점점 가까워지자 아이는, 어쩌면 '날벌레 천국'이라고 부르는 쪽이 더 어울릴지도 모른다고 생각했다. 물론 숲에도 벌레들이 잔뜩 있기는 했지만 끊임없이 진흙을 발라준 덕분에 지금까지 벌레 생각은 까맣게 잊고 있었던 것이다. 그런데 고사리 섬 위쪽 대기는 날벌레들로 희미하게 빛을 발하고 있었고, 거기에는 깔따구와 등에모기 같은 날벌레만 있는 것이 아니었다. 헤아릴 수 없을 만큼 많은 파리 떼도 있었다. 거리가 가까워지자 트리샤의 귀에는 날벌레들이 내는 졸린, 그리고 왠지 윤이 나는 것 같은 날갯짓 소리가 들려왔다.

불룩하게 말린 첫 번째 고사리 수풀로부터 아직 대여섯 걸음 떨어져 있었을 때 트리샤는, 두 발이 물속의 진흙 바닥 속으로 가라앉는 것도 거의 의식하지 못하고 걸음을 멈추었다. 이쪽 풀숲 언저리가 갈기갈기 찢겨 나가 있고, 검은 수면에는 여기저기에 고사리 다발이 뿌리가 뽑힌 채 떠 있었던 것이다. 좀 더 위쪽에는 수풀 위에 튄 선홍색 얼룩들이 보였다.

"이건 마음에 안 드는걸."

트리샤가 중얼거렸다. 이제 아이는 곧장 앞으로 나아가지 않고 왼쪽으로 움직일 생각이었다. 고사리는 괜찮았지만 저 위쪽에 뭔가 죽거나 심하게 상처를 입은 것이 있었다. 어쩌면 비버들이 짝짓기 같은 것 때문에 서로 싸웠을지도 몰랐다. 아직은, 이른 저녁거리를 구하려다가 상처 입은 비버와 마주칠 위험을 무릅쓸 만큼 배가 고픈 것은 아니었다. 자칫하면 손이나 눈을 잃을 수도 있었다.

고사리 섬을 반쯤 돌아가던 트리샤가 다시 걸음을 멈췄다. 트리샤는 그 광경을 보고 싶지 않았지만 처음 보았을 때 도저히 거기에서 시선을 뗄 수가 없었다.

"이봐요, 톰. 정말 기분 나쁜 광경이에요."

아이가 떨리는 음성으로 말했다.

어린 사슴의 잘린 머리가 거기에 있었다. 그 머리는 핏자국과 눌린 고사리 자국을 남긴 채 풀숲 비탈 아래로 굴러 떨어진 것이다. 이제 그것은 뒤집힌 채 물가에 놓여 있었다. 눈에는 구더기들이 버글거렸다. 목에서 뜯겨 나온 너덜너덜한 부위에는 엄청난 수의 파리들이 내려앉아 있었다. 파리 떼가 내는 소리가 흡사 작은 모터가 돌아가는 소리 같았다.
"혓바닥이 보여."
아이의 음성은 울리는 복도를 따라 멀리서 들려오는 느낌이었다. 수면에 반사되는 금빛 햇살이 문득 너무 눈부셨다. 아이는 금방이라도 기절할 것처럼 비틀거렸다.
"안 돼. 기절하면 안 돼."
아이가 나지막하게 중얼거렸다.
이번은 아까보다 좀 더 낮기는 했어도 더 가까이에서, 그리고 훨씬 더 자신의 입에서 나오는 소리처럼 들렸다. 햇살 역시 거의 정상처럼 보였다. 다행이었다. 거의 허리까지 오는 썩은 물 속에 서 있을 때 기절하는 것이야말로 지금 아이가 무엇보다 원치 않는 일이었다. 고사리도 얻을 수 없었지만 기절도 하지 않았다. 그 정도면 별로 손해 보는 것 같지 않았다.
아이는 걸음을 더 빨리해서, 그리고 아까처럼 체중을 싣기 전에 발 디딜 곳을 세심하게 시험하지 않은 채로 앞으로 나아갔다. 아이는 몸을 크게 좌우로 움직이며, 엉덩이를 돌리고 반원을 그리도록 두 팔을 앞뒤로 흔들면서 걸었다. 만일 레오타드(몸에 꼭 끼는 아래위가 붙은 옷——옮긴이)차림이었다면 자신이 운동 기구 광고에 나오는 초대 손님처럼 보였을지도 모르겠다는 생각이 떠올랐다. 자, 여러분 오늘은 새로운 운동을 하게 될 거예요. 이번에 하게 될 운동은 '잘린 사슴 머리로부터 도망치기'랍니다. 허리를 흔들고 엉덩이를 돌리고 어깨를 펴세요!
트리샤는 똑바로 앞만 보았지만 저 노곤한, 어딘지 자기만족감을 주는 파리 떼의 단조로운 소리를 듣지 않을 도리가 없었다. 어떤 것이 저런 짓을 했을까? 비버의 짓이 아닌 것만은 확실하다. 아무리 이빨이 날카롭다 해도 비버가 사슴의 머리를 뜯어낼 수는 없다.

'누가 한 짓인 줄 알잖아. **그것**이 한 짓이라고. 바로 그것 말이야. 그것은 지금도 너를 지켜보고 있지.'

아이의 머릿속에서 냉혹한 음성이 들려왔다.

"헛소리 마. 지켜보는 건 아무것도 없어."

트리샤가 숨찬 목소리로 말했다. 마음을 다잡고 어깨 너머를 돌아본 아이는 고사리 섬이 멀어진 사실을 알고 마음이 놓였다. 하지만 아직 좀 더 떨어져야 했다. 아이는 마지막으로 물가에 놓인 사슴 머리를, 윙윙거리는 시커먼 목걸이를 한 갈색 물체를 힐끔 쳐다보았다.

"그건 헛소리죠. 안 그래요, 톰?"

그러나 톰은 대답하지 않았다. 아니, 대답할 수 없었을 것이다. 톰은 아마 지금쯤 예의 눈부신 흰색 홈그라운드용 운동복 차림으로 펜웨이 파크에서 팀 동료들과 농담을 주고받고 있을 터였다. 톰 고든이 이 끝도 없는 늪지에서 자신과 함께 걷고 있다는 생각은 그저 외로움을 달래기 위한 조그만 동종요법에 불과했다. 지금 이곳에는 트리샤 혼자였다.

'넌 혼자가 아니란다, 얘야. 혼자가 아니고말고.'

트리샤는 비록 자신의 친구라고는 할 수 없었지만 그 냉혹한 음성이 말하고 있는 것이 진실일까 봐 두려웠다. 뭔가에 감시받고 있다는 느낌이 전보다 한층 강하게 밀려들었다. 아이는 그것을 불안 때문이라고 무시해 버리려고 했으며(잘린 머리를 보면 누구라도 신경질적인 불안을 느낄 것이다.) 그 일이 거의 성공을 거두려는 순간 오래전에 죽은 껍질에 사선으로 긁힌 자국 대여섯 개가 나 있는 나무를 보았다. 그것은 마치 덩치가 크고 성질이 포악한 뭔가가 지나가는 길에 함부로 긁어놓은 자국처럼 보였다.
"맙소사. 발톱 자국이잖아."
'**그것**이 바로 앞에 있다고, 트리샤. 앞에서 발톱을 잔뜩 세우고 너를 기다리고 있어.'
트리샤의 눈앞에는 더 넓게 고여 있는 물과 더 많은 둔덕들이 있었다. 그것들도 수풀이 우거진 언덕들처럼 보였다.(하지만 좀 전에도 바로 그런 식으로 속았다.) 야수 같은 것은 보이지 않았지만……. 당연히 눈에 띄지 않을 터였다. 그렇잖겠는가? 정말 야수가 있는 것이라면 다른 모든 야수들이 그러듯 튀어나올 순간까지 기다릴 것이다. 그 상황에 딱 맞는 단어가 있었지만 지금 아이는 너무 지치고 무섭고 갈수록 비참한 심정이 된 나머지 떠올릴 수가 없었다…….
'놈들은 잠복해서 기다리지. 그게 놈들이 하는 짓이라니까. 잠복 말이야. 특히 네 새 친구처럼 특별한 놈일 경우에는 더욱 그럴 거야.'
냉혹한 음성이 들렸다.
"잠복이라고…… 그래, 그 말이었어. 알려 줘서 고마워."
트리샤가 쉰 목소리로 중얼거렸다.
그러고 나서 아이는 다시 앞으로 걸음을 떼어놓았는데, 그것은 이제 돌아가기엔 길이 너무 멀기 때문이었다. 설혹 정말 앞에서 뭔가가 자신을 죽이려고 기다리고 있다 해도 돌아가기엔 너무 멀었다.

이번에는 단단한 땅처럼 보인 것을 디뎌보니 정말로 단단한 땅이었다. 처음에 트리샤는 그 사실을 믿으려 하지 않았지만 가까이 다가갔는데도 푸른 덤불과 관목의 미로 사이를 지나는 물이 보이지 않자 희망을 품기 시작했다. 걷고 있는 물도 점점 얕아졌다. 이제는 무릎이나 허벅지가 아니라 정강이 중간쯤밖에 오지 않았다. 게다가 이곳에는 적어도 둔덕 두 군데에 고사리가 수북하게 자라 있었다. 고사리 섬만큼 많지는 않았지만 아이는 그곳에 있는 고사리를 뜯어서 게걸스럽게 먹어치웠다. 달콤했지만 뒷맛이 좀 썼다. 그것은 '싱싱한' 맛일 것이다. 트리샤는 아주 맛있다고 여겼다. 고사리가 더 많았다면 좀 더 뜯어서 배낭에 비축했을 테지만 그 정도로 많지는 않았다. 그러나 그 사실을 안타까워하기보다는 어린 애다운 단순한 심정으로 지금 고사리가 눈앞에 있는 것만으로도 즐거워했다. 지금 당장은 이 정도로도 충분했으며 나중 일은 나중에 걱정하기로 했다. 트리샤는 둥글게 말린 혹처럼 생긴 부분을 씹어 먹고 줄기를 뜯어 먹으며 단단한 땅을 향해 걸어갔다. 아이는 자신이 이제 습지로 접어들고 있다는 사실을 거의 의식하지 못했는데, 이제 습지에 대한 혐오감은 가신 뒤였기 때문이다.

두 번째 둔덕에 난 마지막 남은 고사리 쪽으로 손을 뻗던 아이는 동작을 멈추었다. 다시 파리 떼의 졸린 듯한 날갯짓 소리가 들렸던 것이다. 이번에는 훨씬 큰 소리였다. 그럴 수 있다면 트리샤는 거기에서 방향을 바꾸었을 테지만 늪지가 끝나는 그 지대는 죽은 나뭇가지와 물에 잠긴 관목들로 빽빽했다. 그 미로 사이로는 반쯤 트인 수로 하나밖에 없는 것 같았으며 물에 잠긴 장애물을 타 넘느라 두 시간을 더 허비하고 싶지 않다면 그 길을 택할 수밖에 없었다. 게다가 그러는 도중에 발에 상처를 입을지도 몰랐다.

그 수로에서도 물에 잠긴 나무 하나를 타 넘어 가야만 했다. 그 나무는 아주 최근에 쓰러진 것이었다. 아니, "쓰러졌다"는 것은 틀린 표현이었다. 나무껍질에 할퀸 자국이 여럿 나 있는 것이 보였던 것이다. 끊어진 부분은 얽힌 관목에 가려 보이지 않았지만 그 루터기 부분은 생생한 흰색을 띠고 있었다. 이 나무가 뭔가의 길을 가로막았기 때문에 그 뭔가가 그저 나무를 밀어 넘어뜨려 이쑤시개처럼 부러뜨린 것이다.

파리의 날갯짓 소리는 점점 더 크게 들려왔다. 사슴의 나머지 부분(어쨌든 사슴의 대부분)이 트리샤가 녹초가 되어 늪지에서 기어 올라온 자리 바로 옆 엄청난 고사리 밭 언저리에 놓여 있었다. 두 동강이가 난 사슴은 파리 떼로 번들거리는, 온통 뒤엉킨 내장에 의해 연결돼 있었다. 뜯겨 나간 다리 한 짝이 마치 지팡이처럼 근처의 나무줄기에 기대어져 있었다.

트리샤는 오른쪽 손등을 입가에 댄 채 욱욱 하는 신음 소리를 내며 황급히 달아났다. 토하지 않기 위해 있는 힘을 다해야 할 정도였다. 사슴을 죽인 그것은 어쩌면 아이가 토하기를 '바라고' 있을지도 몰랐다. 그런 일이 가능할까? 아이의 머릿속에서 이성적인 부분(아직 그런 부분은 꽤 많이 남아 있었는데)은 그런 일이 불가능하다고 했지만, 아이가 보기에는 '뭔가'가 일부러 갈기갈기 찢은 사슴 시체를 가지고 이 늪지에서 가장 무성한 고사리 밭 두 군데를 더럽혀 놓은 것 같았다. 그리고 만약 **그것**이 그런 짓을 저

지른 것이 사실이라면, 아이가 가까스로 입수한 얼마 안 되는 음식물마저 게워내도록 만들려 한다는 것이 그렇게까지 불가능한 일일까?

'그건 그래. 넌 멍청해. 그건 잊어버리라고. 그리고 제발 토하지 말란 말이야!'

욱욱 소리(그것은 요란한 딸꾹질 소리와 비슷했다.)는 서쪽으로 가는 동안(해가 낮게 걸린 지금은 서쪽으로 방향을 잡기가 한결 쉬웠다.) 차츰 뜸해졌으며 파리 떼 소리도 희미해지기 시작했다. 그 소리가 완전히 멎자 트리샤는 걸음을 멈추고 양말을 벗은 다음 운동화를 다시 신었다. 아이는 다시 한 번 양말을 쥐어짠 후 그것들을 들고 살펴보았다. 샌포드에 있는 자신의 방에서 양말을 신었던 일이 기억났다. 침대 모서리에 걸터앉아 입 속으로 "나를 껴안아 줘요…… 난 당신 곁에 있어야 하니까"라고 노래하며 양말을 신었다. 보이즈 투 다 맥스의 노래였다. 트리샤와 펩시는 보이즈 투 다 맥스가 아주 멋지다고, 그중에서도 아담이 특히 멋지다고 생각했다. 침실 바닥에 어린 햇살도 기억났다. 벽에 붙여 놓은「타이타닉」포스터도 생각났다. 자신의 방에서 양말을 신던 기억은 아주 선명했지만 아주 오래전에 일어난 일처럼 여겨졌다. 아마도 할아버지처럼 나이 든 사람들이 어린 시절에 있었던 일을 기억하는 것도 이런 식이리라. 이제 양말은 끈으로 겨우 묶어놓은 너덜너덜한 천 조각에 불과해 보였는데, 그러자 다시 울고 싶은 기분이 들었지만(그것은 아마도 지금 아이가 자신을 그런 식으로 생각했기 때문일 것이다.) 가까스로 울음을 참았다. 트리샤는 양말을 둘둘 말아서 배낭에 집어넣었다.

아이가 다시 죔쇠를 채우고 있을 때 헬리콥터의 회전 날개가 도는 훅 훅 훅 하는 소리가 또다시 들려왔다. 이번에는 훨씬 가까이에서 들렸다. 트리샤는 펄쩍 뛰듯이 일어나 젖은 옷을 펄럭이며 몸을 빙글 돌렸다. 동쪽 멀리, 푸른 하늘을 배경으로 시커먼 두 개의 형체가 떠 있었다. 그것들은 '죽은 사슴의 늪'에 있던 잠자리 떼를 연상시켰다. 팔을 흔들고 소리를 질러도 소용없는 것이 헬리콥터는 수억 마일 저편에 있었던 것이다. 그래도 트리샤는 상관하지 않고 그렇게 했다. 아니, 그렇게 하지 않을 수 없었다. 결국 목이 쉬고 나서야 소리 지르기를 그만두었다.

"그것 봐요, 톰. 보라고요. 사람들이 나를 찾으려고 애쓰고 있어요. 이쪽으로 좀 더 가까이 오면 좋을 텐데……."

트리샤는 간절한 눈길로 왼쪽에서 오른쪽으로 움직이는 헬리콥터를 좇았다……. 그것은 북쪽에서 남쪽으로 향하는 것일 터였다.

하지만 헬리콥터는 다가오지 않았다. 멀리 떨어져 있던 헬리콥터들은 그대로 울창한 삼림 저편으로 사라져버렸다. 트리샤는 회전 날개 소리가 사라지고 그 자리를 귀뚜라미의 단조로운 울음소리가 채울 때까지 꼼짝 않고 그 자리에 서 있었다. 이윽고 아이는 한숨을 내쉬고는 무릎을 꿇고 운동화 끈을 묶었다. 트리샤는 이제 뭔가가 자신을 감시한다는 느낌을 받지 않았다. 그것이 한 가지 달라진 점이었다…….

'이런 거짓말쟁이, 이런 거짓말쟁이 꼬마 같으니라고.'

냉혹한 음성이 말했다. 재미있어하는 어투였다.

하지만 트리샤는 거짓말을 하고 있었던 것은 아니었다. 적어도 고의적으로는 말이다. 너무 지치고 혼란스러운 나머지 자신의 느낌을 확실히 알 수 없었다……. 아직도 배가 고프고 목이 마르다는 것 빼고는 아무 느낌도 없었다. 더럽고 찐득거리는 진흙 밭을 벗어나자(그리고 갈가리 찢어진 사슴 시체로부터도 멀어지면서) 허기와 갈증이 한층 심해졌다. 다시 돌아가서 고사리를 좀 더 뜯을까 하는 생각이 뇌리를 스쳤다. 사슴 시체라든가 처참하고 피가 낭자한 곳을 피해서 갈 수 있을 것 같았다.

트리샤는 자신이 롤러블레이드를 탈 때 무릎을 긁히거나 나무에 오르다가 넘어질 때면 짜증을 부리곤 하던 펩시를 생각했다. 트리샤의 눈에 눈물이 고이는 것을 보면 펩시는 이렇게 말하곤 했다.

"제발 내 앞에서 계집애티 좀 내지 마, 맥팔랜드."

물론 트리샤는 죽은 사슴을 앞에 놓고 계집애티를 내고 말고 할 여유가 없었다. 더군다나 이런 상황에서는 아니었다. 하지만…….

……트리샤는 사슴을 죽인 그것이 아직 그곳에서 지켜보고 있을까 두려웠다. 아이가 되돌아올 거라는 희망을 품은 채 말이다.

늪지의 물을 마신다는 것은 심각한 문제다. 흙탕물이라는 것과, 죽은 사슴과 모기 알이 있다는 것은 전혀 다른 문제였다. 모기 알이 사람의 배 속에서도 부화할 수 있을까? 아마 그렇지는 않을 것이다. 그렇다고 그 사실을 확인하고 싶은가? 그럴 마음은 전혀 없었다.

"어쨌든 고사리를 좀 더 구하게 될 거야. 그렇죠, 톰? 백옥나무 열매도 그렇고 말이에요."

톰은 대꾸하지 않지만 트리샤는 그 문제에 대해 좀 더 생각해 보기 전에 다시 움직이기 시작했다.

트리샤는 다시 세 시간 동안 서쪽을 향해 걸어갔는데, 처음에는 천천히 걷다가 좀 더 높이 발육한 숲으로 들어서게 되면서 얼마간 속도를 낼 수 있었다. 다리가 아프고 등이 쑤셨지만 이렇게 아픈 곳도 트리샤의 주의를 끌지 못했다. 배고픔까지도 정말 심각하게 생각했던 것도 아니다. 처음에는 금빛으로, 이어서 붉은빛으로 햇살이 바뀌어가면서 트리샤의 머릿속을 가득 메운 것은 갈증이었다. 목이 바짝 타고 욱신거렸으며 혓바닥은 흡사 먼지투성이의 벌레라도 된 것 같았다. 아이는 기회가 있을 때 늪의 물을 마시지 않은 것을 한탄했으며, 한번은 걸음을 멈추고는 '빌어먹을, 돌아가겠어.' 하고 생각하기도 했다.

'그러지 않는 게 좋아. 길을 찾지 못할걸. 운 좋게 길을 찾는다 해도 도착하기 전에 날이 어두워질 거야……. 그리고 뭐가 너를 기다리고 있을지 모르잖니?'

냉혹한 음성이 말했다.

"닥쳐. 그냥 입을 다물라고, 이 멍청하고 치사한 것아."

아이가 싫증 났다는 듯이 말했다.

하지만 물론 그 멍청하고 치사한 것의 말이 옳았다. 트리샤는 이제 오렌지색으로 바뀐 해 쪽으로 돌아서서 다시 걷기 시작했다. 아이는 이제 본격적으로 갈증이 겁나기 시작했다. 저녁 8시가 이 정도라면 한밤중에는 어느 정도나 될까? 아무튼 사람이 물 없이 얼마나 오래 살 수 있는 거지? 그것은 기억나지 않았지만, 언젠가 그와 같은 재미있는 생각이 머릿속을 스쳤던 적은 있었다고 확신했다. 어쨌든 음식 없이 살 수 있는 만큼 오랫동안은 아니었다. 갈증으로 죽는다는 것은 어떤 걸까?

"이런 숲에서 갈증 때문에 죽지는 않을 거야······. 안 그래요, 톰?"
그러나 톰은 여전히 물음에 대답하지 않았다. 실제의 톰 고든은 지금쯤 시합을 지켜보고 있을 터였다. 보스턴의 노련한 너클볼 투수 팀 웨이크필드와, 양키스의 어린 왼손잡이 타자 앤디 페티트의 대결을. 트리샤의 목이 따끔거렸다. 침을 삼키기도 어려웠다. 억수같이 쏟아지던 비가 생각난 아이는(침대 끝에 걸터앉아 양말을 신던 기억과 마찬가지로 이것 역시 아주 오래전 일처럼 여겨졌다.) 다시 비가 왔으면 좋겠다고 생각했다. 그러면 빗속에서 고개를 뒤로 젖히고 두 팔을 펼치고 입을 벌린 채 춤이라도 출 터였다. 자신의 개집 지붕 위에서 스누피가 그랬던 것처럼 춤을 출 터였다.
오래된 삼림지대로 들어서면서 트리샤는 키가 더 크고 간격도 더 벌어진 소나무와 가문비나무 사이를 터벅터벅 걸었다. 해가 저물어가면서 나무들 사이로 먼지가 섞인 짙은 빛깔의 햇살이 비스듬히 들어왔다. 갈증만 아니라면 나무숲과, 오렌지색과 붉은색이 섞인 햇살이 아름답다고 여겼을 것이다······. 실제로 육체적 고통에도 불구하고 어느 만큼은 그 아름다움이 눈에 들어왔다. 그렇지만 햇살이 너무 눈부셨다. 두통 때문에 관자놀이가 지끈거렸고 목구멍은 흡사 바늘구멍이라도 된 것 같았다.
이런 상태였기 때문에 트리샤는 졸졸 흐르는 물소리를 처음에는 환청이라고 여기고 무시해 버렸다. 진짜 물소리일 리가 없었다. 그렇다면 일이 너무 쉽게 풀리는 셈이었다. 그럼에도 불구하고 아이는 물소리가 나는 쪽으로 방향을 바꾸어 정서쪽이 아니라 남서쪽을 향해, 최면에 빠진 사람처럼 낮은 가지 아래로 고개를 숙이기도 하고 쓰러진 통나무를 타 넘기도 하면서 걸어갔다. 소리가 점점 커지자(이제 그 소리는 다른 것이라고 착각할 수 없을 만큼 크게 들려왔다.) 트리샤는 달리기 시작했다. 발밑에 깔린 솔잎 때문에 두 차례 미끄러지고 한 번은 험악한 쐐기풀 구덩이에 달려들어 팔뚝과 손등이 긁히기도 했지만 거의 의식하지도 못했다. 처음 희미한 물소리를 들은 지 10분 후 짧고도 가파른 낭떠러지와 맞닥뜨렸다. 성긴 흙과 솔잎이 깔린 숲 바닥으로부터 암반이 잿빛 관절 형상으로 솟아오른 곳이었다. 그 아래로 시냇물이 요란한 소리로 좔좔거리며 빠르게 흘렀다. 처음 아이가 본 것은 이것에 비하면 잠긴 호스 끝에 매달린 물방울에 불과했다.

트리샤는 한 발만 헛디뎌도 8미터를 굴러 떨어져 죽을 수도 있음에도 불구하고 전적으로 자의식이 결여된 상태에서 낭떠러지 가장자리를 따라서 걸어갔다. 상류 쪽으로 5분을 걸어가자 숲 언저리로부터 개울이 흐르는 조그만 골짜기로 통하는 우묵하게 팬 홈에 닿았다. 자연스럽게 만들어진 그 홈통 바닥에는 수십 년 동안 쌓인 낙엽과 솔잎이 바닥에 깔려 있었다.

아이는 주저앉아서 몸을 구부리고 발을 앞으로 내밀며 미끄럼틀 꼭대기에 올라앉은 어린애처럼 홈통 꼭대기에 앉았다. 그러고는 앉은 채로 두 손과 두 발을 브레이크 삼아 내려오기 시작했다. 중간쯤부터 미끄러지기 시작했다. 아이는 미끄러지지 않으려 하기보다는(그랬다가는 십중팔구 공중제비를 넘었을 것이다.) 몸을 뒤로 눕히고 양손을 목뒤로 깍지 낀 자세로 눈을 감고 그저 최선의 결과가 되기만을 바랐다.

순식간에 바닥까지 닿았지만 내려가는 동안 몸이 심하게 요동

쳤다. 트리샤는 튀어나온 바위에 오른쪽 엉덩이를 쾅 하고 부딪쳤으며, 깍지 낀 손가락 역시 또 다른 바위에 얼얼할 정도로 호되게 부딪쳤다. 나중에 아이는, 만약 그때 두 손을 머리 위로 올리고 있지 않았더라면 두 번째 바위에 머리 가죽이 찢어졌을지도 모른다는 생각이 들었다. 아니면 그보다 더 큰 상처를 입었을 수도 있었다. "멍청하게 목을 부러뜨리지 마라." 이것 역시 어른들이 곧잘 쓰는 표현인데, 이번 것은 맥팔랜드 할머니가 즐겨 쓰던 것이었다.

뼈가 부러지는 것 같은 요란한 소리와 함께 엉덩방아를 찧는 순간 아이의 운동화가 얼음처럼 차디찬 물 속에 잠겼다. 트리샤는 발을 빼면서 몸을 돌리고는 땅바닥에 엎드려서, 무더운 날 허기가 져서 아이스크림을 너무 빨리 먹었을 때 종종 그러는 것처럼 이마에 못이 박히는 느낌이 들도록 물을 들이켰다. 트리샤는 거품을 일으키며 흐르는 차가운 냇물에서 진흙투성이로 물이 줄줄 흐르는 얼굴을 들고 숨을 헐떡이며, 더없이 황홀한 미소를 지으며 어두워져 가는 하늘을 바라보았다. 물이 이렇게 맛있었던 적이 있었던가? 없었다. 아니, 이렇게 맛있는 것을 맛본 적이 있었던가? 결코 그런 적이 없었다. 이 물맛은 그 어떤 것에도 비교할 수 없었다. 아이는 물속에 머리를 박고 다시 한 번 물을 마셨다. 마침내 무릎을 꿇은 자세로 몸을 일으킨 아이는 요란하게 물기 어린 트림을 내뱉고는 몸을 흔들며 웃음을 터뜨렸다. 배가 북처럼 팽팽해졌다. 적어도 지금은 허기도 느껴지지 않았다.

홈통은 너무 가파르고 미끄러워서 다시 기어 올라갈 수가 없었다. 중간이나 거의 꼭대기까지 기어 올라간다 해도 다시 바닥으로 미끄러지고 말 터였다. 그러나 개울 맞은편은 가기가 쉬워 보였다. 가파르고 나무가 우거져 있기는 했지만 아주 빽빽하지 않았으며 계단으로 삼을 만한 바위들이 많았다. 아주 어두워져서 보이지 않게 되기 전에 얼마간 길을 갈 수 있을 것이다. 안 될 것이 없었다. 이제 물로 배를 채우고 나자 다시 힘이 솟는 기분 좋은 느낌이 들었다. 자신감도 들었다. 늪지는 멀어졌으며 또다시 개울을 찾아냈다. 맛 좋은 개울 말이다.

'좋아. 하지만 **그것**은 어떻게 하려고? 설마 **그것**을 잊지는 않았을 테지?'

냉혹한 음성이 들려왔다. 트리샤는 다시금 그 음성이 무서워졌다. 그 음성이 하는 말은 좋지 않았다. 그런데 자신의 머릿속에 이렇게 사악한 여자 애가 있다는 사실을 알게 된 것이 훨씬 더 나빴다.

"설혹 그런 것이 있었다 해도 지금은 사라졌어. 사슴과 함께 남았을 거야."

트리샤는 중얼거렸다.

그것은 사실이었다. 아니, 사실처럼 보였다. 감시당하고 있다는, 뭔가가 소리 없이 다가오고 있다는 느낌은 사라졌다. 냉혹한 음성도 그 사실을 알고 아무 대꾸도 하지 않았다. 트리샤는 그 음성의 주인을 눈앞에 그릴 수 있었다. 거칠고 조그만 체구에 빈정거리는 입매를 했으며 우연히도 아주 약간 트리샤 자신과 닮은 계집애를.(기껏해야 6촌 정도나 닮았을까.) 그 계집애는 이제 어깨를 뻣뻣이 세우고 주먹을 쥔 분개한 모습으로 트리샤에게서 멀어지고 있었다.

"그래, 어서 가버려. 다시는 나타나지 말고. 네가 겁나지는 않아."

트리샤는 그렇게 중얼거리다 이어서 "빌어먹을!" 하고 소리쳤다. 아이의 입에서 다시 그 상스러운 말이, 펩시가 "아주아주 상스러운 말"이라고 한 그 말이 튀어나왔지만 트리샤는 조금도 미안한 생각이 들지 않았다. 심지어 자신이, 학교에서 돌아오는 길에 오빠가 또다시 맬든이 어쩌고저쩌고하는 헛소리를 늘어놓기 시작하면 오빠에게 그 말을 하는 광경도 상상할 수 있었다. 맬든이 어쩌고저쩌고, 아빠가 어쩌고저쩌고. 그럴 때 그저 잠자코 공감을 표하거나 활짝 웃으며 "우리 화제 좀 바꾸자."라고 하지 않고 "빌어먹을, 제발 좀 참아주시지." 하고 말한다면 말이다. 트리샤는 입을 딱 벌리고 자기를 빤히 바라보는 오빠의 모습을 눈앞에 그릴 수 있었다. 아이는 그 얼굴을 생각하고 킥킥거렸다.

아이는 일어서서 물가로 다가간 다음 개울을 건너가게 해줄 만한 돌멩이 네 개를 골라 한 번에 하나씩 개울 바닥에 떨어뜨렸다. 맞은편에 이르자 아이는 비탈을 타고 내려가기 시작했다.

언덕 중턱은 꾸준히 가팔라졌고 바위로 된 바닥 위를 흐르는 개울은 점점 더 요란한 소리를 냈다. 비교적 평탄한 지면이 있는 빈터에 이른 트리샤는 그곳에서 밤을 지내기로 했다. 대기에는 벌써 짙은 그늘이 감돌고 있었다. 비탈 아래로 내려간다면 실족할 위험을 무릅써야 할 터였다. 게다가 이곳은 그렇게 나쁘지 않았다. 적어도 여기서는 하늘이 보였던 것이다.

"하지만 벌레는 꽤나 극성스럽게 달려들겠군."

트리샤는 얼굴에 달려드는 모기를 손으로 쫓다가 목에 달라붙은 모기 몇 마리를 때려잡았다. 아이는 진흙을 구하러 개울가로 갔지만 여기에는 진흙이 없었다.(정말 웃기지도 않잖아.) 돌멩이는 잔뜩 있었지만 진흙은 없었다. 트리샤는 잠시 쭈그리고 앉아 이것저것 생각해 보더니 고개를 끄덕였는데, 그러는 사이에도 날벌레들이 눈앞에 복잡한 모양을 그리며 날아들고 있었다. 아이는 손바닥 모서리로 흙바닥에 있던 솔잎을 작은 원 모양으로 치우고는 부드러운 흙을 파서 조그만 구덩이를 만든 다음 물병에다 개울물을 담아왔다. 그런 다음 손가락으로 진흙을 만들었는데, 그 과정은 적지 않은 즐거움을 안겨 주었다.(트리샤는 토요일 아침이면 부엌에서 빵을 만들던 외할머니 생각을 했다. 조리대가 너무 높았기 때문에 할머니는 발판에 올라서서 반죽을 개곤 했다.) 쓸 만큼 진흙이 만들어지자 이번에는 그것을 얼굴 전체에 발랐다. 그 일이 끝날 때쯤에는 날이 거의 어두워져 있었다.

 트리샤는 여전히 팔뚝에 진흙을 발라 문지르면서 자리에서 일어나 주위를 둘러보았다. 오늘 밤에는 들어가 자는 데 쓰기 편한 쓰러진 나무가 보이지 않았지만 개울 이쪽 편에서 20미터쯤 떨어진 곳에 죽은 소나무 가지가 한데 엉켜 있는 것이 보였다. 아이는 그것들을 개울가의 키 큰 전나무 쪽으로 가져다가 부채를 뒤집은 모양으로 나무줄기에 기대어놓아 자신이 기어 들어갈 만한 조그만 공간을 만들었다……. 일종의 텐트인 셈이었다. 바람에 나뭇가지가 넘어지는 일만 없다면 꽤 아늑할 것 같았.

 마지막 두 개를 가져오는데 복통이 나면서 설사를 할 것 같았다. 한 손에 하나씩 나뭇가지를 든 채 트리샤는 걸음을 멈추고서 다음에 벌어질 일을 기다렸다. 복통은 지나가고 아랫배가 풀리는 듯한 이상한 느낌도 사라졌지만 여전히 완전한 상태가 된 것은 아니었다. 경련이었다. 외할머니의 표현대로라면 "나비가 파닥거리는 것 같은 경련"이었는데, 할머니는 신경과민일 때 그 말을 쓴다는 점이 달랐다. 정확히 말해서 트리샤는 신경과민은 아니었다. 아이는 자신이 지금 어떤 상태인지 알 수 없었다.

'물 때문이야. 물속에 뭐가 들어 있었던 거야. 넌 독을 먹은 거라고. 내일 아침이면 죽을지도 몰라.'

냉혹한 음성이 말했다.

"독을 먹은 거라면 죽을 테지."

트리샤는 이렇게 중얼거리고는 임시로 만든 은신처에 마지막 나뭇가지 두 개를 보탰다.

"너무 목이 말라서 마시지 않을 수 없었단 말이야."

이 말에 아무 대꾸가 없었다. 배신자인 그 냉혹한 음성도 그 정도는 이해한 모양이었다. 트리샤가 물을 마시지 않을 수 없었다는 사실을.

아이는 배낭을 벗고 뚜껑을 연 다음 조심스럽게 워크맨을 꺼냈다. 이어폰을 꽂고 전원 단추를 눌렀다. WCAS 방송은 여전히 들을 만했지만 어젯밤만큼 신호가 강하지는 않았다. 마치 장거리 자동차 여행을 할 때처럼, 단순히 걸어서 방송국의 가청대에서 벗어난다고 생각하니 왠지 찝찝했다. 정말이지 기분이 찝찝했다.

"좋습니다. 모가 타석에 들어섰습니다. 이제 4회 말이 시작됩니다."

조 캐스틸료네가 말했다. 그의 목소리는 멀리서 들리는 것처럼 희미했다.

갑자기 배 속뿐 아니라 목구멍에도 나비가 파닥이는 것 같았다. 저 요란한 딸꾹질이 다시 시작됐다. 트리샤는 은신처에서 구르듯 기어 나와 비틀거리며 무릎을 꿇더니 왼손으로 한쪽 나무를 짚고 오른손으로는 배를 움켜쥔 채로 두 나무 사이의 어둠 속에 토했다.

아이는 그 자리에 그대로 머문 채 숨을 헐떡이며 약간 쉰 것 같은 시큼한 고사리 맛을 뱉어냈다. 그러는 사이에 모가 삼진을 당했다. 다음 타자는 트로이 올리어리였다.

"레드삭스는 이제 좀 벅차게 됐군요. 4회 말 현재 7 대 1로 지고 있고, 앤디 페티트가 제대로 하고 있으니까요."

트루프가 토를 달았다.

"이런 젠장."

트리샤는 이렇게 중얼거리다가 다시 한 번 토했다. 입에서 뭐가 나오는지는 보이지 않았다. 어두운 것이 다행이었다. 그러나 묽은 것이 퓨크(토사물)라기보다는 수프에 가까웠다. 두 단어의 운이 어느 정도 맞아떨어진다는 생각이 들자마자 배 속이 다시 꼬였다. 아이는 여전히 무릎걸음으로 토했던 나무 사이에서 뒷걸음질을 쳤는데, 이번에는 아까보다 훨씬 심하게 복통이 일었다.

"젠장!"

트리샤는 청바지의 똑딱이를 풀면서 울부짖었다. 아이는 자신이 성공하지 못할 것이라고 확신했지만, 결국 가까스로 청바지와 속옷을 끌어내릴 때까지 버틸 수 있었다. 온통 화끈거리고 찌르는 듯한 배설물이 쏟아져 나왔다. 트리샤가 내지른 울음소리를 흉내 내기라도 하듯 사그라지는 빛 속에서 어떤 새 한 마리가 우짖었다. 볼일을 마치고 일어서려 했지만 갑작스레 현기증이 엄습했다. 아이는 균형을 잃고 방금 자신이 쏟아놓은 오물 위에 철퍼덕 주저앉았다.

"길을 잃은 데다 자기가 싸놓은 똥을 깔고 앉다니."

다시 훌쩍거리던 트리샤는 그 일이 웃긴다는 생각에 웃음을 터뜨렸다. '정말 길을 잃은 데다 내가 싸놓은 똥을 깔고 앉았어.' 아이는 울다가 웃다가 하면서 비틀비틀 일어났다. 바지와 속옷은 발목 언저리에 뒤엉켜 있었다.(청바지는 양쪽 무릎이 나가고 진흙 때문에 뻣뻣해져 있기는 했지만 똥만은 묻히지 않을 수 있었다……. 어쨌든 아직까지는 그랬다.) 아이는 바지를 벗고 아랫도리를 벌거벗은 채 한 손에는 워크맨을 들고 개울가로 걸어갔다. 트로이 올리어리는 트리샤가 균형을 잃고 오물 위에 주저앉았을 무렵 단타로 진루했다. 트리샤가 맨발로 얼음처럼 차디찬 개울 속으로 들어섰을 때 짐 레이리츠가 병살타를 쳤다. 공수 교체. 정말 죽여주는군.

"이미 지나간 일이에요, 톰. 지나간 일이라고요. 하지만 내가 뭘 어떻게 해야 하죠? 그저 '보고만' 있어야 하나요?"

허리를 구부린 자세로 엉덩이와 허벅지 뒤쪽에 물을 끼얹으면서 트리샤가 중얼거렸다.

개울에서 나올 때쯤에는 발에 감각이 없었고 엉덩이도 무감각했지만 적어도 이제 다시 깨끗해지기는 했다. 속옷과 바지를 입고 청바지 똑딱이를 잠그는데 또다시 배 속이 죄어들었다. 트리샤는 큰 걸음으로 두 걸음 나무 두 그루가 있는 곳으로 달려가 아까 잡았던 나무를 붙잡고 다시 토했다. 이번에는 건더기 같은 것은 나오지 않은 것 같았다. 뜨거운 물 두 컵 정도를 토한 것 같았다. 아이는 상체를 앞으로 숙이며 소나무의 끈적끈적한 나무껍질에 이마를 갖다 댔다. 한순간 아이의 눈앞에, 호숫가나 해변의 야영지에 붙여 놓는 것 같은 팻말이 떠올랐다. '트리샤가 토하는 곳.' 그 생각을 하자 다시 웃음이 나왔지만 기분 나쁜 웃음이었다. 그리고 이 숲과, 어리석게도 지금껏 자신의 것이라고 굳게 믿어왔던 세계 사이의 공기 속으로 광고 방송이 흘러나왔다. 이번 것은 "1-800-54-자이언트로 전화를 주세요."였다.

그런데 이제 팽팽하게 조이는 듯한 변통이 다시 시작되었다.

"안 돼. 안 돼, 제발. 더 이상은 안 돼. 제발 이제 그만 해줘."

트리샤는 나무에 이마를 기대고 눈을 감은 채 중얼거렸다.

'쓸데없는 소리는 그만 하지 그래. 아무리 들리지 않는 소리에게 기도해 봤자 소용없어.'

냉혹한 음성이 말했다.

복통은 가라앉았다. 트리샤는 고무처럼 휘청거리는 다리를 움직이며 천천히 은신처로 돌아왔다. 토하느라 등이 욱신거리고 위 근육이 뒤틀리기라도 한 느낌이었다. 살갗은 화끈거렸다. 어쩌면 열이 있을지도 모른다는 생각이 들었다.

레드삭스의 투수가 데렉 로로 바뀌었다. 호르헤 포사다가 오른쪽 외야 구석으로 날아가는 3루타로 맞아주었다. 트리샤는 팔이나 엉덩이에 나뭇가지가 스치지 않도록 조심하면서 은신처로 기어 들어갔다. 자칫 잘못해서 나뭇가지를 하나라도 건드리면 은신처가 송두리째 쓰러질 터였다. 그러나 어쨌든 다시 일이 급해지면 (그건 엄마가 잘 쓰는 표현이고, 펩시는 "물총 쏘기"라든지 "밖에서 춤추기"라고 했다.) 은신처를 쓰러뜨리고 말 것이다. 하지만 그때까지는 안에 있을 수 있었다.

척 노블락이, 트루프의 표현에 의하면 "하늘까지 솟구치는 플라이 볼"을 때렸다. 대런 브랙이 그 공을 잡았지만 포사다가 득점을 올렸다. 양키스는 8대 1로 벌려놓았다. 양키스가 오늘 끗발이 좋다는 것은 분명했다. 그것도 확실한 끗발이었다.

"앞유리가 부서지면 어디로 전화를 거시겠어요? 1-800-54-자이……."

트리샤는 솔잎 위에 누우면서 작은 목소리로 노래를 했다.

갑작스러운 오한이 엄습했는데, 뜨겁고 열이 나는 것이 아니라 온몸이 덜덜 떨렸다. 트리샤는 공들여 세워놓은 나뭇가지가 머리 위로 허물어지지 않기만을 바라면서 진흙투성이가 된 손가락으로 진흙투성이가 된 팔뚝을 움켜잡으며 버텼다.

"물 때문이야. 몹쓸 물 때문이라고. 더 이상 마시지 않을 거야."

트리샤는 신음했다.

그러나 실제로는 그렇게 되지 않을 것임을 알고 있었다. 굳이 냉혹한 음성이 하는 말을 들을 것도 없었다. 벌써 목이 마르기 시작했다. 토한 것과 고사리의 뒷맛 때문에 갈증이 한층 더 심했다. 이제 얼마 안 있어 또다시 개울가로 달려가고 말 터였다.

트리샤는 레드삭스의 시합을 들으며 누워 있었다. 그들은 8회에 깨어났는데, 4점을 올리며 페티트를 몰아붙였다. 9회 초에 양키스가 데니스 에커슬리의 볼을 쳐서 주자를 내보냈을 때(조와 트루프는 그를 "바로 그 에크"라고 불렀다.) 트리샤는 결국 굴복하고 말았다. 냇물이 미칠 것같이 졸졸거리는 소리를 더 이상 듣고만 있을 수 없었던 것이다. 워크맨의 볼륨을 높여도 여전히 소리가 들렸으며, 혓바닥과 목구멍은 소리를 내는 그것을 갈구하고 있었다. 아이는 조심스럽게 은신처에서 뒷걸음으로 기어 나와 개울로 가서 다시 한 번 물을 마셨다. 물은 차갑고 맛있었다. 독이 아니라 신의 감로수라도 마시는 것 같았다. 그러고 나서 다시 기어서 은신처로 들어온 아이는 더웠다 추웠다, 땀을 흘렸다 몸을 떨었다를 반복했다. 트리샤는 자리에 누워서 '내일 아침에는 죽어 있을 거야. 죽지 않더라도 너무 아파서 차라리 죽었으면 할 거야.' 하고 생각했다.

이제 8 대 5로 지고 있던 레드삭스가 9회 말 원 아웃에 만루 상황을 맞이했다. 노마 가르샤파라가 우중간 깊숙이 빨랫줄처럼 날아가는 라이너를 쳤다. 만약 그 공이 담장을 넘었다면 삭스 팀은 9 대 8의 점수로 이겼을 것이다. 그러는 대신, 버니 윌리엄스가 불펜 담장 위로 뛰어오르며 가르샤파라가 애써 친 공을 낚아챘다. 희생 플라이로 1점을 추가했으나 그것으로 끝이었다. 다음 타자 올리어리가 마리아노 리베라에게 삼진을 당하면서 내놓을 것 없는 시합을 끝마쳤다. 트리샤는 워크맨의 전원 단추를 눌러서 배터리를 아꼈다. 그러고 나서 엇갈린 팔에 고개를 파묻고 가냘프고 무력하게 울기 시작했다. 복통이 나는 데다 속이 느글거렸으며 삭스 팀은 시합에서 졌다. 톰 고든은 이런 바보 같은 시합에는 손을 댄 적이 없었다. 인생이 개똥 같았다. 잠이 들었을 때도 아이는 여전히 울고 있었다.

트리샤가 자신의 현명한 판단에 반하여 두 번째로 개울가로 물을 마시러 가고 있을 즈음 캐슬록의 메인 주 경찰서에 짤막한 전화가 걸려왔다. 전화를 건 사람은 전화 교환수와, 걸려온 모든 전화 내용을 기록하는 녹음기에다 자신의 메시지를 전했다.

통화 개시: 21시 46분

제보자: 당신들이 찾고 있는 여자 애는 종주로에서 프랜시스 레이몬드 마지롤에게 납치됐어요. 마이크로스코프 할 때의 엠(M) 자로 시작하는 이름이죠. 그자는 서른여섯 살에, 안경을 끼었고 염색한 금발 고수머리요. 아시겠어요?

교환수: 제보하시는 분 성함이……?

제보자: 이보쇼. 입 닥치고 듣기나 해요. 마지롤은 청색 포드 밴을 몰아요. 이코노라인인가 뭔가 하는 차일 거요. 그자는 지금쯤 아무리 못 갔어도 코네티컷쯤에 있을 겁니다. 아주 더러운 작자지. 기록을 확인해 보면 알 거예요. 애가 별 말썽을 피우지 않는다면 얼마간 데리고 다니며 성폭행을 할 테니 며칠간 여유가 있는 셈이죠. 하지만 그런 다음에는 아이를 죽일 겁니다. 전에도 그런 짓을 했으니까.

교환수: 혹시, 차 번호라도……?

제보자: 그자의 이름하고 그자가 쓰는 차가 뭔지 알려 줬잖소. 필요한 건 모두 말해 줬다고요. 그자는 전에도 이런 짓을 저질렀다고.

교환수: 선생님…….

제보자: 그자를 찾아서 죽이세요.

통화 종료: 21시 48분

발신원을 추적해 보니 올드 오처드 비치에 있는 공중전화였다. 거기에서는 아무것도 얻지 못했다.
매사추세츠와 코네티컷, 뉴욕, 뉴저지의 경찰이 금발 고수머리에 안경을 낀 사내가 모는 청색 포드 밴을 수색하기 시작한 지 세 시간 후인 이튿날 새벽 2시쯤 트리샤는 좀 더 심한 욕지기와 복통을 느끼며 잠에서 깨어났다. 아이는 은신처를 허물어뜨리며 뒷걸음으로 빠져나와 더듬거리는 손으로 바지와 속옷을 내리고는 묽고 시큼한 액체처럼 보이는 것을 잔뜩 쏟아놓았다. 항문 언저리가 아팠다. 지금껏 겪어본 것 중에서 가장 따끔거리는 느낌이었다.
그 일을 마친 트리샤는 이번에는 '트리샤가 토하는 곳'까지 기어가서 아까 붙잡았던 나무를 다시 붙잡았다. 피부가 화끈거리고 머리카락은 땀 때문에 엉켜 있었다. 그러면서도 온몸을 후들후들 떨고 이를 딱딱 부딪쳤다.
'더 이상 토할 수가 없어. 제발, 하느님, 이제 더 이상 토할 수가 없다고요. 이대로 계속 토하다가는 죽어버리고 말 거야.'
아이가 처음으로 톰 고든을 본 것은 바로 이때였다. 그는 15미터가량 떨어진 숲에 서 있었는데, 흰색 유니폼이 나무 사이로 비치는 달빛을 받아 거의 불타는 듯이 보였다. 그는 글로브를 끼고 있었고 오른손은 등 뒤로 돌리고 있었다. 트리샤는 그쪽 손에 야구공이 있다는 것을 알았다. 톰은 손바닥으로 공을 감싼 채 솔기를 어루만지며 긴 손가락으로 그것을 빙글빙글 돌리다가 공이 자신이 원하는 정확한 위치에 오면 비로소 손을 멈추고 공을 단단히 움켜쥘 터였다.
"톰, 오늘 저녁에는 기회가 없었어요. 그렇죠?"
트리샤가 나지막하게 속삭이듯 말했다.
톰은 아이의 말을 들은 척도 하지 않았다. 그는 사인을 받기 위해 앞을 주시하고 있었다. 예의 고요함이 그의 어깨에서 실처럼 풀려 나와 그의 몸을 감싸고 있었다. 그는 트리샤의 팔에 난 벤 자국만큼이나 선명하게, 목구멍의 욕지기라든가 온통 뒤집힐 것 같은 배 속의 울렁거림만큼이나 확실하게 그곳, 달빛 속에 서 있었다. 그는 꼼짝 않고 사인을 기다리고 있었다. 아니, 완전한 정지 상태는 아니었다. 등 뒤로 돌린 손으로 공을 굴리면서 손에 딱 맞는 자리를 찾고 있었다. 하지만 다른 사람들의 눈에 보이는 것은 정지 상태뿐이었다. 그래, 얘야, 그것이 바로 고요함 속에서 사인을 기다리는 거란다. 트리샤는 자기라면 과연 그럴 수 있을지 궁금했다. 오리가 등에서 물기를 털어내듯 떨림이 지나가게 놔둔 다음 부글부글 끓는 배 속을 감춘 채 꼼짝하지 않을 수 있을지를.
트리샤는 나무에 매달린 채 그러려고 해보았다. 단숨에 그렇게 되지는 않았지만(아빠는 "좋은 일은 그렇게 단숨에 이루어지는 게 아냐." 하고 말했다.) 결국은 성공했다. 배 속이 조용해지면서 은총 같은 고요함이 찾아든 것이다. 아이는 꽤 오랫동안 그 상태를 유지했다. 아이가 투구 사이에 시간을 너무 끈다고 생각한 타자가 타석을 벗어나려 들지는 않을까? 그래도 좋아. 아이에게는 어느 쪽이든 아무래도 좋았다. 아이는 제대로 된 사인과 공이 정확한 위치에 올 때를 기다리는 고요함 그 자체일 뿐이었다. 고요함은 어깨로부터 실이 풀려 나오듯 흘러나와 냉정하게, 집중할 수 있게 해주었다.

이윽고 떨림이 잦아들더니 완전히 멈추었다. 그러다 배 속까지 완전히 가라앉았다는 사실을 깨달았다. 창자가 여전히 조이는 느낌은 남아 있었지만 이제 그렇게까지 심하지는 않았다. 달이 기울었다. 톰 고든도 사라졌다. 물론 그가 정말로 그곳에 있었던 것은 아니라는 것쯤은 아이도 알고 있었다. 하지만…….

"정말 진짜처럼 보였다고. 정말 진짜 같았어. 와우."

트리샤가 쉰 목소리로 중얼거렸다.

트리샤는 일어서서 은신처를 만들어놓았던 나무 쪽으로 천천히 돌아갔다. 지금 당장 되는 대로 솔잎 위에 누워서 잠들고 싶었지만, 그래도 다시 나뭇가지를 부채 모양으로 펴서 세우고 난 다음 그 아래로 기어 들어갔다. 5분 후 아이는 쥐 죽은 듯 잠들었다. 아이가 잠든 사이에 뭔가가 다가와 아이를 지켜보았다. 그것은 꽤 오랜 동안 아이를 지켜보았다. 그것은 동녘 하늘에 희뿌연 빛이 나타나기 시작할 무렵 어디론가로 사라졌다……. 하지만 그렇게 멀리는 가지 않았다.

6회

트리샤가 잠을 깼을 때는 새들이 자신감에 넘쳐 지저귀고 있었다. 마치 오전 중반 때만큼이나 강하고도 밝은 빛이 쏟아졌다. 좀 더 잠을 잤을 수도 있었을 테지만 허기 때문에 그럴 수가 없었다. 목구멍 끝에서 저 아래 무릎까지 완전히 비어서 텅텅 울리는 것 같았다. 그리고 그 한복판이 정말이지 몹시 아팠다. 배 속이 뭔가에게 꼬집히는 것 같은 느낌이었다. 트리샤는 그 느낌에 와락 겁이 났다. 전에도 배가 고팠던 적이 있었지만 이런 식으로 통증을 느낄 만큼 그랬던 적은 없었다.

트리샤는 뒷걸음질로 은신처를 빠져나와(그러다 다시 나뭇가지들을 넘어뜨리고 말았다.) 일어선 다음 양손으로 허리를 잡은 채 다리를 절며 개울가로 향했다. 아이는 필시 귀가 먹은 데다 관절염이 너무 심해 보행기를 써야 하는 펩시 로비쇼드의 할머니처럼 보였을 것이다. 펩시는 그런 자기 할머니를 "투덜이 할멈"이라고 불렀다.
 트리샤는 무릎을 꿇고 양손으로 땅바닥을 짚은 자세로 구유에서 물을 마시는 말처럼 물을 들이켰다. 그 물 때문에 다시 아파진다면(십중팔구 그럴 테지만) 뭐 그러라지. 지금으로서는 뭐든 배 속에 넣지 않으면 안 되었던 것이다.
 아이는 일어서서 멍한 눈으로 주변을 둘러보고는 바지를 추어올린 다음(지금으로서는 까마득하게만 여겨지는 그때, 이곳에서 멀리 떨어진 샌포드에 있는 자신의 방에서 입을 때만 해도 괜찮았으나 지금은 바지가 헐렁해져 있었다.) 개울을 따라 내리막길을 걷기 시작했다. 이제 개울이 자신을 숲에서 벗어나게 해주리라는 희망 같은 것은 품고 있지 않았으나, 적어도 그렇게 하면 '트리샤가 토하는 곳'에서 멀어질 수가 있었다. 그 정도 일은 할 수 있었다.
 100발짝쯤 걸었을 때 예의 끈질긴 계집애가 말을 걸었다.
 '뭔가 잊은 것 같지 않니?'
 오늘은 끈질긴 계집애도 몹시 지쳐버린 것 같았지만, 전처럼 냉혹하고 빈정거리는 어투는 여전했다. 아이의 말이 옳은 것은 말할 것도 없었다. 트리샤는 고개를 숙이고 머리카락을 늘어뜨린 상태로 그 자리에 선 채 잠시 생각한 다음 몸을 돌려 전날 밤 자신이 야영했던 곳을 향해 오르막길을 오르기 시작했다. 도중에 두 번 걸음을 멈추고 쉬면서 심장 고동이 원상태로 돌아오도록 해주어야 했다. 트리샤는 자기 몸에 남아 있는 힘이 거의 없다는 사실에 섬뜩했다.
 물병에 물을 채워 배낭에 넣고 너덜거리는 비옷도 집어넣은 트리샤는, 배낭의 무게에 서글픈 한숨을 내쉰 다음(무엇보다 언짢은 점은 그것이 이제 거의 '비어 있다'는 사실이었다.) 다시 길을 떠났다. 아이는 이제 거의 터벅터벅 걷는 정도로 천천히 걸었으며, 내리막길이었음에도 15분마다 걸음을 멈추고 쉬지 않으면 안 되었다. 머리가 욱신거렸다. 온 세상의 빛깔이 지나치게 밝게 느껴지고 머리 위 나뭇가지에서 어치가 지저귀는 소리도 바늘로 고막을 찌르는 듯이 여겨졌다. 트리샤는 톰 고든이 자기 곁에서 길동무를 해주는 것처럼 굴었는데 얼마 후에는 더 이상 애써 그런 시늉을 할 필요도 없었다. 톰이 실제로 나란히 걷고 있었으니까. 트리샤는 그것이 환각이라는 것을 알고 있었지만, 밝은 대낮의 톰도 달빛을 받고 서 있었을 때만큼이나 확실했다.

정오 무렵 트리샤는 돌에 발이 걸리면서 엉클어진 가시덤불 속에 대 자로 엎어졌다. 숨이 턱 막히고 심장이 벌렁벌렁 뛰는 바람에 눈앞이 새하얘졌다. 덤불 밖으로 나오려 했으나 처음에는 그럴 수가 없었다. 아이는 그 자세대로 쉬면서 잠자코 눈을 반쯤 감은 채 애써 고요한 상태를 만들었다가 다시 한 번 나오려고 해보았다. 가까스로 덤불에서 빠져나올 수 있었다. 일어서려고 해보았지만 이번에는 다리가 몸을 지탱해 주지 않았다. 사실 그렇게 이상한 일도 아니었다. 벌써 48시간 넘게 아이가 먹은 것이라고는 삶은 달걀 한 개, 참치 샌드위치 하나, 트윙키 초콜릿 두 개, 그리고 얼마간의 고사리뿐이었다. 게다가 설사를 하고 토하기까지 했다.

"난 죽을 거야. 톰, 안 그래요?"

아이의 음성은 침착하고 맑았다.

대답이 없었다. 트리샤는 고개를 들고 주위를 둘러보았다. 등번호 36번 선수는 보이지 않았다. 트리샤는 개울까지 기어가다시피

해서 물을 마셨다. 이제 물 때문에 위장이 탈이 날 것 같지는 않았다. 그것이 물에 익숙해져서인지 아니면 몸이 더 이상 불순물을 걸러내기를 포기한 것인지 알 수 없었다.

트리샤는 일어나 앉아 물이 뚝뚝 떨어지는 입가를 훔치며 개울이 흐르는 북서쪽을 바라보았다. 앞쪽의 지세는 완만했으며 오래된 삼림지는 한 번 더 바뀌어 전나무 숲 대신 좀 더 작고 어린 나무들이 들어서 있었다. 요컨대 삼림의 근간을 이루는, 쉽게 뚫고 들어갈 수 없는 관목 숲 덤불이 길을 가로막고 있었던 것이다. 그쪽 방향으로 얼마나 나아갈 수 있을지 알 수 없었다. 그리고 개울 속으로 걸어 들어간다고 해도 물살 때문에 넘어질 것 같았다. 헬리콥터 소리도, 개 짖는 소리도 들리지 않았다. 트리샤는 자신이 원하기만 하면 톰 고든을 볼 수 있는 것처럼 원하기만 하면 자신이 그 소리들을 들을 수 있다는 것을 알고 있었기 때문에, 그런 쪽으로는 생각하지 않는 것이 상책이었다. 갑자기 소리가 들려서 놀랄 때, 그것이 진짜 소리일 터였다.

트리샤는 어떤 소리에도 놀랄 것 같지 않았다.

"난 숲 속에서 죽게 될 거야."

이번에는 질문이 아니었다.

아이는 슬픔으로 얼굴을 찡그렸지만 눈물은 나오지 않았다. 트리샤는 자기 손을 들여다보았다. 손이 떨리고 있었다. 이윽고 일어나서 다시 걷기 시작했다. 트리샤가 넘어지지 않으려고 나무줄기와 나뭇가지를 붙잡고 내리받이 길을 천천히 헤치며 내려가는 동안, 지방 검찰총장 사무실에서 나온 형사 두 사람이 트리샤의 엄마와 오빠에게 질문을 던지고 있었다. 그날 오후 늦게 주 경찰서에서 근무하는 정신과 의사가 두 사람에게 최면술을 쓰는데, 피터의 경우에는 성공을 거둔다. 질문은 토요일 아침 주차장에 차를 주차시키면서 하이킹 준비를 했을 때의 일에 집중되었다. 청색 밴을 보았는가? 금발에 안경을 쓴 남자를 본 적이 있는가?
"맙소사."
퀼라는 지금까지 겨우 억누르고 있던 눈물을 쏟기 시작했다.
"맙소사, 우리 아이가 유괴되었다는 거예요? 우리가 말다툼을 벌이는 사이에 등 뒤에서 납치된 거로군요."
그 말에 피터도 울음을 터뜨렸다.
종주로 90번, 100번, 110번에서는 트리샤의 수색 작업이 계속되고 있었지만 범위는 좁혀져서 숲 속의 수색 대원들은 실종된 소녀가 마지막으로 목격됐던 장소 인근으로 수색을 집중하라는 지시를 받았다. 대원들은 이제 실종된 소녀보다는 아이의 배낭이나 비옷, 옷가지 등 소지품을 찾는 데 주력하고 있었다. 하지만 트리샤가 입었던 팬티는 아니었다. 지방 검찰총장 사무실과 주 경찰서에서 파견된 형사들은 여자 애의 팬티는 찾지 못할 것이라고 확신했다. 마지롤 같은 작자들은 희생자의 속옷을 보관하는 것이 보통이어서, 시신을 도랑이나 하수관에 버리고 난 뒤에도 속옷만큼은 오랫동안 갖고 있었다.
태어나서 한 번도 프랜시스 레이몬드 마지롤이라는 사람을 본 적이 없는 트리샤 맥팔랜드는 이제 새로 축소된 북서쪽 수색 범위로부터 48킬로미터나 떨어진 곳에 있었다. 메인 주의 관광 및 산림청 소속 수렵 감시원들은 허위 제보 때문에 주의가 흐트러지지 않았더라도 그 사실을 믿기 어려웠을 테지만 사실이 그랬다. 트리샤는 이제 메인 주에 있지 않았다. 월요일 오후 3시경에는 뉴햄프셔 주로 넘어갔던 것이다.

그로부터 한 시간쯤 지났을 때 트리샤는 개울가의 너도밤나무 숲 언저리에서 그 덤불을 발견했다. 그쪽으로 다가가던 아이는 선홍색 열매를 보면서도 자기 눈을 믿으려 하지 않았다. 조금 전만해도 뭐든 원하기만 하면 볼 수 있고 들을 수 있다고 생각하지 않았던가?

그랬다……. 하지만, 만일 자신이 놀랐다면 자신이 보고 들은 것이 사실일지 모른다는 생각도 했다. 다시 네 발짝 더 다가간 트리샤는 그 덤불이 진짜라는 것을 확신했다. 그 덤불에는…… 싱싱한 백옥나무 열매가 조그만 사과 알처럼 잔뜩 달려 있었다.

"야! 열매다."

트리샤가 목쉰 소리로 외쳤다. 좀 더 안쪽에서 땅바닥에 떨어진 열매를 먹고 있던 까마귀 두 마리가 나무라듯 까악 하는 소리와 함께 날아올랐을 때 모든 의혹은 말끔히 가셨다.

트리샤는 걸어갈 생각이었으나 저도 모르게 뛰고 있었다. 덤불에 이른 아이는 급정거를 했다. 트리샤는 숨을 헐떡였으며 뺨은 엷은 홍조를 띠었다. 아이는 더러운 손을 내밀다 말고 주춤했다. 여전히 마음 한구석에는, 자신이 만지려고 하면 손가락에 아무것도 닿지 않을지 모른다는 불안감이 남아 있었다. 저 덤불은 영화의 특수 효과처럼(오빠가 좋아하는 저 '변신' 같은 것처럼) 가물거리다가 정체를 드러낼 테고, 실제로는 아직 온기가 남아 있는 자신의 피를 흠씬 들이마실 만반의 준비를 갖춘 흉측한 갈색의 뒤얽힌 가시덤불에 불과할지 몰랐다.

"아냐!"

트리샤는 그와 동시에 손을 앞으로 뻗었다. 한순간 여전히 확신이 들지 않았는데, 다음 순간…… 바로 그 다음 순간…….

손끝에 작고 말랑말랑한 백옥나무 열매가 닿았다. 트리샤는 첫 번째로 딴 열매를 으깨보았다. 손끝에 빨간 즙이 방울방울 터져 나왔다. 문득 언젠가 면도를 하다 칼자국을 내던 아빠를 보고 있던 일이 떠올랐다.

트리샤는 손끝에 묻은 즙을(그리고 속이 터진 껍질을) 입으로 가져갔다. 티베리 껌이라기보다는 냉장고에 넣어두었던 병에서 금방 따라낸 크랜애플 주스처럼 짜릿하고 달콤한 맛이 났다. 그 맛 때문에 울음을 터뜨릴 것 같았는데, 벌써 눈물이 뺨을 타고 흘러 내리고 있다는 것은 의식하지 못했다. 아이는 이미 더 많은 열매 쪽으로 손을 뻗어 끈적거리는 다발째 잎사귀에서 훑어 내린 다음 입 속에 털어넣고는 거의 씹지도 않은 채 삼키면서 또 다른 열매를 더듬고 있었다.

트리샤의 몸은 열매를 고스란히 받아들이고 그 달콤함에 흠씬 젖어들었다. 아이는 그것을 속속들이 느꼈다. 펩시라면 "꼭지가 완전히 돌았군."이라고 말했을지도 몰랐다. 또 다른 자신이 그 모든 광경을 멀리 떨어져서 지켜보고 있는 기분이었다. 트리샤는 나뭇가지에서 열매를 움켜쥐고 다발째 따면서 수확을 계속했다. 먼저 손가락이, 손이, 곧 이어서 입이 붉게 물들었다. 덤불 깊숙이 들어갈수록 아이는 온통 베인 상처투성이여서 가장 가까운 응급실로 실려 가야 하는 소녀처럼 보이기 시작했다.

열매와 함께 잎사귀도 얼마큼 먹었는데, 거기에서도 엄마의 말이 맞았다. 굳이 마멋이 아니더라도 잎사귀가 맛이 좋았던 것이다. 상큼했다. 열매와 잎의 두 가지 맛이 한데 섞이자 맥팔랜드 할머니가 구운 닭고기 요리에 곁들이는 젤리 맛이 났다.

트리샤는 그럴 수 있다면 남쪽으로 가면서 좀 더 먹어치울 수도 있었을 테지만 백옥나무 덤불이 갑자기 끝나고 말았다. 마지막 덤불에서 막 빠져나온 트리샤는 화들짝 놀라 쳐다보는, 덩치가 꽤 크고 온순해 보이는 암사슴의 암갈색 눈과 맞닥뜨렸다. 트리샤는 양손 가득 쥐고 있던 열매를 떨어뜨리면서, 립스틱을 미친 듯이 바른 것같이 보이는 입술 사이로 비명을 질렀다.

사슴은 트리샤가 나뭇가지를 부러뜨리고 열매를 우적우적 씹으며 백옥나무 덤불을 헤치고 다가왔을 때도 개의치 않았으며, 트리샤가 비명을 질렀을 때도 그저 약간 언짢아하는 것 같았다. 나중에 트리샤의 머리에는, 이 사슴이 다가오는 사냥철에 살아남는다면 운이 좋을 것이라는 생각이 떠올랐다. 사슴은 그저 귀를 쫑긋 세우고는, 녹색과 황금색이 섞인 희미한 햇살이 스며드는 빈 터 쪽으로 경쾌하게 두 발짝 뒷걸음쳤는데, 사실상 가볍게 뛰어올랐다고 해야 들어맞을 정도였다.

암사슴 뒤편으로는 가느다란 다리를 한 새끼 사슴 두 마리가 좀 더 경계하는 눈빛으로 서 있었다. 사슴은 한 번 더 트리샤 쪽을 돌아보고는 가볍고 탄력 있는 걸음걸이로 새끼들이 있는 곳으로 뛰어갔다. 비버를 보았을 때만큼 놀라고 매혹된 눈으로 그 광경을 바라보던 트리샤는, 그 암사슴이 발에 '플러버 고무' 같은 것이라도 붙인 모양이라고 생각했다.

사슴 세 마리는 너도밤나무 숲 속의 빈 터를 배경으로 흡사 가족사진이라도 찍는 듯한 자세로 서 있었다. 이윽고 엄마 사슴이 새끼 사슴 한 마리를 슬쩍 건드리고 난 후(옆구리를 살짝 물었을지도 모르지만) 사슴들은 어디론가로 가버렸다. 트리샤는 파닥거리는 꼬리가 내리막 저편으로 사라지는 것을 보고 있었다. 다음 순간 빈 터는 온전히 자신의 차지가 되었다.

"잘 가라! 걸음을 멈춰줘서 고마……."

사슴들이 이곳에서 무엇을 하고 있었는지에 생각이 미친 트리샤는 말을 끝맺지 못했다. 숲의 바닥에는 온통 너도밤나무 열매들이 흩어져 있었다. 이것은 엄마가 아니라 학교 과학 시간에 배운 사실이었다. 15분 전까지만 해도 굶어 죽을 것 같았는데 이제는 추수감사절 만찬을 벌이고 있었다……. 채식주의식 만찬이기는 했지만, 그럼 어떻다는 건가?

트리샤는 무릎을 꿇고 너도밤나무 열매 하나를 집어든 다음 껍질 틈새로 손톱 끝을 넣었다. 별로 큰 기대는 하지 않았지만 열매 껍질이 땅콩 껍질만큼이나 쉽게 벗겨졌다. 껍질은 손가락 마디만 했고 알맹이는 해바라기 씨보다 약간 큰 정도였다. 아이는 약간 의심스러워하면서 열매를 씹어보았는데, 맛이 좋았다. 나름대로 백옥나무 열매만큼이나 맛있었다. 아이의 몸은 백옥나무 열매 때와는 다르게 그것을 원하는 듯이 보였다.

백옥나무 열매로 극도의 허기는 어느 만큼 충족되었다. 트리샤는 자신이 백옥나무 열매를 대체 얼마나 먹어치운 것인지 알 수 없었다.(잎사귀는 말할 것도 없었는데, 지금 자신의 치아는 아마도 펩시네 동네 위쪽에 사는 저 역겨운 꼬마 아서 로즈만큼 녹색을 띠고 있을 터였다.) 게다가 어쩌면 위장이 이미 줄어들었을 것이다. 지금 해야 할 일은…….

"저축하는 거야. 그래, 바로 그거야. 왕창 저축하는 거야."

어깨에서 배낭을 내리던 트리샤는 삽시간에 원기가 돌아왔다는 사실을 깨달았는데, 그것은 그저 놀라운 정도가 아니라 좀 섬뜩하기까지 했다. 아이는 뚜껑 죔쇠를 풀어놓고 빈 터를 기어 다니며 더러운 손으로 열매를 주워 모았다. 머리가 눈앞을 가렸으며 더러운 셔츠 자락이 팔락거렸고, 아주 오래전에 처음 입었을 때는 딱 맞았지만 이제는 자꾸 흘러내리기만 하는 바지를 추어올리곤 했다. 그렇게 열매를 주워 모으면서 속으로는 1-800-54-자이언트 어쩌고 하는 자동차 유리 회사의 CF를 흥얼거렸다. 배낭 바닥이 주저앉을 만큼 너도밤나무 열매를 끌어 모은 트리샤는 백옥나무 덤불 쪽으로 돌아가, 입 속으로 들어가지 않고 살아남은 백옥나무 열매를 너도밤나무 열매 위에 집어넣었다.

좀 전에 자신이 용기를 내서 눈으로 본 것을 손으로 만져보려 했던 그 자리에 도착했을 때 트리샤는 다시금 예전의 자신으로 돌아온 느낌을 받았다. 완전히는 아니었지만 거의 고스란히 원상 복구된 것 같았다. 아이의 머리에 떠오른 표현은 '원래대로'라는 말이었는데, 그 표현이 너무 마음에 든 나머지 두 번씩이나 입 밖으로 중얼거렸다.

아이는 배낭을 옆으로 질질 끌며 개울가로 터벅터벅 걸어가 나무 밑에 앉았다. 개울 속에서 흡사 좋은 징조처럼 얼룩이 있는 조그만 물고기 한 마리가 물살을 따라 빠르게 헤엄쳐 지나가는 것이 보였다. 아마 새끼 송어였을 것이다.

트리샤는 태양 쪽으로 고개를 들고 눈을 감은 채 잠시 그 자리에 앉아 있었다. 그런 다음 배낭을 무릎 위로 끌어다 놓고 손을 집어넣어 백옥나무와 너도밤나무 열매를 한데 섞었다. 아이는 그 일이 금고실에서 돈을 가지고 노는 욕심쟁이 오리 아저씨(월터 디즈니사의 만화영화 「욕심쟁이 오리 아저씨」의 주인공——옮긴이)를 연상케 해서 즐거운 나머지 웃음을 터뜨렸다. 그런 연상은 터무니없기도 했지만 아주 딱 들어맞는 것이기도 했다.

트리샤는 너도밤나무 열매를 열두어 개가량 껍질을 깐 다음 비슷한 분량의 백옥나무 열매와 한데 섞고 나서(이번에는 조신한 여자 애답게 붉은 물감을 들인 것 같은 손가락으로 꼭지를 따냈다.) 섞은 것을 세 줌으로 나누어 입 속에 털어 넣었다. 디저트인 셈이었다. 꿀맛이었다. 엄마가 늘 아침으로 먹는 트레일 믹스 시리얼 같은 맛이었다. 마지막 한 줌을 다 먹고 난 트리샤는 그저 배가 부른 정도가 아니라 터질 것 같은 느낌이었다. 그 느낌이 얼마나 오래 갈지는 알 수 없었다. 어쩌면 밤나무 열매와 백옥나무 열매도 중국 음식처럼 배가 부르고 한 시간쯤 지나면 다시 배가 고파질지 몰랐다. 하지만 지금 당장은 배가 마치 선물을 잔뜩 넣은 성탄절 양말 같았다. 배가 부르다는 것은 좋은 일이었다. 지금까지 아홉 해를 살면서 그 사실을 알지 못했다. 이제 트리샤는 배가 부르다는 것이 얼마나 좋은지 잊고 싶지 않았다.

트리샤는 나무에 등을 기댄 채 즐겁고 고마운 심정으로 배낭 속을 들여다보았다. 만약 그렇게까지 배가 부르지 않았다면(아이의 머리에 '너무 먹어서 뛰지도 못하지.'라는 표현이 떠올랐다), 아이는 그저 백옥나무와 너도밤나무 열매가 한데 섞인 저 달콤한 냄새를 들이켜기 위해서라도 말이 귀리 자루에 머리를 박듯이 배낭 속에 고개를 박았을지도 모른다.

"너희들이 내 목숨을 구해 줬어. 너희들 때문에 살아났단다."

트리샤가 중얼거렸다.

빠르게 흐르는 개울 저편에 솔잎이 깔린 조그만 빈 터가 보였다. 빈 터에 쏟아지는 밝고 노란 햇살 속에서 꽃가루와 숲의 먼지 알갱이들이 느릿느릿 춤추고 있었다. 그 빛 속에서는 나비들도 아래위로 파닥이며 노닐었다. 트리샤는 이제 꼬르륵거리는 소리가 잦아든 배 위에 두 손을 엇갈려 놓은 채 나비들을 바라보았다. 그 순간만큼은 엄마도 아빠도 오빠도 친한 친구도 그립지 않았다. 비록 온몸이 쑤시고 엉덩이가 따끔거리고 가렵고 걸을 때마다 쓸린 자리가 아팠지만 그 순간에는 집에 가고 싶은 마음도 없었다. 그때만큼은 평화로웠다. 아니, 평화 그 이상이었다. 지금껏 살아오면서 이렇게 만족스러웠던 적이 없었던 것이다. 아이는 '숲에서 나가게 되더라도 도저히 설명할 수 없을 거야.' 하고 생각했다. 개울 저편의 나비들을 보고 있는 사이에 눈꺼풀이 자꾸만 감겨왔다. 하얀 나비가 두 마리였고, 다른 한 마리는 부드러운 검정 혹은 갈색 나비 같았다. 아마 검정 나비일 것이다.

'뭘 말한다는 거지?'

끈질긴 계집애가 그렇게 물었지만 이번에는 그 목소리도 호기심만 있을 뿐 그렇게까지 냉혹하게 느껴지지 않았다.

'실제로 있는 것 말이야. 아주 간단하잖아. 그저 먹기만 하면 되니까…… 먹을 것이 있고, 그런 다음엔 배부를 일만 남고…….'

"들리지 않는 소리들 말이야."

트리샤가 중얼거렸다. 아이는 나비들을 바라보았다. 흰 나비 두 마리, 검정 나비 한 마리, 이 세 마리가 오후의 햇살 속을 펄럭펄럭 위아래로 오르내리며 날고 있었다. 어쩌면 저 나무 위에 꼬마 검둥이 삼보가 있을 것이라고, 나무 아래에는 호랑이들이 나무를 빙글빙글 돌고 있다고, 호랑이들은 새 옷으로 갈아입고, 흐물흐물하게 녹아서 버터가 될 때까지 돌 것이라고 생각했다. 아빠가 버터기름이라고 말한 그런 것으로 바뀔 때까지.

오른손이 왼손에서 풀어지더니 그대로 손바닥을 위로 해서 땅바닥에 굴러 떨어졌다. 그 손을 도로 들어 올리는 일이 너무 힘겹게 여겨져서 그대로 놔두기로 했다.

'들리지 않는 소리가 어쨌다는 거니?'

"글쎄, 전혀 아무것도 없는 것과는 다르지 않겠어……? 안 그래?"

트리샤가 느릿느릿, 나른하면서 곰곰 생각에 잠긴 목소리로 중얼거렸다.

끈질긴 계집애는 대꾸하지 않았다. 트리샤는 기분이 좋았다. 지금 너무 졸리고 배가 부르고 기분이 좋았다. 하지만 잠을 자지 않았다. 심지어 나중에 자신이 틀림없이 잠을 잤을 것이라고 생각됐을 때에도 잠을 자지 않은 것처럼 여겨졌다. 아이는 그때 자신이, 좀 더 새것이고 더 작은 아빠의 집 뒤뜰에 대해, 깎아줘야 하는 풀과 마치 다른 사람은 모르는 것을 알고 있다는 듯이 교활한 표정을 짓고 있는 정원용 난쟁이 장식들에 대해, 그리고 언제나 모공에서 맥주 냄새를 풀풀 풍기는 아빠가 갑자기 슬프고 늙어 보이기 시작한 일에 대해 생각하고 있었다는 것을 기억했다. 인생은 아주 슬플 수도 있을 것 같았으며, 대개의 경우 실제로 슬픈 것이 되기도 한다. 사람들은 그렇지 않은 체하고 겁을 주거나 실망시키지 않기 위해서 자기 아이들에게 거짓말을 하지만(이를테면 어떤 영화나 텔레비전 프로그램에서도 자신이 균형을 잃고 자신의 똥 위에 주저앉게 되는 사태에 어떻게 처신해야 할지 말해 준 것은 없었다.) 인생은 얼마든지 슬픈 것이 될 수 있다. 이 세상이란 놈은 이빨이 있어서 원할 때면 언제든지 너를 물어뜯을 수 있는 것이다. 트리샤는 이제 그렇다는 것을 알았다. 겨우 아홉 살밖에 되지 않았지만 그것을 알았으며, 자신이 그 사실을 받아들일 수 있다고 여겼다. 아무튼 아이는 이제 곧 열 살이 되는 나이이고 또래에 비해 덩치도 컸던 것이다.
"어째서 엄마와 트리샤가 잘못한 일의 대가를 내가 치러야 하는 건지 모르겠어!"
그것이 트리샤가 오빠에게서 들은 마지막 말이었는데, 트리샤는 이제 자신이 그 해답을 알고 있다고 생각했다. 받아들이기 쉽지 않은 해답이긴 했지만 아마 맞는 답일 것이다. 바로 그것 때문이었다. 그것이 마음에 들지 않는다면 티켓을 사서 줄을 서면 된다.
트리샤는 자신이 지금 여러 면에서 오빠보다 더 성숙했으리라고 짐작했다.
아이는 하류 쪽으로 시선을 돌리다가, 지금 자신이 앉아 있는 곳에서 36미터쯤 떨어진 지점에 이 개울과 합류하는 또 다른 개울이 있다는 것을 알았다. 그 개울은 물보라를 일으키며 작은 폭포가 되어 둑을 타 넘어 흘러들었다. 잘된 일이었다. 그것이 일이 돌아가는 방식이었다. 지금 막 발견한 이 두 번째 개울이 점점 더 커지면서 그것이 결국 자신을 사람들이 있는 곳으로 인도해 줄 터였다. 그것은…….

트리샤가 개울 건너편 조그만 빈 터로 눈길을 돌리자 그곳에서 자신을 바라보고 있는 세 사람이 보였다. 적어도 그 사람들이 자기를 보고 있는 것으로 짐작했는데, 얼굴이 보이지 않았던 것이다. 발도 보이지 않기는 마찬가지였다. 그들은 저 옛 시절을 다룬 영화에 나오는 사제들처럼 긴 옷을 걸치고 있었다.("기사들은 용감무쌍하고 숙녀들이 궁둥이를 보여주던 시절"이라고 언젠가 펩시 로비쇼드가 줄넘기를 할 때 노래를 부른 적이 있었다.) 그들은 긴 겉옷 자락으로 빈 터에 깔린 솔잎을 휘젓고 있었다. 두건을 올리고 있는 상태여서 그 안에 얼굴이 가려져 있었다. 트리샤는 약간 놀라서, 그러나 적어도 그때에는 별 두려움 없이 개울 건너편에 있는 그들을 바라보았다. 두 사람의 옷은 흰색이었다. 가운데 있는 사람이 입은 옷은 까맸다.

"누구세요?"

트리샤가 물었다. 아이는 허리를 펴고 일어나 앉아보려고 했지만 그럴 수가 없었다. 그러기에는 배가 너무 불렀다. 난생처음으로 트리샤는 자신이 음식에 '취한' 것 같은 느낌을 받았다.

"저를 도와주실 건가요? 저는 길을 잃었어요. 그게 벌써……."

아이는 그것이 언제 적 일인지 기억이 나지 않았다. 이틀이던가, 아니면 사흘 전 일이던가?

"……오래되었거든요. 저를 도와주실 거죠?"

그들은 아무 대꾸 없이 그저 가만히 서서 아이를 바라보기만 했는데(어쨌든 자기를 보고 있는 것으로 짐작한 것뿐이지만) 트리샤가 두려움을 느끼기 시작한 것은 그때부터였다. 그들은 가슴 앞으로 팔짱을 끼고 있었는데 옷의 긴 소맷자락에 가려져서 손도 보이지 않았다.
"누구세요? 누구신지 말씀 좀 해주세요!"
그러자 왼쪽에 있던 사람이 앞으로 나서면서 두건으로 손을 가져갔는데, 흰 소매가 아래로 흘러내리면서 희고 가느다란 손가락이 드러났다. 그는 두건을 젖히면서 턱이 빠르고 지적인(좀 말처럼 생기기도 한) 얼굴을 드러냈다. 그는 샌포드 초등학교에서 뉴잉글랜드 북부의 동식물에 대해(거기에는 물론 저 유명한 너도밤나무 열매도 들어 있었다.) 가르치던 생물 교사 서지 선생님처럼 생겼다. 사내아이들 대부분과 여자 애들 몇몇(이를테면 펩시 로비쇼드 같은 애들)은 그 선생님을 "얼간이 선생"이라고 불렀다. 그 사람이 개울 건너편에서 조그만 금테 안경 너머로 트리샤를 바라보았다.
"나는 톰 고든의 하느님이 보낸 사람이다. 세이브를 따면 손끝으로 하늘을 가리키는 그 사람 말이다."
그 사람이 말했다.
"그러신가요?"
트리샤가 공손하게 반문했다. 아이는 이 사람을 믿어야 할지 알 수 없었다. 만약 자기가 톰 고든의 하느님이라고 했다면 믿지 않았을 것이다. 트리샤는 무슨 일이든 믿을 수 있었지만, 하느님이 4학년 생물 선생님처럼 생겼다는 사실만은 믿지 않았다.
"그거…… 아주 재미있네요."
"하느님께서는 너를 도울 수가 없단다. 오늘 많은 일이 일어났거든. 예를 들면 일본에서 꽤 큰 지진이 일어났어. 일반적으로 그분은 어쨌든 인간사에는 개입하지 않기로 되어 있으니까 말이다.

그렇기는 해도 그분은 스포츠 팬이시긴 하지. 뭐 꼭 레드삭스 팬이라고는 볼 수 없지만 말이야."
 '얼간이 선생'이 말했다.
 그가 뒤로 물러나더니 두건을 썼다. 다음 순간 오른쪽에 있던 또 다른 흰 옷 차림을 한 사람이 앞으로 나섰다……. 트리샤는 그가 그럴 것이라는 것을 알고 있었다. 어쨌든 이런 일들은 일정한 형식을 취한 셈이다. 세 가지 소원, 콩나무를 세 번 오르기, 세 자매, 못된 난쟁이 이름을 세 번 안에 알아맞히기 놀이 등등. 숲 속에서 너도밤나무 열매를 먹던 사슴 세 마리는 말할 것도 없고 말이다.
 '내가 꿈을 꾸고 있는 걸까?'
 아이는 이렇게 자문하면서 한 손으로 벌에 쏘인 왼쪽 광대뼈를 만져보았다. 그 자리는 여전히 있었다. 비록 부기는 어느 정도 가라앉았지만 아직도 손이 닿으니까 아팠다. 꿈이 아니었다. 그러나 흰 옷을 입은 두 번째 사람이 두건을 젖히자 아빠하고 닮은 얼굴이 나타났다. 꼭 닮은 것은 아니었지만 첫 번째 흰 옷이 보어크 선생님을 닮은 것만큼이나 래리 맥팔랜드를 닮아 있었다. 트리샤는 그것 역시 그럴 수밖에 없으리라고 생각했다. 그렇다면 이것은 자신이 꾸어본 그 어떤 꿈과도 달랐다.
 "내가 맞출게요. 아저씨는 '들리지 않는 소리'가 보낸 분이죠?"
 트리샤가 말했다.
 "사실은 내가 바로 '들리지 않는 소리'란다. 모습을 보이기 위해서는 네가 아는 사람의 형상을 취해야 했어. 나는 아주 약한 존재거든. 너를 위해 아무 일도 해줄 수가 없구나, 트리샤. 미안하다."

아빠를 닮은 사람이 미안하다는 투로 말했다.
"지금 취한 거예요? 술에 취했군요. 그렇죠? 여기까지 술 냄새가 풍긴다고요. 맙소사!"
트리샤가 갑자기 성난 어조로 다그쳤다.
'들리지 않는 소리'는 부끄러운 듯 보일락 말락 미소를 지어 보이며 아무 말 없이 뒤로 물러 두건을 다시 썼다.
그러자 검은 옷을 입은 세 번째 사람이 앞으로 나섰다. 트리샤는 갑자기 공포를 느꼈다.
"안 돼요. 아저씨는 안 돼요."
아이는 자리에서 일어서려 했지만 이번에도 꼼짝할 수가 없었다.
"아저씨는 안 돼요. 가세요. 이제 그만 해둬요."
그러나 검은 옷을 입은 팔이 올라가면서 누런 집게발 같은 손이 드러났다……. 나무에 할퀸 자국을 남긴 바로 그 발톱, 사슴의 목을 찢어 몸뚱이로부터 잡아 뜯은 그 발톱이었다.
"안 돼. 제발, 안 돼. 보고 싶지 않아."
트리샤가 속삭였다.
검은 옷을 입은 형체는 그 말에 신경도 쓰지 않았다. 그러고는 두건을 뒤로 젖혔다. 거기에는 얼굴이 없었다. 있는 것이라고는 말벌들로 이루어진 일그러진 두상뿐이었다. 말벌들이 밀치고 붕붕대면서 서로의 몸뚱이를 타 넘으며 기어 다녔다. 그것들이 움직이자 공포를 일으킬 만큼 파동 치는 인간의 얼굴이, 텅 빈 눈과 웃고 있는 입이 드러났다. 머리에서는 사슴의 찢어진 목에서 파리들이 내던 소리처럼 웅웅대는 소리가 났다. 검은 옷을 입은 그 형체의 뇌 속에 모터라도 달려 있는 것 같았다.
"나는 숲 속의 그것이 보내서 왔다. 파멸의 신이 나를 보냈다. 그 신은 지금껏 너를 지켜보고 있었다. 그분은 지금껏 너를 기다렸다. 그분은 너의 기적이며 너는 그분의 것이다."
검은 옷이 웅웅대는, 사람의 것이라고 할 수 없는 목소리로 말했다. 그 목소리는 마치 라디오에서, 암 수술로 성대를 잃고 목에 부착한 기구를 통해서 말할 수밖에 없는 사람이 담배를 피우지 말라고 말하는 것처럼 들렸다.
"꺼져!" 트리샤는 그렇게 고함을 치고 싶었지만 정작 입에서 나온 소리는 애처롭게 속삭이는 쉰 목소리뿐이었다.
"이 세상은 최악의 시나리오로 짜여 있지. 아무래도 네가 느끼는 모든 것이 사실일 것 같구나. 이 세상의 거죽은 침을 쏘는 것들로 이루어져 있지. 너도 지금쯤은 그렇다는 것을 알고 있겠지만 말이다. 그 밑에는 뼈와, 우리들의 신밖에 없단다. 꽤나 그럴싸해 보이지. 안 그러냐?"
웅웅대는 말벌의 소리가 그렇게 말했다. 발톱이 천천히 머리의 옆을 따라 훑어 내리며 벌레들을 밀어내자 그 밑에 있던 번들거리는 뼈가 드러났다.
트리샤는 겁에 질린 채 울면서 고개를 외면하고 개울 하류 쪽으로 시선을 돌렸다. 그러자, 자신이 저 무시무시한 말벌 사제를 보고 있지 않으면 어느 정도 몸을 움직일 수 있다는 사실을 알게 되었다. 아이는 두 손으로 뺨에 흐르는 눈물을 닦은 다음 다시 고개를 돌렸다.
"그런 말을 믿지 않아! 나는······."

말벌 사제가 보이지 않았다. 세 명 모두 사라졌다. 개울 건너에는 대기 속을 춤추는 나비들뿐이었다. 이제는 세 마리가 아니라 여덟아홉 마리쯤 되는데, 희고 까만 나비뿐 아니라 모두가 다른 색깔이었다. 그리고 햇살도 달라졌는데, 금빛과 오렌지 빛이 섞인 색조를 띠기 시작했다. 줄잡아 두 시간이 흘러갔다. 아마 세 시간 정도는 지났을 것이다. 그렇다면 그동안 잠들었다는 말이 된다.
"모두가 한낱 꿈이었다." 이야기책에서는 모두 그렇게들 말한다……. 하지만 아무리 지쳐 있었다 해도 자신이 잠들었다는 기억도, 의식의 흐름 어느 한 곳이 단절되었다는 기억도 없었다. 게다가 꿈이라는 느낌도 전혀 없었다.
그때 트리샤의 머리에 한 가지 생각이 떠올랐는데, 무서우면서도 이상하리만큼 마음이 놓이는 생각이었다. 어쩌면 너도밤나무 열매와 백옥나무 때문에 허기를 면한 것은 물론 자신이 취했을지도 모른다는 것이다. 아이는 취하게 만드는 버섯이 있다는 사실을, 그리고 종종 그런 버섯을 먹은 아이들이 취한다는 것도 알고 있었다. 버섯이 그럴 수 있다면 백옥나무라고 안 될 이유가 없었다.
"아니면 그 잎이거나. 어쩌면 백옥나무 잎 때문일 거야. 틀림없이 그래."
좋아. 맛이 아무리 상큼해도 더 이상 그 잎은 먹지 않겠어.
트리샤는 일어서다가 배를 잡아당기는 통증 때문에 얼굴을 찡그리고 허리를 구부렸다. 방귀를 뀌고 나자 한결 나아졌다. 그런 다음 개울가로 간 뒤 물 위로 삐죽 나온 적당한 바위 두 개를 발견하고 그것들을 징검다리로 썼다. 어떤 면에서 아이는 자신이 명민

하고 활기에 넘치는 다른 아이가 된 기분이었지만 말벌 사제에 대한 생각이 머리에서 떠나지 않았으며, 해가 지고 난 뒤에는 불안감이 한층 가중될 것이라는 것도 알고 있었다. 조심하지 않으면 전과 똑같은 공포에 사로잡힐 터였다. 그러나 만약 트리샤가 스스로에게 그것이 한낱 꿈이며 백옥나무 잎사귀를 먹거나 아직 몸에 익숙하지 않은 물을 마셔서 생긴 일이라는 사실을 증명할 수 있다면…….

실제로 조그만 빈 터에 있게 되자 트리샤는 칼로 난도질하는 공포 영화에 등장하는 인물처럼 불안해졌다. 그런 영화에서는 멍청한 여자 애가 사이코가 사는 집으로 들어가 "아무도 안 계세요?" 하고 묻는다. 개울 건너를 돌아보던 트리샤는 한순간 이편 숲에서 뭔가가 자신을 바라보고 있는 것을 느끼고 황급히 방향을 바꾸다가 하마터면 넘어질 뻔했다. 거기에는 아무것도 없었다. 아니, 아이가 아는 한 어디에도 아무것도 없었다.

"이런 멍청이."

트리샤가 나지막하게 중얼거렸는데, 다음 순간 자신이 감시당하고 있다는 예의 그 느낌이 한층 강하게 되살아났다. 말벌 사제는 '파멸의 신'이라고 말했다. **그것**이 너를 지켜보고 있었다고, 너를 기다리고 있었노라고. 말벌 사제는 다른 말도 했지만 아이의 기억에 남아 있는 것은 바로 그 말뿐이었다.

"너를 지켜보고 있다, 기다리고 있다."

트리샤는 긴 옷을 입은 세 명의 인물이 서 있는 것을 보았다고 확신하는 장소로 가서 그들이 있었던 어떤 흔적이라도 없는지 찾아보았다. 남아 있는 것은 아무것도 없었다. 아이는 한쪽 무릎을 뚫고 좀 더 자세히 찾아보았는데 그래도 여전히 아무것도 없었다. 겁에 질린 아이가 발자국으로 해석할 수도 있을 끌린 솔잎 자국조차 나 있지 않았다. 트리샤는 다시 일어서서 개울을 건너가려고 몸을 돌렸는데, 그 순간 오른쪽 숲에 있는 뭔가가 눈길을 끌었다.

그쪽으로 걸어간 아이는, 줄기가 가느다란 어린 나무들이 빽빽이 자라면서 지상에서는 가지를 뻗을 공간과 빛을 얻기 위해, 지하에서는 수분과 뿌리를 뻗을 자리를 놓고 관목들과 치열한 다툼을 벌이며 한데 뒤엉킨 어둠 속을 들여다보았다. 자작나무들이 어스름이 깔리는 수풀 이곳저곳에 수척한 유령처럼 서 있었다. 그런데 자작나무 한 그루의 껍질에 얼룩 같은 것이 튀긴 것처럼 묻어 있었다. 트리샤는 불안한 눈으로 뒤를 돌아보고 나서 덤불을 헤치며 그 자작자무가 있는 숲으로 들어갔다. 가슴에서는 심장이 두근거렸고 머릿속에서는 그만두라고, 이런 바보 같은 짓을 하지 말라고, 머리가 돌았느냐고, 머저리처럼 굴지 말라는 소리가 들렸지만 걸음을 멈추지 않았다.

자작나무 밑동 언저리에, 그곳에 놓인 지 얼마 되지 않았는지 아직 파리가 별로 꼬이지 않은, 피에 젖은 내장이 둘둘 말리고 한데 뒤엉킨 채 놓여 있었다. 어제까지만 해도 이런 광경을 보면 토하지 않기 위해 온 힘을 다해야 했을 테지만, 오늘은 사정이 달랐다. 그동안 적지 않은 변화가 있었던 것이다. 배 속의 파닥거리는 경련도, 목구멍 깊숙이에서 터져 나오는 딸꾹질도, 몸을 돌린다거나 최소한 시선을 돌리려는 본능적인 충동도 없었다. 그러는 대신 트리샤는 한기를 느꼈는데, 그것이 다른 모든 것들보다 훨씬 더 나쁜 것이었다. 그것은 익사하는 일과 비슷했다. 다른 점이 있다면 내면이 익사한다는 것뿐이었다.
 내장의 한쪽 덤불 속에 갈색 털가죽 한 조각이 걸려 있었는데, 그 털가죽 위에는 흰 반점이 흩뿌려져 있었다. 그것이 새끼 사슴의 시체, 그것도 아이가 너도밤나무 숲 빈 터에서 맞닥뜨렸던 새끼사슴 두 마리 가운데 한 마리의 시체라는 것을 확신할 수 있었다. 벌써 저녁을 향해 어두워지고 있는 나무숲 저 안쪽에, 발톱 자국이 깊게 팬 오리나무도 보였다. 그 발톱 자국은 키가 아주 큰 사람이라도 겨우 팔이 닿을 만한 높이에 나 있었다. 그렇다고 해서 그것이 사람이 낸 자국이라고 여겼던 것은 아니지만.
 '그것이 지금까지 내내 너를 지켜보고 있었던 거야.'
 그랬다. 그리고 바로 지금 그것이 다시 자신을 지켜보고 있었다. 아이는 깔따구나 등에모기처럼 조그만 날벌레들이 기어오를 때처럼 자신의 피부를 기어 올라오는 시선을 느낄 수 있었다. 아이가 세 명의 사제에 대해 꿈을 꾸었거나 환각을 일으켰던 것일지는 몰라도 사슴의 내장이나 오리나무에 난 발톱 자국은 환각이 아니었다. 그리고 지금 시선이 스멀거리며 피부에 닿는 느낌 역시 환각이 아니었다.
 숨을 거칠게 몰아쉬고 두 눈을 이리저리 굴리면서 트리샤는 숲 속에서 **그것**을, 파멸의 신을 보게 되리라는 예감을 안은 채 물소리가 들리는 쪽으로 뒷걸음질을 쳤다. 아이는 관목 수풀을 벗어나 작은 나뭇가지들을 잡으며 개울이 있는 곳까지 물러났다. 일단 그곳에 이르자 몸을 홱 돌려 돌멩이를 디디며 개울을 건너뛰었다. 그러면서도 마음속으로는 지금 당장이라도 송곳니와 발톱과 독침을 가진 **그것**이 등 뒤 숲에서 뛰쳐나올 것이라고 확신하고 있었다. 트리샤는 두 번째 돌멩이에서 미끄러져 하마터면 물속에 빠질 뻔했으나 가까스로 균형을 잡고 비틀거리며 맞은편 둑 위에 올라섰다. 그곳에서 몸을 돌리고 뒤를 돌아보았다. 그쪽에는 아무것도 없었다. 하루가 저무는 것이 아쉬운 듯 아직 한두 마리가 남아 있기는 했으나 이제 나비들도 대부분 보이지 않았다.

백옥나무 덤불과 너도밤나무 숲에 둘러싸인 빈 터가 가까운 이곳이 밤을 지새우기에 적당해 보였지만 사제들을 보았던 자리에 그대로 머물 수는 없었다. 그것들은 어쩌면 꿈속에 나타난 형상들에 불과할지 몰랐지만 까만 옷을 입은 사제는 너무나 무서웠다. 게다가 새끼 사슴도 있었다. 일단 파리들이 대대적으로 몰려들기 시작하면 붕붕대는 소리를 들을 수밖에 없을 터였다.

트리샤는 배낭을 열고 백옥나무 열매 한 줌을 꺼내 먹으려다 말고 이렇게 말했다.

"고마워. 너희는 내가 먹어본 것 중에서 제일 맛있는 음식이란다."

다시 하류 쪽을 향해 길을 떠난 아이는 걸으면서 너도밤나무 열매 껍질을 벗겨 깨물어 먹었다. 얼마 후, 트리샤는 저물어가는 빛 속에서 처음에는 망설이다가 얼마 후 놀랄 만큼 열심히 노래를 부르기 시작했다.

"나를 껴안아 줘요…… 당신 곁에 있고 싶으니까…… 당신의 영원한 사랑이…… 새로 태어난 기분을 느끼게 해주니까……."

그래, 좋았어.

7회 초

땅거미가 짙어져 어둠으로 바뀔 무렵 트리샤는 푸른 어둠에 잠긴 조그만 골짜기가 내려다보이는 바위투성이의 공지에 이르렀다. 아이는 혹시라도 불빛이 보일까 해서 골짜기를 살펴보았지만 불빛 같은 것은 보이지 않았다. 아비(아빗과의 바닷새—옮긴이) 한 마리가 어딘가에서 우는 소리를 내자 까마귀 한 마리가 흡사 그 소리에 대답이라도 하듯 퉁명스럽게 우는 소리가 들렸다. 그것이 전부였다.

주위를 둘러보던 아이의 눈에, 마치 해먹처럼 바위 사이에 솔잎이 깔린 야트막한 암반 노두 몇 군데가 보였다. 트리샤는 그중 한 군데 머리맡에 배낭을 내려놓고 가까이에 있는 솔숲에 가서 매트리스 대용으로 쓸 만큼 나뭇가지를 꺾었다. 썰타사(社)의 '퍼펙트 슬리퍼' 매트리스하고는 비교할 수 없었지만 대용품으로는 충분했다. 다가오는 어둠이 이제는 익숙해진 외로움과 집에 대한 슬픈 그리움을 불러일으켰지만 가장 끔찍하던 공포의 감정은 사라졌다. 감시받고 있다는 느낌도 어느새 잦아들었다. 숲 속에 뭔가가 정말 있었다 해도 그것은 이제 다시금 아이 혼자 내버려 둔 채 사라져버렸다.

트리샤는 개울로 가서 무릎을 꿇고 물을 마셨다. 온종일 경미한 복통이 생겼다 사라지곤 했지만 이제는 자신의 몸이 어느 정도 물에 적응한 모양이라고 생각했다.

"너도밤나무 열매와 백옥나무 열매도 별 문제가 없는 거야. 이런저런 사소한 악몽을 제외한다면 말이지."

아이는 미소를 지었다.

트리샤는 배낭과, 임시변통으로 만든 잠자리가 있는 곳으로 가서 워크맨을 꺼낸 다음 이어폰을 꽂았다. 땀에 젖은 피부에 한기를 느껴 몸이 떨릴 만큼 싸늘한 바람이 불어왔다. 아이는 엉망이 된 비옷을 끄집어내서 더러워진 청색 비닐 조각을 담요처럼 덮었다. 온기에는 별 도움이 되지 않았지만 중요한 것은 생각이었다.(이것은 엄마가 곧잘 하는 말이었다.)

워크맨의 전원을 눌렀지만, 튜너를 돌리지 않았는데도 불구하고 오늘 밤에는 지직거리는 소리밖에는 들리지 않았다. WCAS 방송이 나오는 채널이 사라진 것이다.

트리샤는 FM 다이얼을 돌리며 하나하나 맞춰보았다. 95 언저리에서는 희미한 클래식 음악 소리가 났고 99에서는 우직한 성서 신봉자가 구원을 외쳐대고 있었다. 지금 트리샤에게는 무엇보다도 구원이 관심사이긴 했지만, 라디오에서 떠들어대는 것 같은 그런 구원은 아니었다. 지금 당장 아이가 원하는 하느님의 도움은 상냥

한 얼굴로 손을 흔드는 사람들로 가득한 헬리콥터뿐이었다. 104에서는 셀린 디온의 선명한 목소리가 들려서 잠시 망설였으나 다이얼을 계속 돌렸다. 아이가 오늘밤 원하는 것은 레드삭스 팀의 시합이고, 자신의 마음이 영원토록 변치 않으리라는 셀린의 노래가 아니라 조와 트루프의 목소리였다.

FM에서는 야구 시합을 방송하는 데가 없었다. 사실이지 지금까지 나온 것이 전부 다였다. 트리샤는 주파수대를 AM으로 바꿔서 보스턴의 WEEI 방송인 850에 맞춰보았다. WEEI 방송은 레드삭스 팀의 전속 방송이나 다름없었다. 완벽한 수신 같은 것은 기대하지 않았어도 얼마간 희망을 품고 있었다. 밤에는 AM 방송이 듣기 쉬웠고, WEEI 방송은 신호가 강했다. 어쩌면 들렸다 말다 할지 몰랐지만 그 정도는 참을 수 있었다. 오늘 밤에 달리 할 일이 있거나 뜨거운 데이트가 있는 것도 아니었다.

WEEI의 수신 감도는 괜찮았지만(사실은 종소리만큼이나 뚜렷했다.) 조와 트루프의 목소리는 아니었다. 그들 대신에 아빠가 "토크쇼나 하는 저능아들"이라고 부르는 작자가 떠들고 있었다. 그래도 이번 저능아는 '스포츠' 토크쇼 저능아였다. 보스턴에 비가 오기라도 한 걸까? 시합이 취소되고 관중석은 텅 비고 구장에는 방수포를 씌워놓은 걸까? 트리샤는 의심쩍은 눈으로 이제 막 첫 별들이 암청색 벨벳에 장식된 작은 금장식처럼 반짝이기 시작한 머리 위 하늘을 쳐다보았다. 구름 한 점 찾아볼 수 없었다. 오래지 않아 헤아릴 수 없을 만큼 많은 별들이 뜰 것이다. 물론 보스턴에서 240킬로미터 이상 떨어져 있기는 했지만······.

토크쇼 저능아는 프래밍햄의 월트와 연결되어 있었다. 월트는 카폰으로 전화를 걸고 있었다. 토크쇼 저능아가 월트가 지금 있는 곳이 어디냐고 묻자 프래밍햄의 월트가 이렇게 말했다.
"댄버 어딘가랍니다, 마이크."
월트는 매사추세츠 주 사람들 모두가 그러는 것처럼 댄버를 "댄비즈"라고 발음했다. 마치 마을 이름이 아니라 복통이 일어났을 때 마시는 약 이름처럼 말이다. '숲 속에서 길을 잃으셨다고요? 개울물을 그대로 마셔서 골머리를 앓고 계시다고요? 댄비즈를 큰 숟가락으로 하나 드시면 한 방에 나을 겁니다!'
프래밍햄의 월트는 톰 고든이 세이브를 땄을 때 어째서 매번 손끝으로 하늘을 가리키는지를 알고 싶어 했으며("마이크, 그 손가락질 말입니다."가 월트의 표현이었다.), 토크쇼 저능아 마이크는 그것이 등번호 36번이 하느님께 감사를 드리는 방식이라고 설명했다.
"그는 하느님이 아니라 조 케리건을 가리켜야 했을 겁니다. 그를 마무리 투수로 바꾼 것은 케리건의 아이디어였으니까요. 선발 투수로 나섰다면 별 볼일 없었을 겁니다, 안 그래요?"
프래밍햄의 월트가 말했다.
"어쩌면 하느님이 케리건에게 그 아이디어를 준 것일지도 모르죠. 그런 생각은 해보지 않았나요, 월트? 모르시는 분들을 위해 말씀드리자면 조 케리건은 레드삭스 팀의 투수 코치니까요."
토크쇼 저능아가 물었다.
"이런 바보, 난 알고 있다고요."
트리샤가 성마르게 중얼거렸다.
"오늘 저녁에는 주로 삭스 팀에 대한 얘기를 하고 있습니다. 삭스 팀이 야간 경기를 하지 않는 날은 드무니까요. 삭스 팀은 내일 오클랜드와 3연전을 시작하죠. 네, 이곳 서부 연안에서는 WEEI 방송을 통해 전 시합을 들으시게 될 겁니다. 하지만 오늘은 시합이 없는 날입니다."

토크쇼 저능아 마이크가 말했다.

요컨대 시합이 없는 날이었던 셈이다. 터무니없을 만큼 엄청난 실망감에 사로잡힌 트리샤의 눈에서 적지 않은 눈물이('댄비즈'에서는 티어즈(눈물)도 '티즈'라고 했을 것이다.) 흘러나오기 시작했다. 이제는 우는 것이 너무나 쉬웠고, 어떤 일에든 울었다. 그러나 정말이지 시합을 너무나 고대하고 있었던 것이다. 그 목소리를 듣지 못하리라는 사실을 알기 전까지는 조 캐스틸료네와 제리 트루피아노의 음성이 얼마나 절실한 것인지 미처 깨닫지 못했다.

"이제 잠깐 동안 자유롭게 얘기를 해봅시다. 모 본이 더 이상 어린애처럼 굴지 말고 계약서에 서명해야 한다고 생각하는 분이 계십니까? 어쨌든 모는 얼마나 많은 돈을 받으려는 걸까요? 쓸 만한 질문 아닌가요?"

"그건 바보 같은 질문이에요, 약쟁이 아저씨. 모만큼 때릴 수 있다면 많은 돈을 요구할 수 있다고요."

트리샤가 토라진 어조로 중얼거렸다.

"불가사의 페트로 마르티네스에 대해 이야기하고 싶습니까? 대런 루이스는 어떤가요? 저 놀라운 삭스 팀의 구원투수는요? 레드삭스에 멋진 재간둥이가 있다는 사실을 믿으실 수 있나요? 전화를 걸어서 여러분의 생각을 말씀해 주세요. 잠시 뒤에 다시 뵙겠습니다."

이어서 즐거운 목소리가 귀에 익은 노래를 부르기 시작했다.

"앞유리가 부서지면 어디로 전화를 거시겠어요?"
"1-800-54-자이언트죠."
트리샤는 이렇게 중얼거리고는 WEEI 방송에서 다이얼을 돌렸다. 어쩌면 다른 시합이 있을지도 몰랐다. 저 꼴 보기 싫은 양키스의 시합이라도. 그러나 아이는 야구 중계를 찾기 전에 라디오에서 흘러나오는 자신의 이름을 듣고 얼어붙었다.
"……토요일 오전에 실종된 아홉 살 난 패트리샤 맥팔랜드에 대한…… 가능성이 희박해지고 있습니다."
뉴스 아나운서의 목소리는 희미하고 떨렸으며 여기저기 끊어지고 지직거리는 소리가 섞여 들었다. 트리샤는 손가락으로 작고 까만 이어폰을 귓속으로 좀 더 깊이 밀어 넣으며 몸을 앞으로 숙였다.
"코네티컷 사법 당국은 메인 주의 주 경찰서로 걸려 온 제보 전화에 근거해서 오늘 매사추세츠 주 웨이머스의 프랜시스 레이몬드 마지롤을 체포하여 맥팔랜드 소녀의 실종 사건과 관련 여부를 여섯 시간 동안 조사했습니다. 현재 하트포드 다리 공사장에서 건설 인부로 일하는 마지롤은 아동 추행으로 두 차례 유죄 판결을 받은 적이 있으며, 지금은 성폭행 및 아동 추행 혐의로 메인 주에서 소송 계류 중입니다. 그러나 현재로서는 그가 패트리샤 맥팔랜드의 소재에 대해서는 아는 바가 없어 보입니다. 수사에 참여한 소식통에 따르면 마지롤은 지난 주말을 하트포드에서 보냈으며 그 사실을 확인해 줄 증인도 많은 것으로……."
소리가 흐릿해졌다. 트리샤는 전원을 끄고 귀에서 이어폰을 뽑았다. 사람들이 아직도 자신을 찾고 있을까? 그럴지도 모르지만,

오늘은 대부분을 그 마지롤이라는 사람에게 매달리면서 보냈을 것이라는 생각이 들었다.

"정말 머저리들이야."

트리샤는 울적하게 중얼거리며 워크맨을 배낭 속에 넣었다. 아이는 소나무 가지 위에 누워 비옷을 덮은 다음 자리가 편안해지도록 어깨와 엉덩이를 이리저리 뒤척였다. 산들바람이 지나갔다. 트리샤는 바위 노두 사이에 해먹처럼 마련된 구덩이에 자리를 잡은 것을 다행으로 여겼다. 오늘 밤은 쌀쌀했으며 해가 뜨기 전까지는 몹시 추울 터였다.

머리 위 까만 하늘에 무슨 예보처럼 수많은 별들이 떠 있었다. 정확히 수억 개는 되었다. 달이 뜨면 별빛은 좀 희미해질 테지만, 지금은 트리샤의 더러운 뺨을 서리처럼 물들일 만큼 밝았다. 언제나 그랬듯이 아이는 저 밝은 점들 어딘가에 다른 생명체를 따스하게 해주는 것이 있을지 궁금했다. 황당무계한 외계 동물이 사는 정글이 저곳 어딘가에 있는 것일까?

피라미드는? 왕과 거인들은? 어쩌면 지구의 야구와 비슷한 놀이 같은 것이 있기는 할까?

"앞유리가 부서지면 어디로 전화를 거시겠어요? 1-800-54-자이언트죠."

트리샤는 나지막한 목소리로 노래를 불렀다.

다음 순간 아이는 마치 통증을 느꼈을 때처럼 아랫입술 위로 빠르게 숨을 들이켜면서 노래를 멈췄다. 별 하나가 떨어지면서 하얀 불똥이 하늘을 긁듯이 지나갔던 것이다. 그 줄무늬는 까만 하늘 중간쯤을 가로지르다 사라졌다. 물론 그것은 진짜 별이 아니라 별똥이었다.

또 다른 별똥이, 그리고 또 하나의 별똥별이 떨어졌다. 트리샤는 눈을 휘둥그레 뜨며 일어나 앉았다. 그 바람에 너덜너덜한 비옷이 무릎에서 미끄러졌다. 네 번째, 다섯 번째 별똥별이 이어졌는데 모두가 각기 다른 방향으로 떨어졌다. 그저 별똥이 아니라 별똥 '비'였다.

마치 뭔가가 아이가 이것을 알기만 여태껏 기다리고 있었다는 듯이 하늘은 눈부신 비행운의 고요한 폭풍으로 환히 빛나고 있었다. 트리샤는 고개를 갸웃하고 눈을 크게 뜨고 납작한 가슴 앞에 팔짱을 끼고 손가락이 파고들 정도로 어깨를 힘껏 감싸 안은 자세로 그 광경을 응시했다. 아이는 지금껏 이런 광경을 본 적이 없었으며, 이것과 비슷한 일이 가능하리라는 생각을 꿈에도 하지 못했다.

"아, 톰. 톰, 이걸 봐요. 이것이 보이나요?"

트리샤가 떨리는 목소리로 소곤거렸다.

그 대부분은 순간적이고 가늘고 곧은 백색 섬광이었으며 그렇게 많지 않았더라면 환각이라고 여겨졌을 정도로 순식간에 사라져버렸다. 그러나 그중 몇 개(다섯 개, 아니 어쩌면 여덟 개)는 가장자리가 오렌지색으로 타오르는 눈부신 줄무늬를 그리며 소리 없는 폭죽처럼 하늘을 환히 비추었다. 그 오렌지색은 눈이 현혹된 것일 수도 있지만 트리샤는 그렇게 생각하지 않았다.

이윽고 별똥비가 잦아들기 시작했다. 트리샤는 다시 드러누워 아까처럼 편하게 자리 잡을 때까지 여기저기 아픈 몸을 좀 더 움직였……. 어쨌든 될 수 있는 한 편하게. 몸을 움직이면서 트리샤는 한층 더 드문드문해진 섬광들을 바라보았다. 아이로서는 영원히 가볼 수 없는 길에서 벗어난 암석 조각들이 지구의 중력 우물 속으로 떨어지면서 촘촘한 대기권에서 붉게 변했다가 한순간 빛을 뿜으며 타 죽어갔다. 트리샤는 잠에 곯아떨어질 때까지 여전히 하늘을 바라보고 있었다.

아이의 꿈은 생생했지만 단편적이었는데, 그것은 정신적 별똥비라고 할 만한 것이었다. 조금이라도 선명하게 기억나는 것 한 가지는 기침을 하고 한기를 느끼며 무릎을 턱밑까지 끌어올린 채 옆으로 누워서 온몸을 덜덜 떨다가 한밤중에 잠을 깨기 직전에 꾸었던 꿈이었다.

그 꿈에서 트리샤와 톰 고든은 한때 초원이었으나 이제는 덤불과 대부분 어린 자작나무들로 이루어진 수풀이 있는 곳에 함께 있었다. 톰은 자기 허리까지 오는 쪼개진 기둥 곁에 서 있었다. 기둥 꼭대기에는 붉게 녹슨 오래된 링볼트(한쪽 끝에 고리가 달린 볼트—옮긴이)가 있었다. 톰은 이 볼트를 앞뒤로 잡아당기고 있었다. 그는 유니폼 위에 웝업 재킷(운동선수들이 온필드에서 착용하는 재킷—옮긴이) 차림이었다. 회색 원정 유니폼. 오늘 저녁 그는 오클랜드 시합에 나갈 예정이었다. 트리샤는 톰에게 '하늘을 가리키는 손짓'에 대해 질문을 던졌다. 물론 그 이유를 알고 있었지만 그래도 어쨌든 물어보았다. 어쩌면 프래밍햄의 월트가 알고 싶어 했기 때문일 수도 있고, 월트 같은 단세포 머저리라면 숲에서 길을 잃은 어린 여자 애의 말을 믿지 않으려 들기 때문일 수도 있고, 월트가 마무리 투수의 입으로부터 직접 그 얘기를 듣고 싶어 할 수도 있기 때문일 수도 있다.

"내가 손가락질을 하는 이유는 9회 말에 강림하시는 것이 하느님의 본성이기 때문이지."

톰이 말했다. 그는 기둥 끝에 붙은 링볼트를 앞뒤로 돌렸다. 앞뒤로, 그리고 다시 앞뒤로. 링볼트가 녹슬면 어디로 전화를 거시겠어요? 그야물론 1-800-54-링볼트죠.

"특히 만루에 아웃된 타자가 하나밖에 없을 때는 더욱 그렇다고 할 수 있지."

숲 속에 있는 뭔가가 그 말에 조롱이라도 하듯 달각거렸다. 그 소리는 점점 더 커졌는데, 결국 어둠 속에서 눈을 뜬 트리샤는 그 소리가 바로 자신의 이가 부딪쳐서 나는 소리라는 것을 알았다.

천천히 일어서던 아이는 몸이 말을 듣지 않을 때마다 움찔했다. 다리의 상태가 가장 나빴으며 등이 바로 그 다음이었다. 그 순간 돌풍이 몰아쳤다. 단순한 바람이 아니라 돌풍이었다. 아이는 하마터면 넘어질 뻔했다. 그동안 얼마나 체중이 줄었는지 궁금할 정도였다. 트리샤는 '이런 식으로 일주일이 지나면 내 몸에 실을 묶어 연처럼 날릴 수 있을 거야.' 하고 생각했다. 트리샤는 그런 생각 때문에 웃기 시작했지만, 그 웃음 때문에 또다시 기침 발작이 일어났다. 아이는 양손으로 무릎 바로 위쪽을 짚은 자세로 서서 고개를 숙인 채 기침을 했다. 가슴 깊숙한 곳에서 시작된 기침은 거칠게 짖는 소리가 되어 입 밖으로 튀어나왔다. 멋지군. 정말 멋져. 이마에 손목 안쪽을 대보았지만 열이 있는지 없는지는 알 수 없었다.

트리샤는 다리를 벌린 채(그렇게 하면 엉덩이가 좀 덜 쓸렸다.) 천천히 소나무 숲 쪽으로 가서 이번에는 이불처럼 덮을 생각으로 나뭇가지를 좀 더 꺾었다. 나뭇가지를 한 아름 나른 다음 다시 한 아름 더 나르던 아이는 솔숲과, 잠자리로 정해 놓은 솔잎이 깔린 구덩이 중간쯤에서 걸음을 멈췄다. 그러고는 새벽 4시의 밝은 별빛 아래에서 천천히, 한 바퀴 완전히 돌아섰다.

"나를 좀 내버려 둬."

아이가 소리쳤는데, 그 바람에 다시 기침이 시작되었다. 기침이 잦아들자 아이는 다시 한 번, 그러나 이번에는 좀 더 작은 소리로 말했다.

"그만둘 수 없느냐고? 이제 그만두고 나를 좀 내버려 달란 말이야."

대꾸가 없었다. 솔숲을 지나며 윙윙대는 바람 소리 말고는 아무 소리도 들리지 않았다……. 그런데 잠시 후 뭔가 끙 하는 것 같은 소리가 났다. 작고 부드러우며 사람 소리와는 비슷하지도 않았다. 트리샤는 소나무 향이 풍기고 수액으로 끈적끈적한 나뭇가지를 한 아름 안은 채 그 자리에 서 있었다. 온몸에 작고 단단한 소름이 돋았다. 저 소리가 어디서 난 거지? 개울 이쪽인가? 아니면 저편에서 난 소리인가? 솔숲에서 들린 걸까? 트리샤는, 무섭게도 그 소리가 소나무 숲에서 난 것이라고 거의 확신했다. 자신을 지켜보고 있던 그것이 소나무 숲 속에 있었던 것이다. 자신이 몸을 덮을 나뭇가지를 그러모으고 있을 때 그것의 얼굴은 자신의 얼굴에서 불과 1미터도 채 떨어져 있지 않았을 테고, 나무를 할퀴고 사슴 두 마리를 찢어발긴 그 발톱은 자신이 나뭇가지를 찢어서 꺾으려고 몸을 숙이고 있을 때 자신의 손에서 몇 센티미터 안쪽에서 맴돌고 있었을지도 몰랐다.

트리샤는 다시 기침을 터뜨리고는 그것을 신호라도 삼은 듯 움직이기 시작했다. 아이는 되는 대로 쌓인 나뭇더미 위에 나뭇가지를 쏟아놓고는 한데 뒤엉킨 나뭇가지들을 정리해 보려고도 않고 그 속으로 기어 들어갔다. 나뭇가지 하나가 벌에 쏘인 엉덩이를 찌르는 바람에 아이는 움찔하며 조그맣게 신음 소리를 냈지만 다시 잠잠해졌다. 아이는 지금 그것이 소리 없이 솔숲에서 나와 마침내 자기를 향해 다가오고 있다는 것을 느꼈다. 끈질긴 계집애가 말하는 그 특별한 것, 말벌 사제가 말한 저 파멸의 신이. 그것은 암흑의 군주라고도 층계 밑의 제왕이라고도 부를 수 있었다. 어쨌든 모든 아이들이 꿈꾸는 최악의 악몽이었다. 그것이 무엇이든 이제는 더 이상 아이를 가지고 놀지는 않았다. 이제 모든 놀이는 끝났다. 그것은 아이가 웅크리고 있는 나뭇가지를 걷어치우곤 아이를 산 채로 먹어치울 것이다.

기침을 터뜨리고 몸을 떨면서, 모든 현실감과 합리적인 의식을 잃은 채(실제로 한순간 아이는 거의 미쳐버린 상태였다.) 트리샤는 두 팔로 머리를 감싸 안고는 자신이 그것의 발톱에 찢기고 송곳니로 가득한 입 속으로 들어갈 순간만을 기다렸다. 아이는 그런 자세로 잠 속으로 빠져 들어갔다. 화요일 새벽의 빛 속에서 잠을 깼을 때는 양쪽 팔꿈치 아랫부분이 감각이 없었고 처음에는 고개도 숙일 수가 없었다. 그래서 한동안 고개를 한쪽으로 약간 기울인 채로 걸어 다닐 수밖에 없었다.

'이제 늙는다는 것이 뭔지 할머니한테 굳이 물어보지 않아도 될 것 같아. 이젠 그게 어떤 건지 알겠어.'

트리샤는 오줌을 누기 위해 쪼그리고 앉아서 생각했다.

자신이 잠잤던(굴속의 얼룩다람쥐처럼 말이지 하고 그 애는 심술궂게 생각했다.) 나뭇가지 더미 쪽으로 돌아가던 아이는 솔잎이 깔린 또 다른 해먹(실제로 그 애가 잠잤던 곳 바로 옆에 있는 것)이 어질러진 것을 보았다. 솔잎이 흩어져 있었고 한 군데는 얇게 깔려 있던 까만 흙이 드러날 정도로 패어 있었다. 그렇다면 새벽의 어둠 속에서 아이가 그렇게까지 미친 것은 아니었던 셈이다. 아니, '전혀' 미친 것이 아닐지 몰랐다. 나중에, 아이가 잠들어 버리고 난 이후에 뭔가가 이곳에 왔던 것이다. 그것은 바로 아이 옆에 있었다. 어쩌면 웅크린 채 트리샤가 자는 모습을 지켜보고 있었을지도 몰랐다. 지금 아이를 덮칠까 말까 망설이다가 결국 그러지 않기로, 적어도 하루쯤 더 익도록 놔두기로 마음먹었을 것이다. 백옥나무 열매처럼 달콤하게 익도록 말이다.

트리샤는 어렴풋한 기시감을 느끼며, 그러나 자신이 불과 몇 시간 전에 같은 자리에서 똑같이 원을 그리며 돌았다는 사실을 기억하지 못한 채 한 바퀴 원을 돌았다. 트리샤는 원을 그리기 시작했던 지점으로 돌아오자 멈춰 서서 손에 대고 격렬하게 기침을 터뜨렸다. 기침 때문에 가슴에 통증이 느껴졌다. 아주 깊숙한 곳에서 나는 경미하고 둔탁한 통증이었다. 그렇다고 그 일에 특별히 신경을 썼던 것은 아니다. 적어도 통증은 따뜻한 것이었으니까. 그리고 오늘 아침 그 부분을 제외한 몸의 다른 모든 부분은 몹시 추웠으니까.

"그것이 가버렸어요, 톰. 그게 무엇이었든 또다시 사라진 거예요. 어쨌든 잠시 동안은 말이에요."

아이가 중얼거렸다.

'그래, 하지만 그것은 돌아올 거야. 그리고 조만간 그것을 상대해야 할 거야.'

톰이 말했다.

"그것으로 오늘치 액땜이 되었으면 좋겠어요."

트리샤가 중얼거렸다. 그것 역시 맥팔랜드 할머니가 즐겨 쓰던 말이었다. 아이는 그 의미를 정확히 알지 못했지만 대충은 짐작하고 있었고, 지금과 같은 경우에 딱 들어맞는 듯이 보였다.

트리샤는 해먹 옆에 있는 바위에 앉아, 건강 시리얼이라고 중얼거리면서 백옥나무 열매와 너도밤나무 열매를 큼직하게 세 줌 집어서 씹어 먹었다. 오늘 아침의 백옥나무 열매는 어제만큼 맛이 없었다. 실제로 약간 떫기까지 했다. 점심때쯤에는 맛이 더 떨어질 터였다. 그래도 세 줌을 모두 먹은 다음 물을 마시러 개울가로 갔다. 이번에도 물속에 새끼 송어들이 보였다. 비록 지금껏 아이가 본 것은 빙어나 큰 정어리 정도가 고작이었지만 한 번 잡아볼 생각이 들었다. 경직되었던 몸도 어느 정도 풀리기 시작하고, 해가 뜨면서 기온이 따뜻해지자 기분도 좀 나아졌던 것이다. 거의 희망을 품을 정도였다. 어쩌면 운이 따를지도 몰랐다. 기침도 잦아들었다.

트리샤는 마구 헝클어진 자신의 잠자리로 돌아가 너덜너덜해진 비옷 쪼가리를 뽑아내어 다른 노두 위에 펼쳤다. 끝이 뾰족한 돌멩이를 찾다가 개울물이 둥그스름한 낭떠러지 너머 골짜기로 떨어지는 지점에서 쓸 만한 것을 찾았다. 이 비탈은 길을 잃었던 그날 자신이 미끄럼을 타며 내려갔던 비탈만큼 가팔랐지만(트리샤에게는 그날이 5년 전쯤 옛날 일로만 여겨졌다.) 내려가기는 그보다 훨씬 쉬울 것이라고 판단했다. 여기에는 붙잡을 만한 나무들이 많았던 것이다.

트리샤는 임시변통한 절단 도구를 비옷이 있는 곳으로 가져가 (바위 위에 펼쳐진 비옷은 흡사 커다란 청색 종이 인형처럼 보였다.) 어깨선 바로 아래에서 모자 부분을 잘라냈다. 아이는 자기가 실제로 그 모자를 가지고 물고기를 잡을 수 있을 것이라고는 생각하지 않았지만 한 번 해보는 것도 재미있을 것 같았고, 몸이 좀 더 풀릴 때까지는 비탈길을 타볼 엄두가 나지 않았다. 아이는 일을 하면서 나지막이 노래를 불렀다. 처음에는 자신의 머릿속에 박혀 있다시피 한 보이즈 투 다 맥스의 노래였고 그 다음에는 핸슨의 「음음음 밥」을, 그 다음으로는 「테이크 미 아웃 투 더 볼게임」(야구를 소재로 1908년 잭 노워스가 작곡한 미국의 대중가요—옮긴이)의 한 구절을 불렀다. 그러나 주로 부른 노래는 "앞유리가 부서지면 어디로 전화를 거시겠어요?"라는 광고 노래였다.

간밤에는 쌀쌀한 바람 탓에 날벌레들의 극성은 줄어들었지만 날이 더워지면서 트리샤의 머리 주위로 여느 때처럼 에어쇼 선수들이 구름 떼처럼 모여들었다. 아이는 날벌레를 거의 의식하지 않고 있다가 이따금씩 벌레들이 눈 주위로 너무 접근할 때면 짜증스럽게 손을 휘젓기만 했을 뿐이다.

트리샤는 비옷에서 잘라낸 모자를 거꾸로 들고 꼼꼼하게 살펴보았다. 재미있었다. 확실히 바보 같은 짓일지는 몰라도 재미있는 일이 될 것 같았다.

"앞유리가 부서지면 어디로 전화를 거시겠어요? 아, 그렇고말고요."

트리샤는 단조로운 소리로 나지막하게 노래를 부르며 개울 쪽으로 걸어갔다. 그러고는 물 위로 나란히 튀어나와 있는 바위 두 개를 골라 그 위에 발을 디뎠다. 아이는 벌린 다리 사이로 빠르게 흐르는 개울물 속을 들여다보았다. 자갈이 빽빽이 깔린 개울 바닥이 흔들려 보였으나 물은 맑았다. 지금은 물고기가 보이지 않았지만, 그것이 어떻다는 건가? 낚시꾼이 되려면 끈기가 있어야 하는 법이다.

"당신의 두 팔로 나를 안아줘요…… 당신을 아득아득 깨물어 먹어야 하니까."

트리샤는 노래를 부르다 말고 웃음을 터뜨렸다. 정말 얼빠진 가사로군! 아이는 너덜너덜하게 잘린 어깨 부분을 잡고 모자를 거꾸로 든 채 허리를 숙이고 있다가 임시변통으로 만든 덫을 개울 속에 떨어뜨렸다.

다리 사이로 흐르는 물살이 모자를 뒤로 잡아당겼으나 계속 벌어진 상태로 있는 한은 괜찮았다. 등을 구부리고 엉덩이를 들어 올리고 고개를 허리 높이까지 낮춘 자세가 문제였다. 이런 자세를 오랫동안 유지할 수는 없을 테고, 바위 위에 쭈그리고 앉으려 한다면 아프고 후들거리는 다리가 기대를 저버리고 자신을 개울 속으로 처박아 버리고 말 터였다. 그렇게 온몸이 물에 빠진다면 기침이 낫는 데 좋을 것이 없었다.

관자놀이가 욱신거리기 시작했을 때 트리샤는 절충안으로 무릎을 구부리면서 상체를 약간 들어 올렸다. 그러자 시선이 상류 쪽으로 옮겨졌는데, 그 순간 자기 쪽으로 재빠르게 다가오는 세 개의 섬광이 눈에 들어왔다. 의심할 여지 없이 물고기들이었다.

트리샤는 설혹 자신이 반응할 시간이 있었다고 해도, 모자를 아무리 재빠르게 움직여도 세 마리 모두 놓치고 말 것이라고 거의 확신했다. 실제로 한 가지 생각을 할 만큼의 여유밖에 없었다.

(마치 물속의 별똥 같아.)

다음 순간 은색 섬광들이 발밑으로, 트리샤가 디디고 선 바위 사이를 빠르게 지나갔다. 한 마리는 모자를 피했으나 다른 두 마리는 모자 속으로 곧장 들어갔다.

"야호!"

트리샤가 소리를 질렀다.

기쁨인 동시에 실망과 충격으로 그렇게 소리를 지르면서 트리샤는 다시 몸을 앞으로 숙여 모자 아래쪽 가장자리를 움켜잡았다. 그러다가 하마터면 균형을 잃고 물속으로 빠질 뻔했으나 가까스로 바위 위에 서 있을 수 있었다. 아이는 양손으로, 가장자리로 물이 흘러넘치는 모자를 들어 올렸다. 아이가 둔덕 쪽으로 돌아오는 사이에 모자 모양이 일그러지면서 더 많은 물이 쏟아져 왼쪽 엉덩이에서 무릎까지 적셨다. 그와 함께 새끼 송어 한 마리가 몸을 뒤틀고 꼬리로 허공을 치면서 물에 떨어져 헤엄쳐 가버렸다.

"이런 바보 같으니!"

트리샤는 그렇게 소리를 지르면서 동시에 웃음을 터뜨렸다. 여전히 모자를 앞에 쥔 채 둔덕으로 기어오른 아이는 이번에는 기침을 터뜨리기 시작했다.

평지에 이른 트리샤는 아무것도 없으리라고 확신하고 모자 속을 들여다보았다. 나머지 한 마리도 틀림없이 없어졌을 것이다. 아무리 새끼라고 해도 여자애가 비옷에 달린 모자를 가지고 송어를 잡는다는 것은 있을 수 없는 일이었다. 하지만 마지막 한 마리가 도망치는 것은 보지 못했다. 송어는 마치 어항 속에 든 열대어처럼 아직 그곳에서 유유히 헤엄치고 있었다.

"하느님, 이제 어떻게 하면 좋아요?"

트리샤가 중얼거렸다. 이것은 괴로움과 곤혹스러움에서 나온 진짜 기도였다.

대답한 것은 아이의 머릿속이 아니라 육신이었다. 아이는 코요테가 로드러너(코요테와 로드러너는 워너브라더스사에서 방영한 만화영화의 캐릭터—옮긴이)를 바라보기만 해도 추수감사절 음식으로 변하는 만화를 수없이 보았다. 그것을 보고 트리샤는 물론 오빠도 웃어댔으며, 엄마도 만화영화를 보고 있을 때에는 웃음을 터뜨리곤 했다. 그런데 지금은 웃음이 나오지 않았다. 해바라기 씨만 한 백옥나무 열매와 너도밤나무 열매도 좋았지만 그것만으로는 충분치 않았다. 그것들을 함께 먹으면서 아무리 건강 시리얼이라고 중얼거려도 충분치 않았다. 10센티미터짜리 송어에 아이의 몸이 보인 반응은 그것과는 전혀 다른 것이었다. 정확히 말해서 그것은 허기가 아니라 배 속 한가운데가(실제로 온몸이 그랬지만) 조이는 느낌이었다. 그것은 머릿속과는 무관하게 터져 나오는, 모호한 절규였다.

(저놈을 먹고 싶어.)

그것은 법적으로 허용된 크기에 훨씬 못 미치는 새끼 송어에 불과했지만 아이의 눈에는 어느 모로 보나 맛있는 식사거리였다. '진짜' 식사 말이다.

모자를 들고 아직 바위 노두 위에 펼쳐져 있는(이번에는 머리가 없는 종이 인형처럼) 비옷이 있는 쪽으로 가던 트리샤의 머리에는 한 가지 생각밖에 없었다.
'그 일을 할 거야. 하지만 설혹 내가 구조된다고 해도 그 일에 대해서는 아무에게도 얘기하지 않을 거야. 무슨 말이든 다 할 테지만 내가 내 똥을 깔고 앉았다는 것과…… 이 일에 대해서만은 얘기하지 않을 거야.'
트리샤는 아무 계획이나 생각도 없이 행동했다. 몸이 생각을 밀어내고 들어앉았던 것이다. 트리샤는 모자의 내용물을 솔잎이 깔린 땅바닥에 쏟아놓고 작은 물고기가 파닥거리면서 질식되어 가는 것을 지켜보았다. 물고기가 잠잠해지자 그것을 집어 들어 비옷 위에 놓고 모자를 자를 때 썼던 돌멩이로 배를 갈랐다. 피라기보다는 묽은 콧물처럼 보이는 엷은 점액이 아주 조금 흘러나왔다. 물고기 배 속에는 작고 빨간 내장이 들어 있었다. 트리샤는 더러운 손톱으로 그것들을 끄집어냈다. 그 밑에는 뼈가 있었다. 뼈를 제거해 보려고 했는데 절반 정도 들어낸 것 같았다. 그 일을 하는 동안 내내 생각이 제자리로 돌아온 것은 한 번뿐이었다.
'머리는 먹을 수 없어.'
생각이 그렇게 말했다. 꽤나 분별이 있어 보이는 그 어조는 혐오감을 숨기지도 않았다.
'내 말은…… 눈 말이야, 트리샤.'
눈이라니! 다음 순간 몸이 다시, 이번에는 좀 더 거칠게 머릿속에서 생각을 밀어냈다.
'내가 네 의견을 듣고 싶으면 네가 갇힌 창살을 두드릴 테니까 그때까지 잠자코 있어.'

그것은 펩시가 종종 쓰곤 하던 말이었다.
트리샤는 배를 가른 조그만 물고기를 꼬리를 잡고 물가로 가져가서 솔잎과 흙먼지를 씻어냈다. 그러고 나서 고개를 한옆으로 기울이고 입을 벌린 다음 송어의 위쪽 절반을 물어뜯었다. 잇새에서 작은 뼈들이 으스러졌다. 머릿속에서는 물고기 머리에서 툭 튀어나온 송어의 눈과, 자신의 혓바닥에 달라붙은 젤리 모양의 작고 검은 반점이 떠오르려고 했다. 흐릿하게 그런 영상이 떠오른 순간 트리샤의 몸은 다시금 생각을 몰아냈는데, 이번에는 그저 밀어내기만 한 것이 아니라 후려치기까지 했다. 생각은 필요할 때면 언제든 되돌릴 수 있고, 상상 역시 필요할 때 되돌리면 그만이었다. 지금 당장은 몸이 중요했으며, 그 몸이 원하는 것은 맛있는 식사, 그럴싸한 정찬이었으며, 지금이 아침일지는 몰라도 정찬을 차린 것이고, 오늘 아침 정찬 메뉴는 신선한 생선이었다.
송어의 위쪽 절반이 마치 알맹이가 있는 기름 덩어리를 넘기듯 목구멍으로 넘어갔다. 끔찍하면서도 기막힐 정도로 맛있었다. 트리샤는 송어의 나머지 반쪽을 들고 고개를 위로 젖힌 상태에서, 잠시 먹는 것을 멈추고 "생선이 필요한 분은 1-800-54번에 '생선'을 누르세요."라고 웅얼거리면서 나머지 뼈를 마저 발라냈다.
그러고는 나머지 송어를 꼬리까지 통째로 먹어치웠다.
송어를 다 먹은 후 그 자리에 서서 입가를 닦고 개울 건너를 바라보며 혹시 자신이 먹은 것을 다시 모두 토하게 되는 것은 아닐까 하고 생각했다. 자신이 날생선을 먹다니, 생선 맛이 아직 목구멍에 남아 있었음에도 그 일이 도무지 믿어지지가 않았다. 배 속이 이상하게 꿈틀거리자, 트리샤는 '이제 토하려나 봐.' 하고 생각했다. 다음 순간 트림이 나면서 배 속이 가라앉았다. 입에서 손을 뗀 아이는 자신의 손바닥에서 반짝이는 물고기 비늘 몇 개를 보았다. 아이는 얼굴을 찌푸리며 손바닥을 청바지에 문질러 닦고는 배낭을 놓아둔 곳으로 돌아갔다. 트리샤는 비옷의 잔해와 잘라낸 모자(적어도 어리고 바보 같은 물고기를 잡는 데는 유용한 것으로 판명된)를 배낭 속 식품 위에 집어넣은 다음 다시 배낭을 멨다. 기운이 나고 부끄럽고 그러면서 한편으로는 자랑스럽고 열이 있는 것 같고 약간은 미친 것 같은 기분이 들었다.

'어쨌든 이 일에 대해 아무 말도 하지 않겠어. 말할 필요도 없고 그럴 생각도 없어. 여기서 벗어나게 되더라도 말이야.'

"그리고 난 여기서 벗어날 자격이 있어. 날고기를 먹을 줄 아는 사람이라면 여기서 빠져나갈 수도 있는 거라고."

트리샤는 나지막한 소리로 중얼거렸다.

'일본 사람들은 만날 날생선을 먹잖아.'

트리샤가 개울 한쪽 편을 따라 다시 걷기 시작했을 때 끈질긴 계집애가 말했다.

"그렇다면 그 사람들에게는 이 말을 하겠어. 그쪽을 방문하는 일이 생기면 말할 거라고."

트리샤가 말했다.

이번에는 끈질긴 계집애도 대꾸할 말이 없는 것 같았다. 트리샤는 기분이 좋았다.

트리샤는 조심스럽게 비탈길을 따라, 전나무와 낙엽수가 섞인 숲을 지나 개울이 굴러 내리는 계곡을 향해 내려갔다. 숲은 빽빽했으나 관목과 가시덤불이 전처럼 우거지지 않아서 오전 내내 별 어려움 없이 걸어갈 수 있었다. 감시받고 있다는 느낌은 들지 않았고 물고기를 먹은 덕분에 원기도 되살아났다. 트리샤는 톰 고든이 곁에서 걷고 있다고, 두 사람이 주로 트리샤 자신에 대해 오래도록 재미있는 대화를 나누고 있다고 상상했다. 톰은 아이에 대해 샅샅이 알고 싶어 하는 것 같았다. 학교에서 트리샤가 좋아하는 과목이 무엇인지, 홀 선생님이 금요일마다 숙제를 내주는 일을 심술궂다고 생각하는 이유가 무엇인지, 데브라 길루리가 그렇게 못되게 구는 일이라든지, 지난번 할로윈 때 트리샤와 펩시가 스파이스 걸 차림을 하고 돌아다닌 일, 그리고 트리샤의 엄마가 펩시의 엄마는 뭐든 하고 싶은 대로 해도 되지만 당신은 자신의 아홉 살짜리 딸애가 그렇게 짧은 치마에 굽 높은 구두에 캐미탑(소매가 없고 어깨 끈이 달린 짧은 여성용 상의—옮긴이) 차림으로 돌아다니도록 하지는 못하겠다고 한 말 등등. 톰은 트리샤의 이런 불만에 전적으로 동감을 표했다.

　톰에게, 자기와 피터 오빠가 아빠 생일날, 그런 것을 만들어 파는 버몬트의 한 회사로부터 맞춤형 그림 조각 맞추기를 주문해서 (그것이 너무 비싸면 잡초깎이로 바꿀 수도 있지만) 사 드릴 계획이라고 말하던 트리샤가 갑자기 걸음을 멈췄다. 아이는 더 이상 움직이지도 않았고 말을 하지도 않았다.

　아이는 입꼬리를 내려뜨린 채 한 손으로는 자동적으로 머리 주위에 몰려드는 날벌레 떼를 쫓으면서 거의 1분 동안이나 개울을 살펴보았다. 이제 나무숲 사이에는 다시 덤불들이 우거지기 시작했는데, 나무 자체는 발육이 좀 더 더디고 빛은 좀 더 밝았다. 귀뚜라미 우는 소리가 들려왔다.

"안 돼. 맙소사. 절대 안 돼. 다시는……."

처음 톰 고든과의 대화에 빠져 있던(사람들이 남의 말에 귀를 잘 기울인다고 가정하고) 트리샤의 주의를 분산시킨 것은 고요해진 개울물 소리였다. 개울은 이제 졸졸거리는 소리를 내지 않고 있었다. 그것은 물 흐름이 느려졌기 때문이었다. 개울 바닥에는 골짜기를 지날 때보다 잡초가 훨씬 더 많이 우거져 있었다. 그리고 폭도 넓어지기 시작했다.

"또다시 늪지가 나온다면 난 죽어버리고 말 거예요, 톰."

한 시간 후 트리샤는 지친 걸음으로 포플러와 자작나무가 한데 뒤엉킨 숲을 헤치며 나아가고 있었다. 아이는 손목 안쪽으로 이마를 눌러 성가신 모기 한 마리를 죽이고도 손을 내리지 않고 그대로 있었다. 몹시 지친 나머지 무엇을 해야 할지 어디에서 돌아서야 할지 알지 못하는 동서고금의 모든 사람들이 그러듯이.

어느 지점에선가 개울물이 야트막한 둑을 넘쳐흐르면서 넓은 땅을 적시며 갈대와 부들개지가 우거진 습지를 형성했다. 수목 사이로 태양이 고인 물 위에서 뜨거운 빛의 바늘처럼 반짝였다. 귀뚜라미가 울고 개구리가 개굴댔으며 머리 위에서는 매 두 마리가 날개를 움직이지 않은 채 선회하고 있었고 어디에선가 까마귀가 웃는 것처럼 울어댔다. 이 습지는 자신이 거쳐 왔던, 작은 언덕과 물에 잠긴 고사목이 엉킨 저 끔찍한 수렁처럼 보이지는 않았지만 야트막하고 소나무가 우거진 등성이까지 적어도 2킬로미터(어쩌면 4킬로미터) 거리에 펼쳐져 있었다.

그리고 물론 개울은 온데간데없었다.

땅바닥에 주저앉아 톰 고든에게 다시 뭔가를 말하려던 트리샤는 문득 이제 곧 죽으리라는 것이 명백한 마당에(그리고 매시간 점점 더 명백해지는 상황에서) 누군가가 곁에 있는 시늉을 한다는 것이 얼마나 어리석은 짓인지를 깨달았다. 그것은 얼마나 걸었다거나 물고기를 얼마나 잡아 삼켰다거나 하는 것과는 무관했다. 트리샤는 울기 시작했다. 두 손에 얼굴을 묻은 채 점점 더 심하게 흐느꼈다.

"엄마가 있었으면 좋겠어!"

트리샤는 무심한 허공을 향해 소리쳤다. 이제 매들은 보이지 않았지만 나무가 우거진 등성이 저편에서는 좀 전의 그 까마귀가 여전히 웃고 있었다.

"엄마가 있었으면 좋겠어. 오빠도 필요해. 내 인형도. 집에 가고 싶단 말이야!"

개굴대는 개구리 떼는 아이가 어렸을 때 아빠가 읽어주었던 이야기를 생각나게 했다. 자동차 하나가 진흙탕에 빠지자 그곳에 있던 모든 개구리들이 일제히 "더 빠져라, 더 빠져라." 하고 울어댔다는 얘기다. 그 이야기를 들으면서 얼마나 무서웠는지 모른다.

트리샤는 더욱더 심하게 울었는데, 어느 시점에서 아이는 자신이 흘린 눈물, 그 모든 빌어먹을 눈물 때문에 화가 났다. 아이는 고개를 들었다. 주위에는 온통 벌레들이 들끓고 있었고 가증스러운 눈물은 여전히 더러운 얼굴을 타고 흘러내리고 있었다.

"엄마가 필요해! 오빠도! 여기서 벗어나고 싶어. 대체 내 말이 들리기나 하는 거예요?"

트리샤는 두 다리를 파닥거렸는데, 어찌나 힘껏 발길질을 해댔는지 그 바람에 운동화 한 짝이 벗겨져서 날아갔다. 아이는 지금 자신이 머리끝까지 울화통을 터뜨리고 있다는 것을 알고 있었다. 그것은 대여섯 살 때 이후로 처음 있는 일이었지만 그런 것은 아무래도 좋았다. 아이는 뒤로 벌렁 누워 주먹질을 해대다가는 풀잎을 몇 움큼씩 쥐어뜯어 허공에 집어던졌다.

"여기서 벗어나고 싶단 말이야! 어째서 나를 찾지 못하는 거야, 이 멍청이들 같으니라고. 어째서 나를 찾지 못하는 거지? 난…… 집에…… 가고…… 싶단 말이야!"

아이는 누운 채로 헐떡이며 하늘을 쳐다보았다. 배가 아팠고 악을 쓰느라 목도 따끔거렸지만 마치 뭔가 위험한 것을 없애 버리기라도 한 것처럼 기분이 한결 나아졌다. 아이는 한 팔로 얼굴을 가린 채 훌쩍거리다 꾸벅꾸벅 졸았다.

잠에서 깼을 때 태양은 습지 저편 능선이 위에 떠 있었다. 다시 오후가 된 것이다.

'말해 봐, 쟈니. 우리의 적이 대체 어떤 놈이지? 글쎄, 밥, 또다시 찾아온 오후가 우리의 적인 셈이지. 뭐 대단한 것은 아니지만 그것이 우리 같은 얼간이들이 할 수 있는 최선책인 셈이지.'

일어나 앉은 트리샤는 현기증을 느꼈다. 엄청난 검은 나방 떼가 날개를 편 채 느릿느릿 시야를 가로질러 날아가고 있었다. 한순간 아이는 자신이 이제 곧 기절할 것이라고 확신했다. 그 느낌은 사라졌지만 침을 삼키면 목구멍이 아팠으며, 머리에서는 열이 났다.

"볕 속에서 잠드는 게 아니었어."

아이는 중얼거렸다. 그렇지만 볕 속에서 잠들었기 때문에 이런 기분이 들었던 것은 아니다. 병이 났던 것이다.

트리샤는 바보같이 울화를 터뜨리느라 차 던졌던 운동화를 신고 백옥나무 열매 한 줌을 먹은 다음 병에 담긴 개울물을 좀 마셨다. 습지 한쪽 가장자리에서 자라고 있는 고사리를 찾아낸 아이는 그것도 먹었다. 고사리는 시들시들했으며 맛있다기보다는 질긴 편이었지만 억지로 삼켰다. 오후의 간식을 마치자 자리에서 일어나, 이번에는 손으로 햇빛을 가리고 다시 습지 저편을 바라보았다. 잠시 후 트리샤는 어린애의 그것이 아니라 나이든 여자, 그것도 늙은 여자의 몸짓으로 고개를 저었다. 등성이를 뚜렷이 볼 수 있었던 아이는 그 너머에 마른 땅이 있으리라고 확신했지만, 운동화를 목에 건 채로 또다시 진구렁 속을 터벅터벅 걸어갈 엄두가 나지 않았다. 설혹 그것이 먼저 것보다 더 얕고 맨발로 디디기 끔찍할 정도가 아니라 해도, 온 세상 고사리를 다 준다고 해도 그랬다. 개울도 없는 마당에 뭐 하러 그럴 필요가 있을까? 좀 더 가기 쉬운 다른 방향에서도 그만큼 쉽게 도움의 손길을, 또는 또 다른 개울을 발견할 수 있을 것이다.

트리샤는 그렇게 생각하고 정북으로 방향을 바꿔 골짜기 바닥 대부분을 차지하며 펼쳐져 있는 습지의 동쪽을 따라 걸어갔다. 아이는 길을 잃고 난 후로 스스로가 짐작하는 것 이상으로 상당히 많은 올바른 결정을 내렸지만 이번 결정은 잘못된 것이었으며 처음 등산로에서 벗어난 이래로 최악의 결정이었다. 만약 아이가 습지를 가로질러 등성이를 올랐다면 뉴햄프셔 주 그린 마운트 외곽의 데블린 호수를 볼 수 있었을 것이다. 데블린은 작은 마을이었지만 남쪽 끝에는 오두막 몇 채가 있었고 뉴햄프셔의 52번 국도로 통하는 야영지 도로가 나 있었다.

토요일이나 일요일이었다면 그곳에서도, 호수 위에서 주말 관광객들이 아이들을 수상스키에 태우고 지나는 모터보트 소리도 분명 들을 수 있었을 것이다. 독립기념일이었다면 주중에도 내내, 서로 지그재그로 비켜 가야 할 정도로 많은 모터보트가 떠 있었을 것이다. 그렇지만 그날은 6월 초의 주중이었으므로 데블린 호수에는 20마력짜리 소형 통통배를 몰고 나온 어부 두 명 외에는 아무도 없었고, 결국 트리샤는 새와 개구리와 벌레들이 내는 소리 이외에는 아무 소리도 듣지 못했다. 아이는 호수 쪽이 아니라 캐나다 국경 쪽으로 방향을 틀었으며 숲 속 더 깊은 곳으로 걸어 들어가기 시작했다. 그곳으로부터 640킬로미터쯤 떨어진 곳에 몬트리올이 있었다.

그리고 몬트리올과 트리샤 사이에는 별다른 것이 없었다.

7회 몸풀기

(Seventh Inning Stretch, 원래는 관전하던 청중들이 7회에 들어서면서 기지개를 켜고 피로를 푸는 시간이라는 의미에서 나온 말—옮긴이)

별거와 이혼에 들어가기 전해에 맥팔랜드 가족은 피터와 트리샤가 2월 방학을 맞았을 때 주말을 이용해서 플로리다에 간 적이 있었다. 그것은 형편없는 휴가였다. 아이들이 해변에서 툭하면 뚱한 얼굴로 서로를 헐뜯는 동안 부모들은 세낸 해변 별장에서 말다툼을 벌였다.(그가 술을 너무 마신다느니, 그녀가 돈을 너무 많이 쓴다느니, 약속을 지키지 않는다느니, 어째서 그러냐느니 하면서 말이다.) 돌아오는 비행기에서 트리샤는 오빠 대신 창가 자리를 차지했다. 비행기는 무겁게 깔린 구름층을 뚫고 로간 공항을 향해 하강했다. 마치 빙판이 깔린 인도를 걸어가는 뚱뚱한 노파처럼 조심스럽게 육중한 몸체를 움직였다. 트리샤는 창에 이마를 붙이고 홀린 눈으로 바깥 풍경을 바라보았다. 백색의 세계가 나타나고…… 발밑으로 지면이라든가 보스턴 항구의 잿빛 바다가 스치듯 보이고…… 흰색의 구름이 더 많이 나오고…… 다음 순간 또다시 지면이나 바다가 스치듯 나타나고…….
 북쪽으로 마음을 정한 뒤 나흘 동안은 마치 그때 비행기를 타고 구름 속을 하강하는 것과 비슷했다. 트리샤는 그때의 기억 일부는 믿지 못했다. 화요일 밤부터는 현실과 공상의 경계가 사라지기 시작했다. 숲에서 꼬박 일주일을 보내고 난 토요일 아침 무렵부터는 경계가 거의 사라진 상태였다. 토요일 아침부터(그렇다고 해서 트리샤가 그날이 토요일이라는 것을 알았던 것은 아니고, 그때쯤에 요일 감각을 잃었기 때문이다.) 톰 고든이 아이의 전담 길동무가 되었는데, 그저 시늉 정도가 아니라 아예 현실로 받아들여졌다. 한동안 펩시 로비쇼드가 함께 걷기도 했다. 두 아이는 자신들이 좋아하는 보이즈와 스파이스 걸즈를 듀엣으로 불렀는데, 얼마 후 펩시가 나무 뒤편으로 걸어 들어가더니 다른 쪽으로 나오지 않았다. 트리샤가 나무 뒤를 살펴보았지만 펩시는 보이지 않았다. 이마를 찡그린 채 잠시 생각하던 트리샤는 펩시가 그곳에 존재한 적도 없다는 사실을 깨달았다. 트리샤는 그 자리에 주저앉아 울음을 터뜨렸다.
 널찍하고 여기저기 둥근 돌이 널려 있는 빈 터를 가로지르고 있을 때, 큼직하고 시커먼 헬리콥터(「엑스파일」에서 사악한 정부 음모단이 사용했던 것 같은 헬리콥터) 한 대가 다가오더니 트리샤의 머리 위를 선회했다. 들릴락 말락 한 회전익의 파동음을 제외하면 거의 아무 소리도 내지 않았다. 트리샤는 헬리콥터를 향해 팔을 흔들며 도와달라고 소리를 질렀는데, 그 안에 타고 있던 사람들이 아이를 분명 보았을 터인데도 헬리콥터는 그대로 날아가 버리고 다시는 돌아오지 않았다. 아이는 마치 대성당의 높다란 창으로 쏟아지는 햇살처럼 먼지가 뽀얗게 서린 해묵은 줄기를 이루며 빛이 빗겨 들고 있는 오래된 소나무 숲에 이르렀다. 이 날은 목요일이었을 것이다. 나무에는 수많은 사슴의 절단된 시체가 매달려 있었다. 죽은 사슴 무더기에는 파리가 기어 다니고 구더기가 들끓었다. 눈을 감았다 뜨자 썩어가고 있던 사슴의 시체는 보이지 않았다. 트리샤는 개울을 발견하고 한동안 개울을 따라가다가 개울이 끝났거나 아니면 스스로 개울로부터 떠났던가 했다. 그러나 그 일이 있기 전에 물속을 들여다본 아이는 개울 바닥에서, 물에 빠져 죽었지만 어떻게 된 일인지 아직 살아 있는 커다란 얼굴 하나가 자신을 올려다보며 소리 없이 말하는 것을 보았다. 트리샤는 구부린 손가락처럼 보이는 텅 빈 잿빛 고목을 지나쳤는데, 그 안에서 탁한 음성이 자신의 이름을 부르는 소리가 들려왔다. 어느 날 밤에는 뭔가가 가슴을 누르는 바람에 잠에서 깨어났다. 마침내 숲에 있던 그것이 자신을 덮친 것이라고 생각했지만 손을 뻗어보니 가슴에는 아무것도 없었다. 아이는 다시 숨을 쉴 수 있었다. 몇 번인가 사람들이 부르는 소리를 듣고 마주 소리를 질러보았지만 대꾸는 없었다.

이런 환각의 구름 속 한가운데에서 마치 하늘 위에서 지면이 얼핏얼핏 보였을 때처럼 현실이 생생하게 되살아나곤 했다. 언덕 기슭에 흩뿌린 듯한 거대한 백옥나무 덤불을 발견해서 "앞유리가 부서지면 어디로 전화를 거시겠어요?"를 노래하며 배낭을 채웠던 일도 기억났다. 물병과 서지 병에 샘물을 담았던 것도 기억났다. 나무뿌리에 걸려, 이제껏 본 것 가운데 가장 아름다운 꽃이 핀 축축한 비탈 아래로 굴러 떨어진 일도 기억났다. 밀랍처럼 희고 향기롭고 종처럼 우아하게 생긴 꽃이었다. 아이는 목이 달아난 여우 시체를 보았던 일을 선명하게 기억했다. 나무에 매달려 있던 죽은 사슴 시체들과는 달리 여우 시체는 눈을 감고 스물을 헤아린 뒤에도 없어지지 않았다. 트리샤는 나무에 거꾸로 매달린 채 자신을 향해 까악까악 하고 울던 까마귀를 분명히 보았다고 확신했다. 그것은 아마 불가능한 일일 테지만 그 기억에는 다른 기억들 대부분 (이를테면 까만 헬리콥터에 관한 기억 같은 것)에는 없는 느낌이라든가 선명함 같은 요소가 담겨 있었다. 그리고 또, 나중에 물에 빠진 길쭉한 얼굴을 보았던 그 개울에서 모자로 물고기를 잡았던 것도 기억했다. 송어는 없었지만 올챙이는 몇 마리를 잡을 수 있었다. 트리샤는 올챙이를 통째로 먹었는데, 먹기 전에 조심스럽게 죽은 것을 확인했다. 그러고는 올챙이가 배 속에서 개구리로 바뀔지 모른다는 생각에 시달렸다.

트리샤는 병에 걸렸다. 그 점은 정확하게 본 것이었지만, 아이의 몸은 목과 가슴과 체강(體腔)의 염증과 완강하게 싸움을 벌였다. 아이는 한 번에 몇 시간씩, 지독한 고열에 시달리곤 했다. 우거진 나뭇가지 사이로 스며드는 흐릿한 빛에도 눈이 아팠다. 그러면서 트리샤는 끊임없이 대화를 했다. 주로 톰 고든이 상대였지만, 그만이 아니라 엄마와 오빠, 아빠, 펩시, 그리고 저 유치원의 가몬드 원장 선생님을 포함해서 자신을 가르쳤던 모든 학교 선생님들과도 대화를 나누었다. 한밤중에 잠을 깬 아이는 무릎을 구부려 가슴에 붙인 채 고열에 떨며 누워, 몸 안 어딘가가 파열될지 모른다는 걱정이 들 정도로 심하게 기침을 터뜨렸다. 하지만 그런 다음에는 더 이상 악화되지 않았다. 열은 그대로 잦아들거나 완전히 사라졌으며, 고열에 따르던 두통도 깨끗이 걷히곤 했다. 어느 날 밤(트리샤가 알지 못했지만 그날은 목요일이었다.) 한 번도 깨지 않고 푹 자고 난 아이는 원기를 거의 회복하기도 했다. 설혹 밤중에 기침을 했을지 몰라도 잠을 깰 만큼 심하지 않았던 것 같았다. 왼쪽 팔뚝에 옻이 올랐지만 트리샤는 그것이 옻이라는 사실을 알고 진흙을 듬뿍 발랐다. 옻은 더 이상 퍼지지 않았다.

가장 선명한 기억은 머리 위에 별들이 차갑게 빛나는 동안 나뭇가지 더미 아래 누워 레드삭스의 시합을 듣고 있던 일이었다. 레드삭스는 오클랜드에서 3연전을 치러 2승을 올렸고 톰 고든은 두 개의 세이브를 따냈다. 모 본이 홈런 두 방을 터뜨렸고 트로이 올리어리(트리샤의 소견으로도 꽤나 영리한 야구 선수)가 홈런 한 방을 때렸다. 시합은 WEEI 방송으로 중계되었다. 매일 저녁 감도는 점점 떨어졌지만 그래도 배터리는 잘 버텨주었다. 만약 자신이 숲에서 벗어나게 된다면 에너자이저 버니(에너자이저 배터리 광고에 등장하는 토끼—옮긴이) 앞으로 팬레터를 써야 할지 모른다고 생각했던 일이 기억났다. 트리샤 자신도 졸음이 몰려올 때는 라디오 전원을 끔으로써 최선을 다했다. 단 한 번도, 심지어는 오한과 고열과 설사에 시달렸던 금요일 밤에도 라디오를 켜놓은 채 잠들지 않았던 것이다. 라디오는 트리샤의 생명선이고, 야구 시합은 트리샤의 구명구였다. 그것들을 기대할 수 없었다면 어쩌면 그냥 포기해 버렸을지도 몰랐다.

처음 숲에 들어섰을 때의 소녀는 체중이 44킬로그램이었다.(조금 있으면 열 살이 되고 같은 또래보다 몸집이 컸다.) 그로부터 일주일 후 방향 감각을 잃고 반쯤 눈이 먼 채 소나무가 우거진 비탈을 올라 관목이 밀집한 빈 터로 들어서는 소녀의 체중은 기껏해야 35킬로그램밖에 되지 않았다. 얼굴은 모기에 물려 퉁퉁 부었고 왼쪽 입가에는 큼직한 발진이 나 있었다. 팔은 삭정이 같았다. 아이는 무심결에 헐거운 바지 허리춤을 끊임없이 추어올렸다. 그러면서 속으로 노래를 중얼거렸다.
"당신의 두 팔로 나를 안아줘요…… 난 당신 곁에 있고 싶으니까……"
그러는 아이는 세상에서 제일 어린 헤로인 중독자처럼 보였다. 아이는 꾀바르게 굴었고 날씨에서는 운이 좋았으며(기온이 비교적 온화했고 길을 잃은 날 이후로는 비도 오지 않았다.) 몸 안 깊은 곳에 비축된 전혀 예기치 못했던 기운도 끌어낼 수 있었다. 이제 그 비축분까지도 거의 바닥이 났다. 몹시 피로한 가운데 트리샤는 그 사실을 깨달았다. 스스로 경사지 꼭대기 빈 터를 느린 걸음으로 헤치며 나아가게 만들었던 그 소녀도 이제 거의 끝나 가고 있었다.
아이가 두고 온 바깥세상에서는 두서없긴 해도 여전히 수색이 진행되고 있었지만 소녀를 수색하는 이들 대부분은 이제 아이가 사망한 것으로 추정하고 있었다. 아이의 부모는 어색하면서 아직 믿어지지 않는다는 투로, 이대로 장례식을 치를 것인지 아니면 시신이 발견될 때까지 기다려야 할 것인지를 의논하기 시작했다. 그리고 기다리기로 할 경우 얼마나 기다려야 하는 것인지에 대해서도. 실종자의 시신이 발견되지 않는 일은 흔히 있는 일이었던 것이다. 피터는 별로 말이 없었지만 점점 눈이 우묵하게 들어가고 갈수록 말이 줄어들었다. 그는 모니 발로냐를 자기 방으로 데려가서 침대 쪽을 볼 수 있는 구석 자리에 앉혀 놓았다. 엄마가 인형을 쳐다보는 것을 본 피터는 "절대로 건드리지 마세요. 어림도 없다고요." 하고 말했다.

전등과 자동차와 포장도로가 있는 그 세계에서 트리샤는 죽은 사람이었다. 길에서 벗어나고 까마귀들이 이따금 나뭇가지에 거꾸로 매달려 있기도 하는 이 세계에서도 트리샤는 죽은 사람에 가까웠다. 하지만 아이는 '용케 버티고' 있었다.(이것 역시 아빠가 즐겨 쓰는 표현이다.) 아이가 잡은 방향은 이따금씩 서쪽이나 동쪽으로 조금 벗어나기도 했지만 그런 일은 드물었고 그렇게 많이 벗어나지도 않았다. 이렇게 꾸준히 한 방향으로 나아가는 아이의 능력은, 가슴이나 목구멍의 감염에 완전히 굴복하지 않는 트리샤의 육체만큼이나 놀라운 것이었다. 하지만 그렇다고 해도 별 도움이 되는 것은 아니었다. 아이가 선택한 길은 느리고도 꾸준히, 도시와 촌락이 모여 있는 곳으로부터 점점 멀어지면서 뉴햄프셔의 굴뚝 속으로 깊숙이 들어가는 것이었다.

그것이 무엇이든 숲 속의 **그것**은 여전히 아이의 길동무 노릇을 했다. 비록 트리샤는 자신이 느끼고 보았다고 생각한 것 대부분을 무시했지만, 말벌 사제가 "파멸의 신"이라고 부른 존재에 대한 느낌에서 벗어난 적이 없었고, 발톱 자국이 있는 나무(그 점에서라면 머리가 달아난 여우 시체도 마찬가지지만)를 단순한 환각으로 치부하지도 않았다. **그것**의 존재를 느꼈을 때도(또는 몇 번인가 트리샤 곁을 따라올 때 숲에서 나뭇가지가 부러지는 소리가 들리기도 했고, 두 번은 인간의 것이 아닌 나지막하게 투덜대는 소리를 들었을 때도) 그것이 실제로 존재한다는 사실을 한 번도 의심하지 않았다. 그리고 그 느낌이 사라지면 **그것**이 정말로 가버린 것이라는 사실에 의문을 품지 않았다. 이제 아이와 **그것**은 하나로 묶여 있었고, 아이가 죽을 때까지 그런 식으로 지내게 될 것이다. 트리샤는 이제 자신이 죽을 때가 오래 남았다고는 생각하지 않았다.

"모퉁이만 돌면 바로야."

그것은 엄마가 입버릇처럼 하던 말이었다. 물론 숲 속에 모퉁이 같은 것은 없었지만 말이다. 날벌레와 늪과 급한 낭떠러지는 있지만 모퉁이는 없었다. 그토록 살아남으려 싸우던 끝에 죽어야 한다는 것은 공평치 못한 일이었지만, 이제는 불공평하다는 사실에도 그렇게 화가 나지는 않았다. 화를 내려면 기운이 있어야 했다. 활력도 있어야 했다. 그런데 지금 트리샤에게는 그 두 가지 모두 바닥이 나 있었다.

지금까지 지났던 10여 개의 다른 빈 터와 다를 바 없는 새 빈 터를 가로지르던 도중에 트리샤는 기침을 하기 시작했다. 기침 때문에 가슴 깊은 곳이 아팠다. 마치 그 안에 커다란 갈고리 같은 것이라도 들어 있는 기분이었다. 트리샤는 허리를 꺾고 튀어나온 그루터기를 잡은 채, 눈물이 쏙 나오고 시야가 두 겹으로 보이도록 기침을 터뜨렸다. 이윽고 기침이 잦아들다가 멈추었을 때도 처음에는 한동안 허리를 구부린 자세 그대로 마구 뛰는 가슴이 진정되기를 기다렸다. 또한 눈앞에 어른거리는 크고 까만 나비들이 날개를 접고 원래 왔던 곳으로 돌아가기를 기다렸다. 처음부터 나무 그루터기를 잡은 것은 잘한 일이었다. 그러지 않았다면 쓰러지고 말았을 것이다.

눈길이 그루터기에 멎는 순간 생각이 중단되었다. 처음 든 생각은 '지금 내가 보고 있는 것은 사실과 달라. 이것 역시 가짜야. 또 다른 환각이라고.'였다. 아이는 눈을 감고 스물을 헤아렸다. 눈을 뜨자 까만 나비들은 사라졌지만 그 나머지는 똑같았다. 그 그루터기는 나무 그루터기가 아니었다. 그것은 기둥이었다. 꼭대기에는 빨갛게 녹슨 링볼트가 푸석푸석한 잿빛 고목에 박혀 있었다.

트리샤가 움켜쥐자 오래된 쇠붙이의 생생한 느낌이 전해졌다. 아이는 그것을 놓고 손에 묻은 녹슨 얼룩을 들여다보았다. 트리샤는 다시 고리를 잡고 앞뒤로 움직여 보았다. 몸을 한 바퀴 돌렸을 때 느꼈던 것 같은 기시감이 다시금 엄습했는데, 단지 이번에는 느낌이 좀 더 강했으며, 왠지 톰 고든과 연관되어 있었다. 이것은 대체……?

"꿈을 꾸었잖아. 우리가 이곳에 왔을 때 네가 꿈을 꾸었잖아."

톰이 말했다. 그는 회색 원정 유니폼 차림으로 15미터쯤 떨어진 곳에서 팔짱을 끼고 단풍나무에 엉덩이를 걸친 자세로 서 있었다.

"내가 꿈을 꾸었다고요?"

"그래, 기억나지 않니? 우리 팀이 시합이 없는 날이었지. 네가 월트의 얘기를 들었던 날 밤 말이야."

"월트라고요……?"

그것은 아주 희미하게 귀에 익은 이름이었지만 대체 어떻게 해서 나오게 된 이름인지는 전혀 기억나지 않았다.

"프래밍햄의 월트 말이다. 휴대폰으로 전화를 걸었던 그 머저리."

그제야 트리샤의 머리에 기억이 살아나기 시작했다.

"그러고 나서 별들이 떨어졌지요."

톰이 고개를 끄덕였다.

트리샤는 링볼트에서 손을 떼지 않은 채 기둥 주변을 천천히 걸었다. 주위를 조심스럽게 살펴본 아이는 자신이 실제로는 빈 터에 있는 것이 아님을 깨달았다. 빈 터라기에는 풀이 너무 많았는데, 들판이나 초원에서 볼 수 있는 높다랗게 자란 푸른 풀밭이었던 것이다. 이곳은 초원이거나, 아니면 오래전에 초원이었던 곳이었다. 자작나무와 덤불을 무시하고 전체를 본다면 초원이라는 것을 알아보지 못할 리 없었다. 그것은 분명 초원이었다. 그리고 초원을 만든 것은 '사람'이었다. 땅에 기둥을 박고 기둥에 링볼트를 박은 것이 사람인 것처럼.

트리샤는 한쪽 무릎을 꿇고는 가시를 조심하면서 한 손으로 가볍게 기둥을 위아래로 쓸어보았다. 기둥을 반쯤 돌아간 곳에서 두 개의 구멍과 비틀리고 오래된 금속 고리 하나를 발견했다. 처음에는 아무것도 보지 못했지만 그 아래 풀숲에 뭔가 있는 것을 느끼고 뻣뻣한 덤불 속을 좀 더 깊이 헤집어보았다. 그 밑에서 오래된 건초와 큰조아재비 사이에 걸려 있는 무엇인가를 찾아냈다. 그것을 끄집어내기 위해 양손을 써야 했다. 그것은 오래된 녹슨 경첩이었다. 트리샤는 그것을 햇살에 비춰보았다. 나사 구멍 사이로 연필처럼 가느다란 빛살이 스며들어 아이의 한쪽 뺨에 핀의 대가리 크기만 한 밝은 점을 찍어놓았다.

"톰."

트리샤가 속삭이듯 말했다. 아이는 톰이 다시 사라졌으리라고 생각하면서 그가 팔짱을 낀 채 단풍나무에 기대서 있던 곳을 바라보았다. 하지만 그는 사라지지 않았다. 톰은 미소를 짓고 있지는 않았지만 그의 눈과 입가에 미소의 흔적이 어린 듯이 보였다.
"톰, 이것 봐요!"
그러면서 트리샤가 경첩을 들어 보였다.
"그것은 출입문에 쓰였던 거야."
톰이 말했다.
"출입문이라고요?"
트리샤가 기뻐 날뛰며 그 말을 반복했다. "출입문이라니!" 그것은 다시 말해서 사람의 손으로 만든 물건이라는 의미였다. 전등과 가전제품과 6-12 살충제(살충제 브랜드 이름—옮긴이)로 이루어진 마법의 세상에 사는 사람들.
"알겠지만 이것이 너의 마지막 기회야."
"뭐라고요?"
트리샤가 불안한 눈길로 톰을 쳐다보았다.
"이제 후반전이라고. 실수를 하면 안 돼, 트리샤."
"톰, 아저씨는……."
그러나 거기에는 아무도 없었다. 톰은 사라졌다. 정확히 말해서 톰이 사라지는 것을 본 것은 아니었다. 애초에 톰이 그곳에 있었던 적이 없었으니까. 톰은 아이의 상상 속에서만 존재했다.
"마무리의 비결은 뭐예요?"
정확히 언제였는지는 기억나지 않지만 트리샤가 톰에게 그렇게 물은 적이 있었다.
"상대에게 내가 더 낫다는 것을 확인시켜 주는 거지. 그 일을 지체 없이 해치우는 게 좋아."
톰이 대답했다. 아이의 머리는 스포츠 쇼에서 얼핏 들었던 얘기나, 아빠가 자기 어깨에 한 팔을 두르고 자신은 머리를 아빠에게 기댄 자세로 아빠와 함께 보던 시합 후 인터뷰 장면을 재생하고 있었을 것이다.

"네 마지막 기회야. 실수를 하면 안 돼."

"내가 뭘 하고 있는지도 모르는데 어떻게 그럴 수 있어요?"

거기에 아무 대꾸가 없자 트리샤는 손으로 링볼트를 잡은 채 한 번 더 기둥 주위를 돌았다. 흡사 옛날 메이폴(5월제를 축하하기 위해 꽃이나 리본으로 장식한 기둥——옮긴이)에서 구혼 의식을 치르는 색슨의 처녀처럼 느릿느릿, 우아하게. 무성한 초원을 에워싸고 있는 숲이 리비어 비치나 올드 오차드(두 곳 모두 유명한 해변 휴양지——옮긴이)에서 회전목마를 타고 있기라도 한 것처럼 트리샤의 눈앞에서 빙글빙글 돌았다. 그 숲은 지금까지 지나온 몇 킬로미터나 되는 숲과 조금도 다르지 않았다. 그렇다면 어느 쪽일까? 어느 쪽이 맞는 길일까? 이것은 한낱 기둥일 뿐 이정표가 아니었다.

"이정표가 아니라 기둥이야."

트리샤는 이제 좀 더 빨리 돌면서 나지막이 읊조렸다.

"이정표가 아니라 기둥인데 내가 거기에서 뭘 알 수 있겠어? 어떻게 나 같은 멍청이가······."

다음 순간 아이는 한 가지 생각을 하고 무릎을 꿇었다. 그 바람에 한쪽 정강이를 바위에 부딪쳐 피가 흐르기 시작했지만 그런 사실도 거의 알아채지 못했다. 어쩌면 이것은 이정표였을지도 모른다. 어쩌면 그럴지도 몰랐다.

이것은 예전에 문기둥으로 쓰였을 테니까.

트리샤는 다시 기둥에 난 구멍, 경첩 나사가 빠져 달아나고 없는 구멍을 찾았다. 그러고는 두 발을 구멍에 댄 채 기둥으로부터 직선으로 천천히 기어 나갔다. 한쪽 무릎을 앞으로 옮기고······ 다시 다른 쪽 무릎을 옮기고······ 그런 다음 첫 번째 무릎을······.
"아얏!"
트리샤는 비명을 지르며 풀숲에서 손을 뺐다. 그것은 정강이를 까인 것보다 더 아팠다. 손바닥을 보았더니 눌어붙은 때 사이로 작은 핏방울이 스며 나오고 있었다. 트리샤는 팔뚝으로 짚은 채 몸을 숙이고 풀숲을 헤쳐보았다. 손을 찌른 것이 무엇인지 알고 있었지만 그래도 눈으로 확인할 필요가 있었다.
그것은 땅에서 30센티미터쯤 되는 높이에서 부러진 다른 쪽 문기둥 끄트머리였다. 그 정도 다친 것만 해도 정말 운이 좋았던 셈이다. 그 기둥에서 튀어나와 있는 부서진 조각 몇 개는 적어도 길이가 8센티미터쯤 되고 바늘만큼이나 뾰족했던 것이다. 그 기둥밑동에서 조금 아래쪽, 6월의 새 풀로 덮여 있는 하얗게 시든 뻣뻣한 풀숲에 기둥의 나머지 부분이 묻혀 있었다.
'이것이 바로 마지막 기회, 후반전이야.'
"그래, 어쩌면 어린아이에게 엄청난 기대를 하는 사람도 있을 수 있지."
트리샤는 중얼거렸다. 아이는 배낭을 벗고 뚜껑을 연 다음 너덜거리는 비옷을 끄집어내서 끈을 한 가닥 떼어냈다. 그러고는 심하게 기침을 터뜨리면서 그것을 부러진 기둥밑동에 묶었다. 얼굴로 땀이 줄줄 흘러내렸다. 등에모기가 땀을 마시러 달려들었고 땀 속에 빠져 죽는 놈들도 있었지만 트리샤는 아무것도 알아차리지 못했다.

트리샤는 일어서서 배낭을 다시 메고, 부러지고 남은 똑바로 선 기둥과 청색 비닐 끈으로 표시해 놓은 쓰러진 기둥 사이에 섰다.

"바로 여기가 문이 있던 자리였어. 바로 여기야."

아이는 북서쪽을 정면으로 바라보았다. 그런 다음 몸을 둘려 남동쪽을 응시했다.

"어째서 이곳에다 대문을 만들 생각을 했는지는 모르지만, 큰 길이든 오솔길이든 승마 길이든 그런 것이 없다면 문을 만들 생각을 하지 않았을 거야. 내가 원하는 것은……."

아이의 목소리는 눈물 때문에 떨려 나왔다. 트리샤는 말을 멈췄다가 눈물을 삼킨 다음 다시 말을 이었다.

"내가 원하는 것은 길을 찾는 거야. 어떤 길이든 상관없어. 대체 어디에 길이 있을까? 톰, 도와줘요."

등번호 36번은 대꾸가 없었다. 어치 한 마리가 아이를 나무라듯 울음소리를 냈고 숲에서 뭔가 움직였지만(그것이 아니라 그저 어떤 동물, 어쩌면 지난 사나흘 사이에 보았던 사슴 가운데 하나인지도 몰랐다.), 그것이 전부였다. 아이 앞에는, 아니 사방으로 아이를 에워싸고 있는 것은 자세히 살펴보지 않으면 그저 또 다른 숲 속의 빈 터라고 여겼을 정도로 오래된 초원뿐이었다. 그 너머에는 더 많은 숲이, 이름을 알 수 없는 수목이 뒤엉킨 구역이 있었다. 길은 어디에도 보이지 않았다.

'알겠지만 이것이 너의 마지막 기회야.'

트리샤는 방향을 바꿔 탁 트인 공터를 가로지르며 숲이 우거진 북서쪽으로 걸어간 다음, 자신이 직선을 그리며 왔을 것이라고 확신하고 뒤를 돌아보았다. 자신의 확신이 맞았다. 아이는 다시 앞을 바라보았다. 가벼운 바람에 흔들리는 나뭇가지가 현혹적인 빛의 얼룩을 사방에 흩뿌리면서 거의 디스코 조명과 같은 효과를 만들었다. 쓰러진 오래된 통나무를 발견한 트리샤는 그쪽으로 다가갔다. 빽빽한 나무숲 사이를 비집고 짜증스러울 정도로 한데 엉킨 나뭇가지 밑으로 허리를 숙이면서…… 희망을 품은 채…… 그러나 그것은 정말 통나무였다. 그저 통나무일 뿐 또 다른 기둥은 아니었다. 주위를 좀 더 둘러보았으나 아무것도 보이지 않았다. 가슴이 쿵쾅거리고 불안스럽게 가르랑대는 숨을 내쉬면서 트리샤는 출입문이 있었던 빈 터로 되돌아왔다. 이번에는 남동쪽을 보고 숲 언저리까지 한 번 더 천천히 걸어가 보았다.

"자, 드디어 후반전에 접어들었습니다. 레드삭스는 주자를 필요로 하고 있군요."

트루프는 언제나 그런 식으로 말하곤 했다.

숲이었다. 그저 숲밖에 없었다. 길은 고사하고 사냥 통로조차 없었다. 적어도 트리샤의 눈으로 보기에는 그랬다. 아이는 이제 곧 울음을 피할 수 없으리라는 사실을 알면서도 여전히 울지 않으려고 애쓰며 조금 더 가보았다. 어째서 바람이 불어야 하는 걸까? 햇살이 저렇게 작은 점들로 춤추고 있는데 어떻게 사물을 알아볼 수 있는가? 마치 별자리 투영기를 들여다보고 있는 것 같았다.

"저게 뭐지?"

등 뒤에서 톰이 물었다.

"뭐 말이에요? 내 눈에는 아무것도 보이지 않아요."

트리샤는 돌아보지도 않고 말했다. 아이한테는 톰이 나타나는 것이 더 이상 특별한 기적처럼 보이지 않았다.

"아주 약간, 왼쪽으로 말이야."
 톰의 손가락이 아이의 어깨 너머로 넘어와 어느 한 지점을 가리켰다.
 "저것은 그냥 오래된 나무 그루터기일 뿐이에요."
 트리샤는 그렇게 말했다. 하지만 정말 그럴까? 아니면 단지 믿기가 두려운 것일까? 그것이⋯⋯.
 "내가 보기엔 그렇지 않은데. 내가 보기에는 또 하나의 기둥인 것 같아."
 등번호 36번이 그렇게 말했는데, 물론 그는 야구 선수의 눈으로 본 것을 말한 것이다.
 트리샤는 힘겹게 그쪽으로 다가갔다.(정말 헤쳐 나가기 힘들었다. 이곳은 나무들이 유난히 빽빽했고 덤불도 잔뜩 우거져서 발을 디디기가 위태로웠던 것이다.) 그런데, 정말이었다. 그것은 또 하나의 기둥이었다. 이번 것은 날카롭고 조그만 나비넥타이처럼 생긴 녹슨 철조망 끄트머리가 안쪽으로 붙어 있었다.
 트리샤는 한 손을 부식된 기둥 끄트머리에 얹고 서서 햇살이 얼룩져서 어딘지 모르게 거짓처럼 보이는 나무를 좀 더 자세히 들여다보았다. 어느 비 오는 날 자기 방에 앉아 엄마가 사다 준 놀이책을 가지고 놀던 흐릿한 기억이 떠올랐다. 그 책에는 정말 믿을 수 없을 정도로 '복잡한' 그림이 있었는데, 그 그림에서 담뱃대와 어릿광대와 다이아몬드 반지 같은 숨은 그림 열 가지를 찾아내야 했다.
 지금 아이가 해야 할 일은 길을 찾는 것이었다.
 '하느님, 제발이지 길을 찾을 수 있도록 도와주세요.'
 트리샤는 마음속으로 생각하며 눈을 감았다. 아이가 기도를 드린 것은 아빠의 '들리지 않는 소리'가 아니라 톰 고든의 신에게였다. 지금 아이가 있는 곳은 맬든도 아니고 샌포드도 아니었으며, 아이가 필요로 하는 것은 그곳에 실재하는 신, 세이브를 따냈을 때 손가락으로 가리킬 수 있는 그런 신이었던 것이다.

'제발 하느님, 후반전에는 저를 좀 도와주세요.'

트리샤는 가능한 한 눈을 크게 뜨고 실제로는 아무것도 보지 않는 눈으로 바라보았다. 그렇게 5초, 15초, 30초가 흘렀다. 다음 순간 그것이 보였다. 아이는 정확히 자신이 보고 있는 것이 무엇인지 알 수 없었다. 어쩌면 나무가 좀 더 드문드문하고 빛이 좀 더 선명한 일종의 방향일지도 모르고, 어쩌면 같은 방향을 암시하는 그늘의 일정한 무늬일지도 몰랐지만 트리샤는 그것이 무엇인지 깨달았다. 그것은 마지막으로 남은 길의 흔적이었다.

'그것에 대해 너무 깊이 생각하지만 않으면 길을 놓치지 않을 수 있어.'

트리샤는 그렇게 생각하고 걸음을 떼어놓기 시작했다. 또 다른 기둥이 나타났는데, 이번 것은 예각을 이루며 기울어져 있었다. 서리와 결빙이 있는 겨울을 한 번만 더 맞으면, 해동의 봄을 한 번만 더 겪으면 그대로 쓰러져 다음 해 여름에 자란 풀숲에 삼켜지고 말 터였다.

'그것에 대해 너무 많이, 너무 열심히 생각하면 길을 잃어버리고 말 거야.'

트리샤는 그 점을 명심하고, 1905년 엘리아스 맥코클이라는 농부가 박아놓은 것 가운데 일부가 남아 있는 기둥들을 따라가기 시작했다. 이 기둥들은 그 농부가 술에 취해 야망을 잃기 전인 젊은 시절 만든 목재 운반로를 표시해 놓은 것이었다. 트리샤는 눈을 크게 뜬 채 망설임 없이 걸어갔다.(망설인다면 딴 생각이 기어들어 머릿속을 혼란스럽게 만들기 십상이었다.) 간혹 기둥이 하나도 없는 채로 한동안 걸어가야 할 때도 있었지만 굳이 걸음을 멈추고 남은 흔적을 찾기 위해 뒤엉킨 덤불 속을 뒤져보려고 하지는 않았다. 아이는 빛과 그늘이 만드는 무늬와 자신의 본능을 따랐다. 이런 식으로 트리샤는 날이 저물 때까지 빽빽한 나무숲과 눈앞을 가로막은 가시덤불을 헤치며, 희미한 길의 자취에서 눈을 떼지 않은 채 꾸준히 걸어갔다. 아이는 꼬박 일곱 시간 동안을 걸었으며, 이제 극성스러운 날벌레 떼의 접근을 막기 위해 쑤셔 넣어둔 비옷을 뒤집어쓰고 다시 잠을 자야겠다고 생각했을 때쯤에는 또 하나의 빈 터 언저리에 와 있었다. 술에 취한 것처럼 제멋대로 기울어져 있는 기둥 세 개가 빈 터 한복판을 향해 놓여 있었다. 마지막 기둥에는 아직도 두 번째 출입문의 흔적이 걸려 있었는데, 그 대부분은 아래쪽에 있는 두 개의 가로대 주변을 칭칭 감은 풀에 의해 지탱되고 있었다. 그 너머로는 풀과 데이지에 덮인 희미한 바퀴 자국 한 쌍이 곡선을 그리며 다시 남쪽 숲을 향하고 있었다. 그것은 오래된 삼림로였다.

    트리샤는 느린 걸음으로 출입문을 지나 길이 시작되는 듯이 보이는 지점으로 향했다.(아니면 길이 끝나는 지점일지도 몰랐는데, 그것은 지금 자신이 어느 쪽을 향하고 있는지에 따라 달라질 터였다.) 아이는 잠시 동안 가만히 서 있다가 무릎을 꿇고 바퀴 자국 하나를 따라 기어갔다. 그렇게 기어가면서 트리샤는 또다시 울음을 터뜨렸다. 아이는 풀잎이 턱밑을 간질이도록 내버려 둔 채 풀로 덮인 오래된 길 이랑을 가로질러 반대편 바퀴 자국이 있는 곳까지 엉금엉금 기어갔다. 아이는 눈이 먼 사람처럼 기어가면서 울음 섞인 소리로 외쳤다.

"길이다! 길이야! 길을 찾았어! 고마워요, 하느님! 고마워요! 이 길을 찾게 해줘서 고마워요!"

트리샤는 이윽고 기어가던 동작을 멈추고 배낭을 벗어 바퀴 자국 안에 내려놓았다.

'이 자국은 바퀴 때문에 생긴 거야.'

이렇게 생각한 아이는 눈물을 흘리면서 웃음을 터뜨렸다. 얼마 후 아이는 벌렁 누워 하늘을 쳐다보았다.

8회

몇 분이 지난 다음 트리샤는 일어났다. 아이는 그 길을 따라 땅거미가 짙게 깔릴 때까지 다시 한 시간을 더 걸어갔다. 길을 잃은 그날 이후 처음으로 서쪽 멀리에서 천둥 치는 소리가 들려왔다. 아마도 아이는 자신이 찾을 수 있는 가장 빽빽하게 우거진 나무숲 아래로 들어갈 테고 그래도 비가 많이 쏟아진다면 젖을 것이 분명했다. 하지만 지금 기분으로는 비에 젖는다고 해도 별로 신경 쓰이지 않았다.

오래된 바퀴 자국 사이에 멈춰 서서 배낭을 막 벗으려는 순간 트리샤는 눈앞의 어스름 속에서 뭔가를 보았다. 사람들이 사는 세상에서 만들어진 어떤 것, 귀퉁이가 있는 물체였다. 아이는 배낭 끈을 다시 메고, 근시안이 됐지만 안경을 써도 소용이 없는 사람처럼 그쪽을 빤히 쳐다보면서 길의 오른쪽을 향해 기어갔다. 서쪽 하늘에서 천둥소리가 좀 더 크게 들려왔다.

그것은 트럭이었다. 아니 헝클어진 덤불에서 솟아나 있는 트럭의 운전석 부분이었다. 길쭉한 엔진 뚜껑은 담쟁이덩굴에 거의 묻혀 있다시피 했다. 뚜껑의 한쪽 날개는 날아가 버린 상태였는데, 엔진은 보이지 않았고 엔진이 있던 자리에는 양치류가 자라고 있었다. 녹이 슬어 암적색을 띠고 있는 운전석은 한쪽으로 기울어져 있었다. 앞유리창은 오래전에 없어졌지만 안쪽에는 아직 시트가 들어 있었다. 시트의 쿠션은 대부분 썩어 문드러졌거나 작은 동물들이 먹어치운 상태였다.

천둥이 좀 더 쳤는데, 이번에는 빠르게 다가오며 첫 별들을 먹어치우고 있는 구름 속으로 번뜩이는 번갯불도 보였다.

트리샤는 나뭇가지를 꺾어, 밖으로 열리는 앞유리창이 있던 사이로 집어넣은 다음 할 수 있는 한 힘껏 시트 바닥을 때렸다. 엄청난 먼지가 피어올랐다. 먼지가 안개처럼 앞유리창과 창문이 있던 구멍 밖으로 흘러나왔다. 더욱 놀라운 일은 차 바닥으로부터 끽끽거리며 마름모꼴 모양의 뒤창 밖으로 쏟아져 나온 얼룩다람쥐 떼였다.

"배를 버려라! 빙산과 충돌했다! 여자들과 얼룩다람쥐들은······."

트리샤가 소리쳤다. 그 순간 아이는 폐 가득 먼지를 들이켰다. 그 결과로 파생된 발작적인 기침 때문에 아이는 몹시 괴로워하다가 결국 두드리던 막대기를 무릎에 놓은 채 주저앉아 거의 실신 상태에 빠져 숨을 쉬려고 헐떡거렸다. 어쨌든 그날 밤을 트럭 운전석에서 보내지는 않기로 했다. 남아 있는 얼룩다람쥐 몇 마리나 뱀이 있다고 해도 무섭지 않았지만(정말 그곳에 뱀이 살고 있다면 얼룩다람쥐들은 오래전에 떠났을 테니까.) 먼지를 들이켜고 얼굴이 파래지도록 기침을 터뜨리며 여덟 시간을 보내고 싶지는 않았다. 진짜 지붕 밑에서 다시 잠을 잘 수 있다는 것은 멋진 일이었지으나 치러야 할 대가가 너무나 컸다.

트리샤는 트럭 운전석 옆 관목을 헤치고 숲 속으로 좀 더 들어갔다. 그러고는 꽤 큰 가문비나무 아래 앉아 너도밤나무 열매를 먹고 물을 좀 마셨다. 식량과 물이 다시 떨어져 가기 시작했지만 오늘 밤은 그런 걱정을 하기에는 너무나 피곤했다. 길을 찾았다는 것, 그것이 중요했다. 오래된 길이고 사용되고 있지도 않았지만 그 길을 따라가면 어딘가로 가게 될 것이다. 물론 그 길도 개울이 그랬듯이 사라져버릴 수도 있었는데 지금은 그런 생각은 하지 않기로 했다. 지금으로서는 그 길이 개울이 데려가지 못했던 곳으로 자신을 데려다 줄 것이라는 희망만 갖고 있기로 했다.

그날 밤은 무덥고 답답했다. 뉴잉글랜드 지방의 짧은, 그러나 이따금씩 극심해지곤 하는 무더위가 습기와 함께 맹위를 떨치고 있었다. 트리샤는 아랫입술을 빼물고 때 묻은 셔츠 목깃으로 때 묻은 목덜미를 부채질하고 이마에서 머리를 불어 올리다가 모자를 다시 쓰고 배낭을 베고 누웠다. 아이는 워크맨을 끄집어낼까 생각하다가 그러지 않기로 했다. 만약 서부 연안에서 벌어지는 시합을 듣는다면 분명 잠에 곯아떨어질 테고 남은 배터리가 얼마가 됐든 모두 써버리게 될 것이다. 아이는 그때까지 그렇게 딱딱하게 배기던 것이 없어지고 놀라울 정도로 편안해진 것을 느끼며 배낭을 베개 삼아 몸을 뒤로 더 눕혔다.

"하느님, 고마워요."

트리샤가 말했다. 3분도 지나지 않아서 아이는 잠 속으로 빠져들어갔다.

그로부터 두 시간쯤 지나 트리샤는 억수처럼 퍼붓는 뇌우가 얽힌 가지 사이를 뚫고 얼굴에 떨어지면서 잠을 깼다. 다음 순간 천둥이 온 세상을 쪼갤 듯 울려 퍼지자 아이는 숨을 몰아쉬며 벌떡 일어나 앉았다. 거의 폭풍에 가까운 강한 바람에 나무들이 삐걱이며 신음 소리를 냈으며, 갑자기 터진 번갯불은 숲을 황량한 보도사진처럼 비췄다.

비틀거리며 일어나 눈을 가린 머리카락을 한옆으로 치우던 트리샤는 다음 순간 천둥이 치는 요란한 소리에 움찔했다······. 하지만 그것은 뭔가를 때리는 소리라기보다는 채찍 소리에 가까웠다. 폭풍은 바로 머리 위에 와 있었다. 나무 아래든 아니든 이제 곧 온몸이 흠뻑 젖고 말 터였다. 아이는 배낭을 움켜쥐고 거뭇하게 기울어져 있는 트럭 운전석 쪽으로 더듬더듬 걸어갔다. 아이는 세 발짝 걸어가다 말고 멈춰 서서 축축한 대기 속에서 헐떡이다 기침을 터뜨렸다. 돌풍 속에서 나뭇잎과 작은 가지들이 자신의 목과 팔뚝을 치는 것도 거의 느끼지 못했다. 숲 속 어딘가에서 나무 한 그루가 찢어지는 것 같은 소리를 내며 넘어졌다.

그것이 이곳에, 그것도 아주 가까이에 있었다.

바람의 방향이 바뀌면서 얼굴 가득 빗줄기가 들이쳤다. 이제 트리샤는 **그것**의 냄새를 맡을 수 있을 정도였다. 동물원의 우리를 연상시키는 지독하고 야생적인 냄새였다. 하지만 지금 저곳에 있는 **그것**은 우리 안에 들어 있는 것이 아니었다.

트리샤는 매질하듯 날아드는 나뭇가지를 막기 위해 한 손으로 얼굴을 가리고 다른 한 손으로는 날아가지 않도록 레드삭스 팀의 야구모를 누른 채로 다시 트럭 운전석 쪽으로 걸음을 옮기기 시작했다. 가시가 발목과 종아리를 할퀴어댔으며, 몸을 피했던 숲에서 자신의 길 언저리로(아무튼 트리샤는 그것이 자신의 길이라고 여겼다.) 나서자마자 흠뻑 젖고 말았다.

트리샤가, 창이 있던 구멍 안팎으로 넝쿨이 감겨 열린 채로 있는 운전석의 문 쪽으로 손을 뻗었을 때 다시 번갯불이 번쩍이며 온 세상을 보라색으로 물들였다. 그 섬광 속에서 트리샤는, 구부정한 어깨를 하고 길 저편에 서 있는 뭔가를, 검은 눈에 뿔처럼 큰 귀를 쫑긋 세우고 있는 뭔가를 보았다. 어쩌면 정말 뿔이었을지도 몰랐다. 그것은 사람의 형상이 아니었지만, 그렇다고 짐승의 형상으로도 보이지 않았다. 그것은 신의 형상이었다. '그 애'의 신, 말벌의 신이 빗속에 서 있었던 것이다.

"안 돼!"

트리샤는 비명처럼 소리를 지르며, 사방에서 피어오르는 먼지 구름과 썩어가는 좌석에서 풍기는 오래 묵은 냄새 따위는 개의치 않고 트럭 속으로 뛰어들었다.

"싫어, 저리 가! 나를 그냥 내버려 두란 말이야!"

그 소리에 대답하듯 다시 천둥이 울렸다. 빗줄기 역시 대답하듯 운전석의 녹슨 지붕을 요란하게 두드려댔다. 트리샤는 두 팔로 머리를 감싸고 모로 누운 채 기침을 하며 몸을 떨었다. **그것**이 자신을 덮치기만을 기다리던 아이는 다시 잠 속으로 빠져 들어갔다.

그것은 깊고, 또 아이가 기억하는 한 꿈도 없는 잠이었다. 잠을 깼을 때는 다시 밝은 빛이 퍼져 있었다. 무덥고 맑은 날이었으며 나무들은 전날에 비해 한층 더 푸르러진 것 같고 풀은 더 우거지고 새들은 깊은 숲 속에서 좀 더 흡족하게 지저귀고 있었다. 나뭇잎과 가지에서는 물방울이 쉴 새 없이 떨어지고 있었다. 트리샤가 고개를 들고 낡은 트럭의 앞유리가 있던 기울어진 직사각형을 통해서 내다보았을 때 제일 먼저 눈에 띈 것은 바퀴 자국에 생긴 물웅덩이 표면에서 반짝이는 햇살이었다. 그 빛이 너무 눈부셔서 아이는 손으로 그늘을 만들며 눈을 가늘게 떴다. 실제의 사물이 사라진 다음에도 물에 반사된 하늘(처음에는 청색을 띠었다가 엷은 녹색으로 바뀐 하늘)의 잔상이 눈앞에 남아 있었다.

유리가 달아나고 없었음에도 불구하고 트럭 운전석 덕분에 비에 젖지 않을 수 있었다. 오래된 페달 주위로 바닥에 물웅덩이가 나 있었고 왼쪽 팔이 젖기는 했지만 그것이 고작이었다. 잠을 자면서 기침을 했는지는 모르지만 잠을 깰 정도로 심하지는 않았던 것 같았다. 목구멍이 약간 따끔거리고 가슴이 답답했지만 그런 것들은 지독한 먼지 구덩이 밖으로 나서기만 하면 나아질 것이다.

'간밤에 **그것**이 여기 있었어. 너도 보았잖아.'

하지만 자신이 정말 그것을 보았던 걸까?

'**그것**은 너를 덮칠 생각으로 왔던 거야. 그런데 네가 트럭 속으로 기어 올라가는 것을 보고 그러지 않기로 했어. 이유는 모르지만 일은 그렇게 된 거라고.'

하지만 그렇지 않을지도 몰랐다. 어쩌면 이 모든 일이 비몽사몽 상태에 처했을 때 꾸는 꿈 같은 것에 불과한 것일지도 몰랐다. 본격적인 뇌우 속에서, 번개가 번뜩이고 바람이 폭풍처럼 몰아치는 가운데 잠을 깨면 어떤 일이든 일어날 수 있다. 그런 상황에서는 누구라도 뭔가를 보았다고 여길 수도 있는 것이다.
 트리샤는 약간 풀린 한쪽 배낭끈을 잡고 운전석 문구멍을 통해 뒷걸음으로 꿈틀거리며 빠져나왔다. 그 바람에 먼지가 더 많이 일어났지만 되도록 그 안에서는 숨을 쉬지 않으려고 했다. 일단 밖으로 빠져나오자 멀찍이 물러서서(여전히 빗물에 젖은 운전석의 붉게 녹슨 표면은 짙은 건포도 빛을 띠고 있었다.) 배낭을 메기 시작했다. 다음 순간 아이는 동작을 멈췄다. 날은 밝고 따뜻했으며 비는 그쳐 있었고 앞에는 따라가기만 하면 되는 길이 있었다……. 하지만 아이는 단번에 몹시 늙고 지치고 기력이 바닥난 것 같은 느낌을 받았다. 갑자기 잠에서 깨면 온갖 상상을 할 수도 있다. 한창 뇌우가 치는 속에서 잠을 깼다면 더욱 그렇다. 물론 그런 일은 얼마든지 가능하다. 그러나 지금 트리샤 자신이 보고 있는 것은 아이가 상상으로 만들어낸 것은 아니었다.
 트리샤가 자고 있는 동안 무엇인가가 버려진 트럭 운전석 주변에 깔린 나뭇잎과 솔잎과 덤불 사이로 원을 파놓았다. 녹색의 식물들 사이에 젖어 있는 검은 흙으로 만든 원이 아침의 빛 속에서 너무나도 선명하게 보였다. 원을 그리는 도중에 걸리는 관목과 작은 나무들은 뿌리째 뽑혀 조각이 난 채 내동댕이쳐져 있었다. '파멸의 신'이 이곳에 와서 마치 "물러서라. 이 애는 내 것이다. 내 소유물이다."라고 말하기라도 한 듯 트리샤의 주위에 원을 그려놓았던 것이다.

9회 초

트리샤는 그 일요일 내내, 구름이 낮게 드리우고 안개가 낀 듯 몽롱한 볕을 받으며 걸었다. 아침에는 젖은 숲에서 김이 올라왔으나 이른 오후가 되자 숲은 다시 바싹 말랐다. 열기는 대단했다. 아이는 아직도 자신이 길을 찾은 일이 기뻤지만 그럼에도 그늘이 있었으면 했다. 다시 열이 나기 시작했는데, 이제는 그저 지친 정도가 아니라 완전히 고갈된 상태였다. **그것**은 함께 숲을 걸으면서 트리샤를 감시했다. 이번에는 감시받고 있다는 느낌이 사라지지 않았는데, **그것**이 아이 곁을 떠나지 않았기 때문이다. **그것**은 아이의 오른쪽 숲 속에 있었다. 아이는 자신이 **그것**을 두 번이나 정말로 보았다고 여겼지만, 어쩌면 그저 나뭇가지 사이에서 움직이는 햇빛이었을지도 몰랐다. 트리샤는 **그것**을 보고 싶지 않았다. 전날 밤 한 차례 번갯불의 섬광 속에서 볼 만큼은 모두 보았던 것이다. **그것**의 털가죽, 쫑긋 세운 커다란 귀, 거대한 몸집까지.

그리고 눈도. 까맣고 크고 인간의 것이 아닌 눈. 유리처럼 생기가 없지만 의식하고 있는 눈. 아이가 그곳에 있다는 것을 알고 있는 눈이었다.

'그것은 내가 벗어날 수 없다는 확신이 들 때까지 내 곁을 떠나지 않을 거야. 그것은 그런 일이 일어나도록 가만두지 않을 거야. 내가 달아나도록 하지는 않을 거라고.'

트리샤는 지친 심정으로 생각했다.

정오가 지난 직후에 아이는 바퀴 자국에 고인 물웅덩이가 다 마른 것을 보고, 그럴 수 있을 때 먹을 물을 채워 넣었다. 아이는 모자로 거른 물을 비옷 모자에 받은 다음 플라스틱 물병에 담았다. 그래도 여전히 흐릿하고 지저분해 보였지만 그런 것은 이제 별로 걱정이 되지 않았다. 숲 속의 물 때문에 죽을 것이었다면 처음 물을 마시고 앓았을 때 죽었을지 모른다고 생각했다. 아이가 정말로 걱정하는 것은 식량이 떨어지는 일이었다. 아이는 물병을 채우고 나서 마지막 남은 얼마 안 되는 너도밤나무와 백옥나무 열매도 거의 먹어치웠다. 내일 아침 식사 무렵이면 마지막 남은 포테이토칩을 뒤졌을 때처럼 배낭 바닥에 남은 열매들을 훑게 될 것이다. 길을 가다 먹을 것을 좀 더 찾을지도 모르지만 거기에는 별로 기대를 걸지 않았다.

약간씩 희미해지기도 하고 몇백 미터 정도 뚜렷해지기도 하면서 길은 계속 이어졌다. 한동안은 바퀴 자국 사이 이랑 위에 관목이 나 있기도 했다. 트리샤는 그것이 검은딸기일 것이라고 생각했다. 트리샤와 엄마가 장난감 같은 샌포드의 숲에서 모자 가득 따 모았던 신선하고 달콤한 딸기와 비슷하게 생겼지만 아직 검은딸기 철이 되려면 한 달이나 더 남아 있었다. 버섯도 있었지만 먹어 볼 정도로 믿음이 가지 않았다. 버섯은 엄마의 학습 범위에도 들어 있지 않았고 학교에서도 가르쳐준 적이 없었다. 학교에서는 견과류라든가 낯선 사람의 차를 타지 말라는 것은 가르쳤지만(낯선 사람이 미치광이일 수도 있으니까) 버섯에 대해서는 가르쳐주지 않았다. 트리샤가 확실히 알고 있는 것은 엉뚱한 버섯을 먹었다가는 목숨을 잃을 수 있다는(그것도 끔찍하게) 것이다. 게다가 버섯을 못 본 체하는 것은 그렇게 어려운 일도 아니었다. 이제는 식욕도 거의 없었고 목구멍이 아프기도 했다.

오후 4시경 트리샤는 통나무에 발이 걸려 모로 쓰러졌는데 일어서려고 해도 도저히 일어설 수가 없었다. 다리가 떨리고 물처럼 흐물흐물한 느낌이었다. 아이는 걱정이 될 정도로 오랫동안 바동거린 끝에 겨우 배낭을 벗을 수 있었다. 이제 거의 마지막으로 남은 두세 개의 너도밤나무 열매를 먹었는데, 마지막 한 개를 먹었을 때는 하마터면 게울 뻔했다. 아기 새처럼 목을 곧추세우고 연속으로 두 번이나 삼키고 나서야 가까스로 넘어오려는 것을 막을 수 있었다. 그러고는 모래가 섞인 미지근한 물을 크게 한 번 들이켜서 음식이 확실하게 넘어가게(적어도 얼마 동안은 넘어오지 않을 수 있도록) 했다.

"레드삭스 타임이다."

트리샤는 중얼거리며 워크맨을 끄집어냈다. 아이는 방송을 들을 수 있을까 걱정했지만 시험해 본다고 해서 해가 될 일은 없었다. 서부 연안은 1시쯤일 테니까 이제 막 주간 경기가 시작됐을 것이 분명했다.

FM 주파수대에서는 아무 소리도 나지 않았다. 희미한 음악 소리조차 들리지 않았다. AM에서 어떤 남자가 빠르게 프랑스어로 주절대고 있었고(그러면서 그 남자는 킬킬거리고 웃었는데, 그 웃음소리는 듣는 이를 왠지 불안하게 만들었다.), 그러고 나서 거의 다이얼의 끝부분인 1600까지 가서야 기적이 일어났다. 희미하기는 했지만 그래도 조 코스틸료네의 음성이라는 것은 알아들을 수 있었다.
"자, 발렌틴이 2루에서 벗어나고 있습니다. 원 스트라이크 스리 볼에서…… 가르샤파라가 중앙 깊숙이 높고 긴 타구를 날렸습니다! 강타입니다…… 넘었습니다! 레드삭스가 2 대 0으로 앞섭니다!"
"잘했어, 노마. 멋져요."
트리샤는 자신의 음성이라고 알아듣기 힘든 쉰 목소리로 말하면서 힘없이 쥔 주먹을 하늘로 펌프질했다. 올리어리가 삼진을 당하면서 이닝이 끝났다.
"앞유리가 부서지면 어디로 전화를 거시겠어요?"
아득한 세상, 어디에나 길이 나 있고 제신(諸神)이 만사에 관여하는 세상에서 부르는 노랫소리였다.
"1-800-54……"
트리샤가 나머지 부분을 읊조리기 시작했다.
그 문장을 채 끝맺지 못하고 아이의 목소리가 잦아들었다. 꾸벅꾸벅 졸던 아이의 몸이 점점 더 오른쪽으로 쏠렸다. 그러면서도 이따금씩 기침을 터뜨렸다. 담이 섞인 것 같은 깊은 기침 소리였다. 5이닝이 진행되고 있는 동안 뭔가가 숲 언저리로 다가와 아이를 바라보았다. 얼굴이 있어야 하는 곳 주변을 파리와 날벌레들이 떼 지어 몰려들었다. 유난히 빛나는 눈빛은 완벽한 무(無) 그 자체였다. **그것**은 꽤 오랫동안 그 자리에 서 있었다. 이윽고 그것은 면도날처럼 날카로운 발톱을 들어 트리샤를 가리켰다.

'저 애는 내 것이야. 내 소유물이라고.'

그러고는 다시 숲 속으로 물러났다.

9회 말

시합 후반전 어느 시점에 트리샤는 자신이 어렴풋이나마 잠깐 잠을 깼다고 생각했다. 아나운서는 제리 트루피아노였다. 적어도 트루프의 목소리처럼 들렸는데, 그는 시애틀 몬스터가 누상에 주자를 모두 내보낸 가운데 고든이 마무리하는 중이라고 말하고 있었다.

"타석에 있는 친구는 킬러죠. 올해 처음으로 고든은 두려워하는 빛을 보이는군요. 정작 필요로 할 때 신은 어디 있는 걸까요, 조?"

트루프가 말했다.

"댄버(댄비즈)죠. 이제 진짜 피눈물을(티즈를) 흘리게 될 겁니다."

조 캐스틸료네가 말했다.

확실히 그것은 꿈이었다. 아주 약간의 현실이 섞였을지도 모르는 꿈이었다. 트리샤가 확실히 아는 것이라고는 다음 순간 자신이 완전히 잠을 깼다는 것, 해는 거의 진 상태였고 몸에는 열이 있고 침을 삼킬 때마다 목구멍이 몹시 아프고 불길하게도 라디오에서는 아무 소리도 나지 않는다는 사실이었다.
"이런 바보 같으니. 라디오를 켜놓은 채 잠들고 말았잖아. 바보 멍청이."
트리샤가 이제 자신의 목소리가 된, 꺽꺽거리는 쉰 목소리로 중얼거렸다. 아이는 실제는 그렇지 않으리라는 것을 잘 알면서도, 작고 빨간 불이 켜져 있기를 기대하면서, 자신이 한쪽으로 몸을 기대다가(한쪽 어깨로 고개를 꺾은 채로 잠을 깬 트리샤는 목이 몹시 아팠다.) 무심코 튜너를 건드렸기를 바라면서 라디오 케이스의 꼭지 부분을 바라보았다. 당연히 빨간 불은 꺼진 상태였다.
트리샤는 어쨌든 배터리는 더 이상 버티지 못했을 것이라고 자신을 위로하려고 했지만 소용이 없었다. 아이는 다시 얼마간 훌쩍이며 울었다. 라디오가 죽었다는 사실이 슬펐다. 너무나도 슬펐다. 마지막 남은 친구를 잃은 것 같은 기분이었다. 아이는 느리고도 뻑뻑한 동작으로 라디오를 다시 넣고 쥠쇠를 채운 다음 배낭을 메었다. 이제 거의 빈 배낭인데도 천근이나 되는 듯이 무거웠다. 어떻게 그럴 수가 있지?
'적어도 난 길 위에 있는 거야. 길을 따라서 가고 있는 거라고.'
아이는 스스로에게 상기시켰다.
그러나 이제 또 하루의 빛이 하늘에서 사라지고 있는 지금은 그것도 별로 도움이 되는 것 같지 않았다. '길이고 뭐고.' 하고 아이는 생각했다. 이제는 길이 있다는 사실이 오히려 자신을 조롱하는 듯이 여겨졌다. 흡사 세이브를 딸 기회를 망쳐버린 것 같은 기분이었다. 마치 이제 한두 개의 아웃만 더 잡으면 이길 수 있는 상황에서 지붕이 폭삭 꺼져버리기라도 한 것 같다. 이 바보 같은 길은 앞으로 220킬로미터를 더 숲 속으로 이어지다가 결국 아무 곳도 아닌 곳으로, 또 다른 덤불이나 또 다른 끔찍한 수렁으로 이어지는 것일지도 몰랐다.

그럼에도 불구하고 아이는 고개를 푹 숙이고 어깨를 구부정하게 기울인 채 기운 없는 걸음으로 천천히 다시 걸어가기 시작했다. 배낭끈은 마치 위쪽이 너무 큰 쉘(소매 없는 헐렁한 블라우스—옮긴이)의 끈처럼 자꾸만 흘러내렸다. 단지 쉘의 경우에는 끈을 다시 올리기만 하면 된다. 그런데 배낭끈의 경우에는 잡아서 추켜올려야 하는 것이다. 완전히 어두워지기 30분 전쯤 끈 하나가 어깨에서 완전히 벗겨지면서 배낭이 비스듬하게 기울어졌다. 트리샤는 잠깐, 그 빌어먹을 것을 그대로 땅에 떨어뜨리고 배낭 없이 계속 걸어갈까 하고 생각했다. 배낭 안에 백옥나무 열매가 마지막 한 줌 정도 들어 있는 것뿐이라면 아마 그렇게 했을지도 몰랐다. 그러나 거기에는 물이 있었고, 비록 모래 섞인 물이라고 해도 그 물은 목구멍의 통증을 진정시켜 주었다. 그래서 아이는 그렇게 하는 대신 그곳에서 걸음을 멈추고 밤을 보내기로 했다.

아이는 길의 이랑 부분에 무릎을 꿇고 안도의 한숨과 함께 배낭을 벗은 다음 배낭을 베고 누웠다. 그러고는 오른편 숲의 거대한 어둠을 바라보았다.

"다가오지 말고 그대로 있어."

트리샤는 할 수 있는 한 또렷한 목소리로 말했다.

"다가오지 마. 그러지 않으면 1-800에 전화를 걸어서 거인(자이언트)을 부를 거니까. 내 말 알겠어?"

무엇인가가 아이의 말을 들었다. 그 말을 이해했는지 하지 못했는지 모르고 또 아무 대꾸도 없었지만 **그것**은 거기에 있었다. 느낌으로 알 수 있었다. 아직도 아이가 잘 익을 때까지 기다리고 있는 것일까? 그곳에서 나와 아이를 먹어치우기 전에 아이의 공포를 먹이로 삼고 있는 것일까? 그렇다면 게임은 거의 끝난 셈이었다. 이제 공포에서 거의 벗어나 있었다. 아이는 문득 **그것**을 다시 불러서 자신이 방금 한 말은 진심이 아니며, 자신이 지쳐서 언제든 원하면 자신을 덮치러 올 수 있다고 말할까 하고 생각했다. 하지만 트리샤는 그러지 않았다. 그러면 그것이 정말 자기를 끌고 갈까 봐 두려웠기 때문이다.

아이는 물을 조금 마시고 하늘을 바라보았다. 아이는 얼간이 선생 보어크가, 톰의 신이 아이한테 신경을 쓸 수 없다는 것, 그것보다는 더 바쁜 일이 많다고 말하는 광경을 생각했다. 트리샤는 정말 그런 것인지 아닌지 의혹이 일었지만, 그 신이 이곳에 없다는 것만은 확실해 보였다. 어쩌면 '신경을 쓸 수 없다' 기보다는 '신경을 쓰고 싶지 않다' 는 쪽일지도 몰랐다. 얼간이 선생 보어크는 또 이렇게도 말했다.

'신이 스포츠 팬이라는 것은 인정하지 않을 수 없지만…… 그렇다고 해서 반드시 레드삭스의 팬이라고는 볼 수 없다.'

트리샤는 이제 온통 쭈글쭈글해지고 땀으로 얼룩지고 숲의 흙먼지로 더러워진 레드삭스 팀의 모자를 벗어 손끝으로 구부러진 챙을 어루만졌다. 아이가 가진 것 중에서 가장 소중한 것. 그것은 아빠가 톰 고든에게서 사인을 받아 준 것이다. 아빠는 톰이 자기 딸이 제일 좋아하는 선수라고 쓴 편지를 펜웨이 파크로 보냈고, 톰(또는 그의 공인 대리인)이 아빠가 보낸 반송 봉투에, 모자챙에 가로로 자필 서명을 해서 다시 보내주었던 것이다. 아이는 지금도 그 모자가 자신이 가진 가장 소중한 보물일 것이라고 여겼다. 탁한 물, 말라붙고 제 맛을 잃은 한 줌의 열매, 더러운 옷 말고는 그것이 바로 '유일한' 아이의 소유물인 셈이다. 그리고 이제는 사인도 비와 트리샤의 땀에 젖은 손 때문에 거무스름한 얼룩으로 흐려져 보이지 않았다. 그렇지만 사인은 그 자리에 있었고, 아이 역시 '아직' 이곳에 있었다. 적어도 얼마 동안은 그럴 것이다.

"하느님, 당신이 레드삭스 팬이 될 수 없다면 톰 고든의 팬이 되어주실 수는 없을까요? 적어도 그 정도는 해주실 수 없나요? 톰 고든의 팬이 되는 것 정도는 하실 수 있지 않을까요?"

트리샤는 밤새도록 덜덜 떨다가 잠에 곯아떨어졌다 다음 순간 화들짝 놀라 깨곤 하면서 비몽사몽 상태로 꾸벅꾸벅 졸았다. 그러면서 아이는 **그것**이 자기 곁에 있다고, **그것**이 마침내 자기를 덮치려고 숲에서 나온 것이라고 확신했다. 톰 고든이 아이에게 말을 걸었고, 한번은 아빠 역시 말을 한 적도 있었다. 아빠는 바로 등 뒤에 서서 마카롱(달걀흰자, 아몬드, 설탕을 섞어 만든 과자—옮긴이)을 먹겠느냐고 물어보았는데, 몸을 돌려 보니 뒤에는 아무도 없었다. 더 많은 별똥별들이 하늘을 밝히며 가로질렀지만, 그것이 실제였는지 아니면 자신이 그저 꿈을 꾸고 있었던 것인지 알 수 없었다. 한번은 라디오를 꺼냈지만(이따금 쉬게 하면 간혹 그런 일이 있는 것처럼 배터리가 얼마간 살아날지도 모른다는 희망에서) 확인도 해보기 전에 라디오를 우거진 풀숲에 떨어뜨리고는 뒤엉킨 풀숲 사이를 이 잡듯이 더듬어도 찾을 수가 없었다. 마침내는 다시 배낭으로 돌아온 손이 아직도 죔쇠 사이로 꼭 맞게 끼워져 있는 끈에 닿았다. 트리샤는 애초에 자신이 라디오를 꺼내지 못했던 것이라고 결론을 지었다. 자신이 어둠 속에서 이렇게 꼭 맞게 죔쇠를 채워놓았을 리가 없었기 때문이다. 아이는 열 번도 넘게 발작적인 기침을 터뜨렸으며 이제 흉곽 아래쪽까지 통증이 느껴졌다. 한번은 가까스로 몸을 일으켜 오줌을 누었는데, 입술을 깨물어야 했을 정도로 오줌 줄기가 뜨거웠다.

그날 밤은 심하게 앓을 때의 밤이 늘 그런 것처럼 지나갔다. 시간은 흐물거리고 낯선 것으로 변질되어 갔다. 이윽고 새들이 지저귀기 시작하고 나무 틈새로 희미한 빛이 스며들었어도 아침이 왔다는 사실이 믿어지지 않았다. 트리샤는 손을 들어 자신의 더러운 손가락을 보았다. 자신이 아직 살아 있다는 사실도 믿어지지 않았지만, 그래도 살아 있기는 한 것 같았다.

트리샤는 언제나처럼 머리 주위로 몰려드는 날벌레 떼가 보일 만큼 날이 환해질 때까지 꼼짝 않고 있었다. 그런 다음 천천히 몸을 일으키고는 두 다리가 자신을 지탱해 줄지 아니면 또다시 나동그라지게 될지 알 수 있을 때까지 기다렸다.

트리샤는 '만약 다리로 서 있지 못하면 기어서라도 갈 거야.' 하고 생각했지만 아직 기어갈 필요는 없을 것 같았다. 다리가 몸을 지탱해 주었다. 아이는 허리를 숙이고 배낭끈에 손을 걸었다. 다시 몸을 폈을 때 현기증이 엄습하면서 예의 까만 나비 떼가 시야에 어른거렸다. 마침내 현기증이 사라지자 배낭을 멜 수 있게 되었다.

그러고 나자 또 한 가지 문제가 있었다. 자신이 어느 방향으로 가고 있었던 것일까? 갈피가 잡히지 않았고 양쪽 방향 모두 똑같아 보였다. 트리샤는 통나무로부터 물러나서 확신이 없는 눈으로 앞뒤를 바라보았다. 그 순간 발이 뭔가에 부딪혔다. 그것은 이어폰 줄에 잔뜩 엉키고 이슬에 젖은 워크맨이었다. 자신이 라디오를 꺼내기는 했던 모양이었다. 아이는 허리를 숙여 워크맨을 집어 들고는 무감각한 눈으로 쳐다보았다. 이제 다시 배낭을 벗고 뚜껑을 풀고 다시 그 안에 워크맨을 집어넣어야 하는 것인가? 그 일은 마치 산을 옮기는 것만큼이나 어려워 보였다. 그런 반면에 워크맨을 그냥 버린다는 것도 잘못인 것 같았다. 그것은 자신이 포기했다는 사실을 인정하는 것이나 마찬가지였다.

트리샤는 3분 이상이나 그 자리에 선 채 열에 뜬 눈으로 그 조그만 라디오 겸 테이프 재생기를 내려다보았다. 저것을 버릴 것인가 가져갈 것인가? 버릴까 말까? 어떻게 할 거지, 패트리샤? 워터리스 식기를 고수할 거니, 아니면 자동차나 밍크코트, 리오 여행권에 도전해 볼 거니? 문득 아이의 머릿속에, 만약 자신이 피터 오빠의 맥 파워북이라면 오류 메시지를 띄우고 사방에 조그만 폭탄 아이콘을 뿌리고 있는 꼴일 것이라는 생각이 들었다. 그 모습을 떠올린 트리샤는 화들짝 놀라기라도 한 것처럼 웃음을 터뜨렸다.

웃음은 즉각 기침으로 바뀌었다. 지금껏 있었던 것 가운데 가장 심한 발작이었다. 아이는 허리를 꺾었다. 트리샤는 곧, 두 손으로 무릎 바로 위쪽을 짚고 늘어진 머리를 더러운 커튼처럼 앞뒤로 흔들면서 개처럼 짖어댔다. 아이는 가까스로 넘어지지 않고 두 다리로 버티고 서 있었으며 기침 발작이 어느 정도 가라앉을 무렵 문득 워크맨을 바지 허리띠에 꽂으면 된다는 생각이 떠올랐다. 워크맨 케이스 뒤쪽에 붙은 클립이 그런 용도가 아니겠어? 그렇고말고. 넌 정말 천재야.

트리샤는 입을 열고 아이와 펩시가 이따금 서로에게 말했던 것처럼 "그건 기본이야, 와트슨 군." 하고 말하려 했는데, 그 순간 뭔가 축축하고 따뜻한 것이 아랫입술로 흘러나왔다. 손으로 문질러보니 선홍색의 피가 잔뜩 묻어 나왔다. 아이의 눈이 휘둥그레졌다.

트리샤는 '기침을 할 때 입 속에 있는 뭔가를 깨물었던 모양이야.' 하고 생각했지만 곧 그렇지 않다는 것을 알았다. 이 피는 좀 더 깊은 곳에서 나온 것이었다. 그 생각을 하자 더럭 겁이 났으며 공포감 때문에 세상은 한층 더 예리하게 보였다. 아이는 다시금 생각을 할 수 있게 되었다. 아이는 목을 가다듬고(그렇게 하지 않으면 아프기 때문에 조심스럽게) 침을 뱉었다. 선홍색의 피였다. 오, 맙소사. 하지만 지금으로서는 그 일에 대해 대처할 방도가 없었다. 적어도 그 덕분에 길의 어느 쪽으로 가야 하는지 결정지을 만큼 머리가 맑아졌다. 어제저녁 해가 자신의 오른쪽으로 지고 있었다. 그래서 트리샤는 떠오르는 해가 왼쪽 나무숲 사이로 반짝이도록 몸을 돌렸다. 그러자 올바른 방향이 나타났다. 애초에 어떻게 해서 방향이 헷갈렸던 것인지 이해할 수 없었다.

이제 막 세제로 닦아낸 타일 바닥 위를 걷는 사람처럼 느릿느릿, 조심스럽게 트리샤는 다시 걸음을 떼어놓았다. '오늘일 거야.' 하고 아이는 생각했다.

'오늘이 내 마지막 기회일 거야. 어쩌면 오늘 아침이 마지막 기회일지도 몰라. 오후까지 걷기에는 너무 힘이 없고 몸도 아프니까. 다시 이 숲에서 하룻밤을 보내고 나서도 걸을 수 있다는 것은 순진한 환상이라고.'

순진한 환상이라…… 엄마가 잘 쓰던 말이던가, 아니면 아빠가 쓰던 말이던가?

"쳇, 아무러면 어때? 여기서 나가면 나만의 격언집이라도 만들어야 할까 봐."

트리샤가 쉰 목으로 중얼거렸다.

끝없이 길게 여겨졌던 일요일 밤과 월요일 오전을 지냈던 곳에서 북쪽으로 15~18미터쯤 갔을 때 트리샤는 자신이 아직도 오른손에 워크맨을 들고 있다는 사실을 깨달았다. 아이는 걸음을 멈추고는 조심스럽게 허리띠에 워크맨을 끼워 넣는 작업에 골몰했다. 이제 바지는 몸과 완전히 겉돌고 있어서 뾰족하게 튀어나온 엉치뼈가 보일 정도였다. '이제 몇 킬로그램만 더 살이 빠지면 최신 파리 패션모델로도 나설 수 있을 거야.' 이어폰 줄을 어떻게 할지 고심하고 있던 참에 먼 곳에서 나는 갑작스럽고도 요란한 폭음이 고요한 아침의 대기를 찢어놓았다. 마치 거대한 빨대로 소다수 웅덩이를 빨아들이는 것 같은 소리였다.

트리샤는 비명을 질렀는데, 놀란 것은 자신만이 아니었다. 까마귀 여러 마리가 까악거리고 울었으며 꿩 한 마리가 덤불숲에서 분개한 듯 푸드덕거리는 소리를 내며 솟구쳤다.

트리샤는 눈을 휘둥그렇게 뜬 채 서 있었다. 이어폰 줄은 잊힌 채 더럽고 지저분한 왼쪽 발목 언저리에서 흔들리고 있었다. 아이는 그것이 무슨 소리인지 알았다. 낡은 머플러를 통해 엔진이 역화할 때 나는 덜컥거리는 소리였다. 트럭이거나 애들이 몰고 다니는 털털이 차일 것이다. 저 위쪽에 길이 하나 더 있었다. 그것도 '진짜' 도로 말이다.

아이는 달려가고 싶었지만 그래서는 안 된다는 것을 알고 있었다. 만약 달린다면 남은 기력이 단번에 소진되어 버리고 말 터였다. 그것은 끔찍한 일일 것이다. 실재하는 자동차 소리가 들리는 거리에서 기절한다는 것은, 그리고 어쩌면 죽는다는 것은 상대편에게 마지막 스트라이크 하나를 남겨 둔 상태에서 세이브를 날리는 일이나 마찬가지였다. 이런 딱한 일이 종종 벌어지곤 했지만, 트리샤는 그 일이 자기에게 일어나도록 놔두지는 않을 참이었다.

아이는 자제력을 발휘하여 되도록 천천히, 여유를 가지고 걸음을 옮겨놓기 시작했다. 그러는 동안에도 덜컥거리는 역화음이나 멀리서 나는 엔진 소리나 경적 소리가 들리지 않는지 내내 귀를 기울였다. 아무 소리도 나지 않았다. 그렇게 한 시간쯤 걷고 난 트리샤는 이 모든 일이 환각이었다고 여기기 시작했다. 그 일은 전혀 환각처럼 보이지 않았지만…….

아이는 높은 지대에 올라 아래를 내려다보았다. 다시 기침이 터지기 시작했고 햇빛을 받아 선명한 붉은빛을 띤 피가 더 많이 쏟아져 나왔지만 그런 일은 알아차리지 못했으며 손바닥을 들여다보지도 않았다. 발밑으로는 아이가 서 있는, 바퀴 자국이 난 길이 끝나고 T자 모양으로 비포장길에 각을 이루며 이어졌다.

트리샤는 천천히 걸어 내려가 그 길 위에 섰다. 타이어 자국은 보이지 않았지만(그 길은 경질이었다.) 진짜 바퀴 자국이 나 있었고 길 중앙에는 풀도 자라고 있지 않았다. 이 새 길은 아이가 따라

온 길과 직각을 이루면서 대강 동서쪽으로 나 있었다. 그리고 이곳에서 트리샤는 마지막으로 올바른 결정을 내렸다. 아이는 서쪽으로 방향을 틀지 않았는데, 그것은 단지 머리가 다시 지끈거리기 시작해서 해를 바라보며 걷고 싶지 않았기 때문이다……. 그러다가 서쪽으로 방향을 잡았다. 아이가 선 곳으로부터 6.4킬로미터 떨어진 곳에서 뉴햄프셔의 96번 주도(州道)가 뜨거운 리본 조각처럼 숲을 관통했다. 많지 않은 자동차와 꽤 많은 목재 트럭이 이 도로를 이용했다. 트리샤가 들었던 소리는 케몬거스 힐로 접어들던 목재 트럭 운전자가 저속 기어로 바꿀 때 낡은 배기관에서 터진 역화음이었다. 고요한 아침의 대기에서 그 소리가 14킬로미터 넘게 퍼져나갔던 것이다.

아이는 다시, 새로 기운이 솟는 느낌으로 걸음을 떼어놓기 시작했다. 아이가 뭔가 아득한, 그러나 의심의 여지가 없는 소리를 듣게 된 것은 그로부터 45분쯤 지나서였다.

'바보같이 굴지 마. 넌 **뭐든** 오해하기 쉬운 지경에 이른 거라고.'

아마 그럴지도 모르지만…….

트리샤는 맥팔랜드 할머니가 다락에 보관해 둔 오래된 레코드에 나오는 개(빅터 레코드의 마스코트—옮긴이)처럼 고개를 갸웃했다. 아이는 숨을 죽였다. 관자놀이에서 피가 뛰는 소리, 감염된 목구멍에서 나오는 씨근대는 숨소리, 새들이 지저귀는 소리, 산들바람이 지나가는 소리가 들렸다. 귓가에 모여든 모기들이 윙윙대는 소리도 들렸다……. 그리고 윙윙대는 또 다른 소리도 있었다. 그것은 포장도로 위를 지나는 타이어 소리였다. 아주 멀리서 나는 소리지만 분명히 그 소리였다.

트리샤는 울기 시작했다.

"제발 없는 일을 꾸며대지 않게 해주세요. 하느님, 제발, 제가 없는 일을 꾸미지······."

아이가 이제 거의 속삭임 정도로밖에 나오지 않는 쉰 목소리로 말했다.

그때 좀 더 크게 버석거리는 소리가 뒤편에서 들려오기 시작했는데, 이번에는 산들바람 소리가 아니었다. 설혹 그것이 산들바람 소리라고 스스로를 납득시킬 수 있다 쳐도(불과 몇 초 동안이라도) 나뭇가지가 부러지는 소리는 어쩔 것인가? 그러고 나서 뭔가 쓰러지면서 나는 바숴지고 쪼개지는 소리가 들렸다. 아마도 도중에 있던 작은 나무였으리라. **그것**의 길을 가로막고 있던······. **그것**은 이제껏 아이가 이만큼 구조에 근접하도록, 아이가 별생각 없이 부주의하게 잃어버린 길에서 나는 소리들을 들을 수 있는 거리까지 오도록 놔두었다. **그것**은 지금껏 아마도 즐거워하며, 또는 어쩌면 너무 끔찍해서 생각조차 할 수 없는 저 신들 특유의 동정심을 품고서 아이의 고통스러운 행로를 지켜보았다. 그런데 이제 **그것**은 더 이상 지켜보지 않기로, 더 이상 기다리지 않기로 한 것이다.

공포심과, 와야 할 것이 오고야 말았다는 이상하리만큼 침착한 느낌을 품고 트리샤는 천천히 '파멸의 신'과 대면하기 위해 돌아섰다.

9회 말
세이브 상황

  그것은 길 왼편 나무숲에서 나타났다. 트리샤의 머리에 처음 떠오른 생각은 '저것이 전부일까? 정말 저것이 다일까?'였다. 어른이라면 숲의 마지막 덤불에서 쿵쿵거리며 나온 흑곰을 보고 몸을 돌려 달아났을 테지만(그것은 다 자란 북아메리카 흑곰으로, 체중이 180킬로그램은 나갈 것 같았다.) 트리샤는 밤의 이면에서 떨어져 나온 듯한 무서운 공포를 각오하고 있었다.
  번들거리는 털가죽에는 나뭇잎과 우엉이 붙어 있었고 한쪽 손에는(그렇다, 그것은 줄잡아 말해도 발톱이 달린 손의 퇴화 기관이었다.) 나무껍질 대부분이 벗겨져 나간 나뭇가지를 들고 있었다. **그것**은 그 나뭇가지를 흡사 숲의 권표나 제왕의 홀(笏)이나 되는 듯이 들고 있었다. 이쪽저쪽으로 어기적거리며 걷는 것처럼 보이는 **그것**이 길 한복판으로 나왔다. 한동안 네 발로 기어 다니더니 잠시 후에는 나지막하게 으르렁대는 소리를 내며 뒷다리로 일어섰다. 그 순간 트리샤는 그것이 전혀 흑곰이 아니라는 사실을 알았다. 처음 아이가 본 것이 맞았다. 그것은 어느 정도 곰과 비슷해 보이기는 했지만 실제로는 '파멸의 신'이며 아이를 잡으러 온 것이었다.

그것은 까만 눈으로 트리샤를 빤히 응시했는데, 실제로 그것은 눈이 아니라 눈구멍뿐이었다. 그것은 황갈색 주둥이로 공기를 냄새 맡더니 다음 순간 손에 들고 있던 부러진 가지를 입으로 가져갔다. 주둥이 주름이 뒤로 밀려나면서 녹색으로 물든 큰 이빨이 두 줄로 드러났다. 그것은 나뭇가지 끝을 빨았는데, 그것을 보자 막대 사탕을 빠는 어린애 생각이 났다. 그런 다음 그것은 아주 신중하게 이빨로 나무를 물어 두 동강이를 냈다. 고요해진 숲에서 이빨 부딪치는 소리가 아주 선명하게 들려왔다. 마치 뼈가 부러지는 것 같은 소리가 났다. 그것은 **그것**이 물기라도 하면 아이의 팔에서 나는 소리일 수도 있었다. **그것**이 아이의 팔을 물어뜯을 '그때'.

그것은 목을 곧추세우고 귀를 홱 움직였는데 그 순간 트리샤는 그것 역시 자신과 마찬가지로 검은 은하수처럼 몰고 다니는 자기만의 조그만 날벌레 떼가 있다는 사실을 알았다. 아침 햇살 속에 길게 늘어진 그것의 그림자가 트리샤의 낡은 운동화에 거의 닿을 정도였다. 그들 둘 사이의 거리는 기껏해야 18미터 정도였다.

그것이 트리샤를 잡으러 온 것이다.

'도망쳐. 나한테서 도망치거라. 도로가 있는 곳까지 경주해 보자. 이 곰의 몸뚱이는 느려터졌어. 아직 여름철 식량을 제대로 채워 넣지 못했거든. 그동안 먹은 것이 얼마 안 돼. 도망치거라. 어

쩌면 너를 살려 줄지도 모르니까 말이야.'

파멸의 신이 외쳤다.

'그래, 달리자!' 하고 트리샤는 생각했다. 다음 순간 끈질긴 계집애의 차가운 음성이 들려왔다.

'넌 달리지 못해. 제대로 서 있지도 못하잖아.'

곰이 아닌 **그것**이 삼각형 모양의 큰 머리통 주위를 에워싸고 있는 날벌레 떼 때문에 귀를 파닥거리며 윤기가 흐르는 털로 덮인 옆구리를 드러낸 채 똑바로 서서 아이를 바라보고 있었다. 그것은 발톱이 달린 앞발로 부러진 나뭇가지의 끄트머리를 들고 있었다. 반추를 하며 느릿느릿 턱을 움직였으며 잇새로는 갈가리 찢긴 조그만 나뭇조각들을 흘리고 있었다. 땅바닥으로 떨어지는 나뭇조각도 있고 주둥이에 붙어 있는 것도 있었다. 그것의 눈은 구더기와 꿈틀거리는 파리 유충, 모기 유충, 그밖에 뭔지 알 수 없는 것들이 윙윙거리는 미생물들(트리샤가 지나왔던 늪지를 연상시키는 살아 있는 고깃국)로 가장자리를 에워싼 구멍이었다.

'내가 사슴을 죽였지. 내가 너를 감시했고 네 주위에 원을 그렸어. 내게서 도망쳐. 네 두 발로 나를 경배하렴. 그러면 너를 살려 줄지도 모르지.'

주위의 숲은 시큼하고 절박한 녹색의 향기를 내뿜으며 침묵에 잠겨 있었다. 자신의 목구멍을 통해 들락거리는 숨결 때문에 그러잖아도 아픈 목구멍이 쓸렸다. 곰과 비슷한 형상을 한 그것은 2미터가 넘는 큰 키로 도도하게 아이를 내려다보고 있었다. 고개는 하늘로 치켜들고 발톱으로는 흙을 움켜잡고 있었다. 그것을 돌아보고 올려다보던 트리샤는 자신이 해야 할 일이 무엇인지를 깨달았다.

마무리였다.

'9회 말에 강림하시는 것이 하느님의 본성이지.'

톰이 그렇게 말했다. 그런데 마무리의 비결은 무엇이었던가? 누가 더 나은지를 확인하는 것. 상대에게 질 수도 있지만…… 스스로에게 져서는 안 된다.

그러나 그러기 위해서는 우선 톰이 하던 것과 같은 정지 상태를 만들어야 한다. 확신이 고치처럼 단단해질 때까지 어깨에서 흘러나와 몸 주위를 감는 정지 상태를. 질 수도 있지만 스스로에게 져서는 안 된다. 팻 피치(변화 없이 홈플레이트 가운데로 들어가는 밋밋한 투구—옮긴이)를 해서도 안 되고 도망치는 투구를 할 수도 없다.

"냉정해야 해."

트리샤가 중얼거렸다.

그것은 비포장도로 한복판에 선 채 귀를 기울이고 있는 커다란 개처럼 고개를 갸웃한 자세로 서 있었다. 그것은 귀를 앞쪽으로 쫑긋 세웠다. 트리샤는 손을 뻗어 모자를 오른쪽으로 돌린 다음 구부러진 챙을 이마 아래로 눌러썼다. 톰 고든이 그랬듯이. 그러고 나서 몸을 회전축으로 삼아 길 오른편이 마주 보이도록 빙글 돌면서, 왼쪽 다리가 곰의 형상을 한 **그것**을 향한 채 놔두고 두 다리가 벌어지도록 한 발을 앞으로 내디뎠다. 발을 옮기면서도 얼굴은 **그것**을 향한 채였다. 아이는, 춤추는 날벌레 떼 사이로 자신을 보고 있는 눈구멍에서 시선을 떼지 않았다.

'이제 결전의 순간입니다. 모두 안전띠를 매주세요.'

조 캐스틸료네가 말했다.
"어디 올 테면 와봐."
트리샤가 그것을 향해 외쳤다. 아이는 바지 허리띠에서 워크맨을 빼고 코드를 뽑아 이어폰 끝을 발치까지 늘어뜨렸다. 그러고는 워크맨을 등 뒤로 잡은 채 알맞은 위치에 오도록 손가락으로 돌리기 시작했다.
"내겐 용기가 있어. 초구에 너를 잡고 말 거야. 덤벼라, 햇병아리야! 어서 휘둘러 보라고!"
곰의 형상을 한 그것은 막대기를 놓고는 네 발로 엎드렸다. 그러고는 흥분한 황소처럼 도로의 단단한 표면을 앞발로 할퀴어 흙덩이를 파내더니 뒤뚱거리는 걸음으로는 믿어지지 않을 만큼 놀라운 속도로 아이를 향해 다가왔다. 그것은 다가오면서 귀를 머리통에 납작하게 붙였다. 그것의 주둥이에 주름이 잡히더니 주둥이 안쪽에서 그냥 벌이 아니라 말벌이 내는 소리라는 것을 금방 알 수 있는 윙윙거리는 소리가 들려왔다. 그것은 겉으로는 곰의 형상을 취하고 있었지만 그 안쪽에는 실체가 들어 있었다. 그것의 내부는 말벌로 가득했다. 물론 그럴 것이다. 개울가에 있던 검은 옷을 입은 사제가 바로 그것을 예언하지 않았던가?
'어서 도망쳐라.'
그것은 커다란 하체를 이리저리 흔들며 트리샤를 향해 다가왔다. 다져진 흙길 위에 발톱 자국을 남기고 털을 흩뿌리면서 다가오고 있는 그것은 이상하리만큼 사근사근하게 굴었다.
'도망쳐. 지금이 네 마지막 기회야.'
하지만 정말 마지막 기회는 아이가 취하고 있는 정지 상태였다.

정지 상태와, 그리고 어쩌면 날카로운 커브볼 하나.
트리샤는 두 손을 한데 모으면서 투구 자세를 취했다. 이제 워크맨은 더 이상 워크맨이 아니라 야구공처럼 느껴졌다. 이곳에는 보스턴 야구의 전당에서 벌떡 일어서 있는 펜웨이 파크의 레드삭스 팬들도 없었다. 율동 박수도 심판도 볼보이도 없었다. 그곳에는 아이와 녹색의 정적, 뜨거운 오전의 햇살, 그리고 겉모습은 곰이지만 내부는 말벌로 가득 찬 **그것**뿐이었다. 오로지 정적뿐이었다. 그리고 이제 트리샤는 톰 고든 같은 사람이 회오리바람 중심부의 고요 속에서 투구 동작을 취하기 위해 가만히 서 있을 때, 모든 기압이 제로로 떨어지고 모든 소리가 닫히고 이제 결전의 순간을 맞아 안전띠를 맬 때 어떤 느낌일지를 알았다.
아이는 세트 포지션에 서서 정적이 풀려나와 몸 주위를 감싸도록 했다. 그렇다, 정적은 어깨로부터 흘러나왔다. 그것이 자신을 먹어치우도록, 자신을 압도하도록 놔두자. 그것은 두 가지 모두 할 수 있었다. 하지만 아이는 스스로에게 굴복하지는 않을 것이다.
'그리고 나는 도망치지 않을 거야.'
그것은 아이 앞에 멈춰 서더니 고개를 세우고는 마치 입맞춤이라도 할 것처럼 아이의 얼굴 가까이에 얼굴을 들이댔다. 꿈틀거리는 두 개의 원이 있을 뿐 눈은 없었다. 그것은 번식하는 날벌레로 가득한 벌레 구멍의 세계였다. 그것들은 웅웅거리고 꿈틀거리며, 상상조차 할 수 없는 신의 뇌와 연결된 터널 속에서 자리를 잡기 위해 서로를 밀쳐 댔다. 그것이 입을 벌린 순간 트리샤는 말벌들이 그득한 목구멍을 보았다. 통통하고 흉측한 독 제조기들이 씹다 남은 막대기 찌꺼기와, 그것의 혀 노릇을 하는 분홍색의 사슴 내장 한 조각 위를 기어 다니고 있었다. 그것의 숨에서는 진흙 수렁의 악취가 풍겼다.

아이는 이런 것들을 보고 잠깐 마음에 새겨둔 다음 그 너머로 시선을 돌렸다. 베리텍이 재빨리 사인을 보냈다. 아이는 이제 곧 투구에 나설 테지만 지금 당장은 꼼짝도 하지 않았다. 타자가 기다리고 예상하고 타이밍을 놓치게 만들자. 타자로 하여금 의아해하게 하고, 커브볼에 대한 자신의 짐작이 틀렸을지 모른다는 생각을 하게 만들자.

곰의 형상을 한 그것은 아이의 얼굴 주위를 찬찬히 냄새 맡았다. 날벌레들이 그것의 콧구멍을 기어 나오고 들어가고 했다. 등에모기들이 한쪽은 털이 나고 다른 한쪽은 매끄러운, 서로 맞붙은 두 얼굴 사이를 파닥거리며 날았다. 깔따구들은 트리샤의 깜박거리지도 않는 축축한 눈 앞에서 휙휙 움직였다. 그것의 얼굴이 있던 흔적은 끊임없이 자리를 바꾸며 변화했다. 교사들과 친구들의 얼굴이기도 했다가 부모와 형제의 얼굴이기도 했다가, 학교에서 집으로 돌아오는 길에 다가와 차를 태워 주겠다고 말하는 사람의 얼굴이기도 했다. 낯선 사람은 위험하다는 것은 1학년 때 배운 사실이다. 낯선 존재는 위험하다. 그것에서는 죽음과 질병과 모든 변칙적인 것의 악취가 풍겼다. 아이는, 그것의 유해한 활동에서 들려오는 웅웅거림이야말로 진정한 의미에서 '들리지 않는 소리'일 것이라고 생각했다.

그것은 마치 그것만이 들을 수 있는 야수의 음악에 박자를 맞추기라도 하는 듯 몸을 약간 흔들거리면서 다시 뒷다리로 일어섰다. 그러더니 아이의 뺨을 찰싹 때렸는데…… 그것은 아이의 얼굴을 아슬아슬하게 빗겨 나가는 장난스러운 제스처에 불과했다. 흙이 묻어 거뭇해진 앞발이 지나가며 일으킨 바람에 아이의 이마에 내려와 있던 머리카락이 날렸다. 머리카락은 부푼 유액 식물처럼 다시 내려앉았지만 트리샤는 꼼짝하지 않았다. 아이는 세트 포지션으로 선 채 청회색 털이 번갯불 모양으로 나 있는 곰의 하복부를 바라보고 있었다.

'나를 봐.'

'싫어.'

'나를 보라니까!'

마치 보이지 않는 손이 아이의 턱밑을 움켜쥔 것 같았다. 그러고 싶지는 않지만 저항할 수가 없었던 트리샤는 천천히 고개를 들었다. 그리고 시선을 들었다. 곰의 형상을 한 그것의 텅 빈 눈을 들여다본 아이는 그것이 무슨 일이 있든 자기를 죽일 작정이라는 것을 알았다. 용기만으로는 충분치 않았다. 그렇다면 어떻게 할까? 얼마간의 용기가 가진 것의 전부라면 어떻게 해야 한단 말인가? 이제 마무리할 시간이었다.

트리샤는 무심코 왼발을 오른발 뒤로 물리면서 동작을 취하기 시작했다. 그것은 아빠가 뒤뜰에서 가르쳐준 동작이 아니라 텔레비전에서 고든이 하는 것을 보면서 배운 동작이었다. 아이가 다시 걸음을 앞으로 내디디면서 오른손을 오른쪽 귓가로 들어 올렸다가 뒤로 옮기자(그것은 사실상 몸의 중심을 뒤로 이동시킨 것인데, 왜냐하면 이것은 단순히 타이밍을 빼앗기 위한 느린 공이나 이퓨스(높이 솟았다가 뚝 떨어지는 마구—옮긴이) 같은 것이 아니라, 통한의 일격, 진정한 승부구여야 하기 때문이었다.) 곰의 형상을 한 그것은 평형을 잃은 듯 어설픈 뒷걸음질을 쳤다. **그것**에게 흐릿하나마 시력 구실을 하고 있던 저 꿈틀거리는 것들이 아이의 손에 들린 야구공을 무기로 여긴 것일까? 아니면 뒤로 물러나며 달아나기 위해 몸을 돌려야 할 아이가 오히려 손을 치켜들고 앞으로 나서면서 취한 위협적이고 공격적인 동작에 놀랐던 것일까? 그것은 아무래도 상관없었다. **그것**은 당혹감 때문인지 으르렁거렸다. 흡사 살아 있는 입김처럼 말벌 한 떼가 입 밖으로 쏟아져 나왔다. **그것**이 균형을 잡기 위해 털이 수북한 한쪽 앞발을 휘저으며 똑바로 선 자세를 유지하려고 버둥거리는 순간 한 방의 총소리가 울려 퍼졌다.

  그날 아침 숲 속에 있던 그 남자, 아흐레 만에 트리샤 맥팔랜드를 본 첫 번째 인간인 그는 너무 흥분한 나머지 경찰 앞에서 자신이 고성능 자동 장전식 라이플총을 들고 숲 속에 있었던 이유에 대해 거짓말을 하려고도 하지 않았다. 그는 수렵 시즌이 아닌데도 사슴을 밀렵하고 있었던 것이다. 그의 이름은 트래비스 헤릭이었고, 꼭 그래야 할 필요가 없을 때는 음식에 돈을 쓰지 않는 타입이었다. 이를테면 복권이라든가 맥주처럼 돈을 써야 할 중요한 곳이 너무 많았던 것이다. 어쨌든 그는 이 일로 어떤 혐의로든 재판을 받지 않았고 벌금조차 물지 않았는데, 조그만 소녀 앞에 서 있던 그 짐승을 죽이지 않았기 때문이다. 그 소녀는 너무도 조용히 너무도 용감하게 그것과 맞서고 있었다.

  "만약 그놈이 다가왔을 때 아이가 움직이기라도 했다면 그놈이 아이를 갈기갈기 찢어버렸을 겁니다. 어쨌든 그놈이 아이를 찢어발기지 않았던 것은 신기한 일이죠. 아이는 저 옛날 정글 영화에 나오는 타잔처럼 그것을 내려다보고 있었던 것 같아요. 나는 언덕에 올랐다가 그 둘을 보았는데, 적어도 20초 동안은 그 자리에서 그 둘을 지켜보고 있었던 것 같습니다. 어쩌면 1분이 흘렀을지도 모르는데, 그런 상황에서는 시간의 흐름을 잃어버리게 마련이니까요. 하지만 총을 쏠 수는 없었습니다. 총을 쏘기에는 그들 둘이 너무 바짝 붙어 있었어요. 여자 애를 맞추게 될까 봐 겁이 났습니다. 다음 순간 아이가 움직였지요. 아이는 손에 뭔가를 쥐고 있었는데 마치 야구공을 던질 때처럼 그놈을 향해 그것을 던지려는 것 같았어요. 아이가 움직이자 그놈이 놀란 것처럼 보였죠. 그놈은 뒷걸음질을 치다 균형을 잃었습니다. 나는 그것이 아이에게 유일한 기회라는 것을 알고 총을 들어 발사했어요."

헤릭이 말했다.

재판도 없었고 벌금도 없었다. 트래비스 헤릭이 얻은 것은 1998년 독립기념일 퍼레이드에서 자신의 이름으로 된 장식 수레를 탔다는 것뿐이다. 뭐, 잘된 일이다.

총소리를 듣는 순간 트리샤는 그것이 무슨 소리인지 알았다. 갑자기 **그것**의 쫑긋 세운 귀 한쪽 끝부분이 마치 찢어진 종잇조각처럼 날아가 버렸다. 아이는 한순간 찢어진 귀 사이로 휘갈겨 쓴 것 같은 푸른 하늘 조각을 보았으며, 기껏해야 백옥나무 열매만 한 붉은 핏방울이 원을 그리며 허공으로 흩어지는 것도 보았다. 그와 동시에, 곰은 다시 평범한 곰이 되었고, 유리 같은 커다란 눈은 거의 우스꽝스러울 정도로 놀란 빛을 띠었다. 어쩌면 그것은 처음부터 곰이었을지도 모를 일이었다.

하지만 트리샤는 그렇지 않다는 것을 잘 알고 있었다.

아이는 동작을 멈추지 않고 야구공을 던졌다. 그것은 곰의 두 눈 사이를 정통으로 맞췄다. 다음 순간(그래, 환각이라고 해도 좋았다.) 아이는 길 위로 굴러 떨어지는 에너자이저 AA 타입 배터리 두 개를 보았다.
"스트라이크 아웃!"
트리샤가 외쳤다. 갑작스럽게 터져 나온 아이의 귀에 거슬리는 의기양양한 목소리에 상처 입은 곰은 몸을 돌려 네 발로 기어서 쿵쿵쿵 달아나 버렸다. 엉덩이를 있는 대로 흔들며 있는 힘을 다해 달아나는 곰의 찢어진 귀에서는 피가 흘러 떨어졌다. 또 한 방의 총성이 울리는 순간 트리샤는 총탄이 공기를 때리며 오른쪽으로 30센티미터도 채 떨어지지 않은 허공을 지나는 느낌을 받았다. 총알은 곰에게서 훨씬 미치지 못하는 곳에서 흙먼지를 일으켰으며, 곰은 왼쪽으로 방향을 틀더니 숲 속으로 뛰어들었다. 한순간 트리샤는 번들거리는 검은 털빛과, 자기들 곁을 지나치는 곰의 공포감을 흉내 내기라도 하듯 몸을 떨고 있는 작은 나무들을 보았다. 다음 순간 곰은 시야에서 사라졌다.
트리샤가 비틀거리며 몸을 돌리자 기운 녹색 바지에 녹색 고무 부츠를 신고 낡은 티셔츠를 펄럭이며 자기를 향해 달려오고 있는 키 작은 남자가 보였다. 그의 머리 꼭대기는 대머리였으며 양옆으로 긴 머리가 어깨까지 늘어지고 조그만 무테안경이 햇살에 번뜩였다. 그는 옛날 영화 속의 습격하는 인디언처럼 머리 위로 라이플총을 높이 쳐들고 있었다. 그의 셔츠에 레드삭스 팀의 문장이 있는 것은 조금도 놀랍지 않았다. 뉴잉글랜드에 사는 남자치고 삭스 셔츠를 적어도 한 벌 정도 갖고 있지 않은 사람은 없는 것 같았다.

"얘야! 얘야, 괜찮니? 맙소사, 정말 굉장한 곰이었어. 너 괜찮은 거냐?"

그가 외쳤다.

트리샤는 비틀거리며 그를 향해 다가갔다.

"스트라이크 아웃을 잡았어요."

아이는 그렇게 말했지만 그 말은 입 안에서 맴돌기만 했다. 조금 아까 마지막으로 외치는 데 남은 기력을 모두 써버렸던 것이다. 남은 것이라고는 피 섞인 속삭임뿐이었다.

"스트라이크 아웃을 잡았어요. 커브볼을 던져서 꼼짝 못하게 만들었다고요."

"뭐라고? 무슨 소리인지 모르겠군. 얘야, 다시 한 번 말해 봐라."

그가 아이 앞에서 걸음을 멈추었다.

"보지 못했나요? 아저씨는 그것을 보지 못했다는 거예요?"

아이는 자신이 던진 투구를, 단순히 상대방을 제압하기만 한 것이 아니라 채찍처럼 후려쳤던 그 경이로운 커브볼을 말한 것이었다.

"내가…… 본 것은……."

그렇지만 솔직히 말해서 그는 자신이 본 것이 무엇이었는지 알지 못했다. 그 여자 애와 곰이 서로 대치하고 있던 동결된 몇 초간에 대해서 그는 확신이 없었다. 그것이 실제로 곰이었는지조차 확신이 없었지만 아무에게도 그 말은 하지 않았다. 사람들은 그가 술을 마셨다는 사실을 알고 있었다. 그런 소리를 했다가는 미쳤다고 여길 것이다. 지금 그의 눈앞에 있는 것은 미칠 듯이 기뻐하는 꼬마 애, 더럽고 너덜너덜한 옷으로 겨우 지탱되고 있는 듯이 보이는 막대기처럼 비쩍 마른 여자 애였다. 이름은 기억할 수 없지만 아이가 누구인지 알고 있었다. 라디오와 텔레비전에 나왔던 것이다. 아이가 어떻게 이렇게 북서쪽으로 멀리 올 수 있었는지는 알 수 없지만 아이가 누구인지는 분명히 알았다.

트리샤는 자기 발에 발이 걸리며 넘어질 뻔했지만 헤릭이 잡아 주었다. 그 순간 그의 라이플총이, 그가 애지중지하는 크라그 350구경이 아이의 바로 귓전에서 귀청이 터질 것 같은 소리를 내며 다시 한 번 발사되었다. 트리샤는 그런 사실도 거의 알지 못했다. 어쨌든 모든 일은 정상처럼 보였다.

"아저씨도 보셨죠?"

자신의 목소리를 들을 수 없었던 아이가 자신이 실제로 말을 하고 있는 것인지도 확신이 없는 채로 다시 한 번 물었다. 키 작은 남자는 당황하고 겁을 먹은 듯이 보였으며 특별하게 활기찬 사람처럼 보이지는 않았지만 친절한 사람 같았다.

"제가 커브볼로 상대를 잡았어요. 꼼짝 못하게 했죠. 아저씨도 보셨잖아요?"

그의 입술이 움직였지만 그가 하는 말이 무슨 내용인지는 알 수 없었다. 하지만 그는 라이플총을 길에 내려놓았는데, 그것은 마음이 놓이는 일이었다. 그는 트리샤를 번쩍 안아 들더니 현기증이 날 정도로 빨리 아이의 몸을 돌렸다. 배 속에 뭐든 남은 게 있었다면 토했을지 몰랐다. 트리샤는 기침을 터뜨리기 시작했다. 아이는 귓속에 엄청나게 울려대는 자신의 기침 소리를 듣지는 못했지만 느낄 수는 있었다. 가슴속, 흉부 안쪽이 깊숙이 '땅기는' 느낌이었다.

아이는 그에게, 이렇게 누군가가 자신을 데려가는 일이 기쁘다고, 구조된 일이 기쁘다고 말하고 싶었지만, 그와 동시에 곰의 형상을 한 그것은 그가 총을 발사하기 전에 이미 물러나고 있었노라는 사실도 말하고 싶었다. 아이는 **그것**의 얼굴에 나타났던 당황한 빛을, 아이가 세트 포지션에서 투구 동작으로 옮아갈 때 자기를 두려워하는 빛을 확인했던 것이다. 트리샤는 이제 자기와 함께 달려가고 있는 이 남자에게 한 가지 사실을, '아주 중요한' 한 가지 사실을 말해 주고 싶었다. 하지만 그가 아이의 몸을 심하게 흔들고 있어서 기침을 터뜨리지 않을 수 없었으며 머릿속이 너무나 울렸기 때문에 자신이 그 말을 하고 있는지 아닌지조차 알 수 없었다.

트리샤는 기절하는 순간에도 "내가 잡았어요, 내가 세이브를 땄단 말이에요." 하고 말하려고 애썼다.

시합 이후

트리샤는 다시 그 숲으로 돌아왔다. 자신이 알던 빈 터에 있었다. 그 한복판, 나무 그루터기가 아니라 녹슨 링볼트가 꼭대기에 박혀 있는 문기둥인 그 그루터기 곁에 톰 고든이 서 있었다. 그는 별생각 없이 링볼트를 앞뒤로 움직이고 있었다.
'이것은 전에 꾸었던 꿈이야.'
트리샤는 그렇게 생각하면서도 그에게 다가갔다. 그 장면에서 한 가지 사항이 달라져 있었다. 톰이 회색 원정 유니폼이 아니라 등판에 선홍색 실크로 36이라는 숫자가 수놓인 홈그라운드 전용 흰색 유니폼 차림이었던 것이다. 원정 시합이 끝난 모양이었다. 삭스 팀은 다시 펜웨이 파크로, 홈구장으로 돌아왔고 원정 시합은 끝났다. 트리샤와 톰만 이곳에, 이 빈 터에 돌아와 있었다.
"톰?"
트리샤가 주저하며 불러보았다.

톰이 눈썹을 치켜세우며 아이를 쳐다보았다. 재주 많은 그의 손가락 사이에서는 녹슨 링볼트가 앞뒤로 흔들리고 있었다. 앞뒤로, 앞뒤로.

"제가 마무리를 했어요."

"그래, 알고 있단다, 애야. 넌 아주 잘했어."

톰이 말했다.

뒤로 앞으로. 다시 뒤로 앞으로. 링볼트가 망가지면 누구에게 전화를 거시겠어요?

"그중에서 얼마만큼이 사실이었나요?"

"전부 다 사실이지."

그런 것은 별로 중요한 것이 아니라는 어투로 그가 말했다. 그리고 이어서 다시 이렇게 말했다.

"넌 아주 잘했어."

"애초에 오솔길을 벗어난 것은 바보 같은 짓이었어요. 그렇죠?"

그는 약간 놀란 눈으로 아이를 쳐다보면서 링볼트를 앞뒤로 흔들고 있지 않은 손으로 모자를 들어 올렸다. 그는 미소를 지었다. 그 미소 때문에 한층 어려 보였다.

"어떤 오솔길 말이지?"

그가 물었다.

"트리샤?"

그것은 등 뒤에서 들려온 여자의 음성이었다. 엄마의 목소리처럼 들렸는데, 대체 엄마가 뭐 하러 이 숲에 온 것일까?

"아이가 듣지 못할지도 몰라요."

또 다른 여자가 그렇게 말했다. 처음 듣는 목소리였다.

트리샤가 몸을 돌렸다. 숲이 어두워지고 나무들의 형태가 흐릿해지면서 배경막처럼 비현실적으로 보였다. 움직이는 형체들이 보였다. 트리샤는 한순간 찌르는 듯한 공포감을 느꼈다. 아이는 '말벌 사제야. 말벌 사제가 돌아온 거야.' 하고 생각했다.

다음 순간 아이는 자신이 꿈을 꾸고 있었다는 사실을 깨달았다. 그러자 공포감도 사라졌다. 아이는 톰 쪽으로 다시 몸을 돌렸지만 톰은 보이지 않고 꼭대기에 링볼트가 박힌 쪼개진 기둥과…… 풀밭에 놓인 그의 웜업 재킷만 남아 있었다. 재킷 등판에는 '고든'이라고 적혀 있었다.

빈 터 건너편에 유령처럼 흰 형상으로 서 있는 그의 모습이 흘끗 보였다.

"트리샤, 무엇이 하느님의 본성이지?"

그가 소리쳤다.

트리샤는 9회 말에 강림하시는 것이라고 말하고 싶었지만 목소리가 나오지 않았다.

"봐요, 아이의 입술이 움직이고 있어요!"

엄마가 말했다.

"트리샤? 트리샤, 정신이 나?"

불안과 기대감이 섞인 오빠의 목소리였다.

트리샤가 눈을 뜨자 숲은, 이제는 결코 다시는 완전히 아이 곁을 떠나지 않을 것 같은 저 어둠 속으로 사라져 들어갔다. '어떤 오솔길이냐?' 아이는 병실에 있었다. 자신의 코 위에 뭔가가 얹혀 있었고, 또 다른 뭔가가(튜브였다.) 손과 연결되어 있었다. 가

숨이 아주 무겁고 가득 찬 느낌이 들었다. 병상 곁에는 아빠와 엄마, 오빠가 서 있었다. 그들 뒤편에, 조금 전 "아이가 듣지 못할지도 몰라요."라고 말했던 간호사의 큼직하고 하얀 형체가 보였다.

"트리샤."

엄마가 말했다. 엄마는 울고 있었다. 트리샤는 피터 오빠도 울고 있다는 것을 알았다.

"트리샤, 얘야."

엄마가 튜브와 연결되어 있지 않은 쪽 손을 잡았다.

트리샤는 미소를 지어보려고 했지만 입 언저리가 너무 무거워 올라가지 않았다. 눈길을 돌리던 아이는 병상 곁 의자 위에 놓인 자신의 레드삭스 모자를 보았다. 챙에 가로로 암회색 얼룩이 나 있었다. 예전에 톰 고든의 사인이 있던 자리였다.

'아빠.' 트리샤가 말을 하려고 했다. 말 대신 기침이 터져 나왔다. 전처럼 심한 기침은 아니었지만 그래도 몸을 움찔할 정도로 아팠다.

"말하려고 애쓰지 마라, 패트리샤."

간호사가 말했다. 트리샤는 그 간호사의 어조와 태도로, 그녀가 자기 가족을 병실 밖으로 내보내고 싶어 한다는 사실을 알 수 있었다. 그녀는 이제 곧 가족을 내쫓을 터였다.

"넌 환자야. 폐렴에 걸렸단다. 양쪽 폐 모두 말이다."

엄마에게는 그 말이 귀에 하나도 들리지 않는 것 같았다. 엄마는 이제 딸의 곁에 앉아서 비쩍 마른 트리샤의 팔을 쓸어주었다. 엄마는 소리 내어 흐느끼지는 않았지만 눈물이 볼을 타고 끊임없이 흘러내리고 있었다. 피터도 똑같이, 소리 없이 울면서 엄마 옆에 서 있었다. 트리샤는 엄마의 눈물과는 다른 방식으로 오빠의 눈물에 감동했지만 그럼에도 여전히 피터 오빠가 아주 멍청해 보인다고 생각했다. 오빠 곁, 의자 옆에는 아빠가 서 있었다.
　이번에는 트리샤도 애써 말하려 하지 않고 단지 시선을 아빠에게 고정시킨 채 아주 신중하게 입을 움직여 보였다.
　'아빠!'
　아빠가 그것을 보고 몸을 앞으로 숙였다.
　"왜 그러니, 애야? 무슨 말을 하고 싶은 거지?"
　"이 정도면 됐어요. 환자의 모든 수치들이 상승하고 있어요. 그것은 바람직하지 않는 일이에요……. 환자가 얼마 동안은 더 이상 흥분 상태에 놓이지 않았으면 해요. 저를 좀 도와주시겠다면…… 이제 환자가 나을 수 있도록……."
　간호사가 말했다.
　엄마가 일어섰다.
　"우리는 너를 사랑한다, 트리샤. 네가 무사해서 천만다행이구나. 우리는 이곳에 있을 거야. 하지만 지금 너는 잠을 좀 자야 해. 래리, 이제 우리는……."
　래리는 아내의 말은 안중에도 없었다. 그는 손가락으로 시트를 살짝 짚은 채 계속 트리샤에게 허리를 숙인 자세로 있었다.
　"무슨 일이지, 트리샤? 원하는 게 뭐냐?"
　트리샤는 시선을 의자로 향했다가 아빠의 얼굴로, 그랬다가 다시 의자로 향했다. 아빠는 어리둥절한 표정을 지었다. 아이는 자기가 말하려는 것을 아빠가 알아차릴지 확신이 없었다. 이윽고 아빠의 얼굴이 환해졌다. 그는 미소를 짓고 몸을 돌리더니 모자를 집어든 다음 그것을 딸의 머리에 씌워주려고 했다.
트리샤는 엄마가 씌워주던 손을 들어 올렸다. 그 손은 천근이나 되는 것처럼 무겁게 느껴졌지만 그래도 가까스로 들어 올릴 수 있었다. 그러고는 손을 폈다. 그런 다음 손을 오므렸다. 그러고는 다시 손을 폈다.
"그래, 애야. 알았다."
그는 딸의 손에 모자를 놓아주었으며, 트리샤가 챙을 잡자 그 손에 입을 맞추었다. 그러자 트리샤는 엄마와 오빠가 그랬던 것처럼 소리 없이 울기 시작했다.
"자, 이제 그만 하세요. 이젠 정말로……."
간호사가 말했다.
트리샤가 간호사를 쳐다보면서 고개를 저었다.
"뭐라고? 지금 싫다는 거니? 맙소사!"
간호사가 반문했다.
트리샤는 천천히 모자를, 정맥주사 바늘이 꽂혀 있는 손으로 옮겼다. 아이는 그 동작을 하면서, 아빠가 자기가 하는 양을 보고 있는지 확인하기라도 하듯 줄곧 아빠를 쳐다보았다. 아이는 지쳐 있었다. 이제 곧 잠에 곯아떨어질 것이다. 그러나 아직은 그럴 때가 아니었다. 자신이 해야 할 말을 하기 전까지는 잠들면 안 되었다.
그는 주의해서 딸이 하는 행동을 지켜보고 있었다. 잘됐어.
트리샤는 아빠에게서 눈을 떼지 않은 채 몸을 가로질러 오른손을 뻗었다. 왜냐하면 아빠만이 그 의미를 알 수 있는 사람이었으니까. 그 행동의 의미를 이해한다면 아빠는 무슨 뜻인지 해석할 수 있을 테니까.

트리샤는 모자 챙을 가볍게 두드린 다음 오른손 둘째손가락으로 천장을 가리켰다.

아빠의 눈에서 아래로 퍼지면서 얼굴 전체를 환히 밝힌 미소는 트리샤가 이제껏 본 것 가운데 가장 감미롭고 가장 진정한 것이었다. 길이 있다면 바로 그곳에 있을 것이다. 아빠가 이해했음을 안 트리샤는 눈을 감고 잠 속으로 빠져 들어갔다.

시합은 끝났다.

〈끝〉

작가 후기

먼저, 나는 1998년 레드삭스 팀의 시합 일정을 약간 변경했다……. 하지만 아주 약간 바꾸었을 뿐이다.

톰 고든이라는 인물은 실재하는데, 그는 정말로 보스턴의 레드삭스 팀에서 마무리 투수로 활동하고 있지만, 이 이야기 속의 고든은 가공의 인물이다. 나 자신의 경험으로 입증할 수 있는 바, 어느 정도의 명성을 얻은 인물에 대해 팬들이 갖는 인상은 언제나 가공의 것이기 마련이다. 실제의 고든과 트리샤의 고든은 한 가지 점에서 일치한다. 그것은 두 사람 모두 마지막 승부에서 세이브를 달성했을 때 손끝으로 하늘을 가리킨다는 사실이다.

'번개' 톰 고든은 1998년도에 마흔네 개의 세이브를 따내서 아메리칸 리그에서 1위에 올랐다. 그 가운데 마흔세 개는 연속으로 따낸 것으로, 아메리칸 리그의 기록이었다. 그러나 고든의 시대는 불운하게 막을 내렸다. 얼간이 선생 보어크의 말마따나, 하느님이 스포츠 팬일지는 몰라도 레드삭스 팀의 팬인 것 같지는 않다. 인디언스 팀을 상대로 한 지역별 플레이오프 네 번째 시합에서 고든은 3안타에 3득점을 내주고 말았다. 레드삭스 팀은 2 대 1로 패했다. 고든은 5개월 만에 처음으로 세이브를 날렸고, 그 결과 레드삭스 팀의 1998년 시즌은 막을 내렸다. 그러나 그렇다고 해도 고든이 이룩한 경이로운 업적이 훼손된 것은 아니었다. 마흔네 개의 세이브가 없었더라면 레드삭스 팀은 91승의 전적으로 1998년 아메리칸 리그에서 2위의 성적을 올리기는커녕 지역 리그에서 4위 팀이 되는 데 그치고 말았을 것이다. 톰 고든 같은 마무리 투수라면 사람들 대부분이 고개를 끄덕일 만한 격언이 있는데, 언젠가는 네가 곰을 먹지만…… 언젠가는 곰이 너를 먹는 날도 있다는 것이다.

트리샤가 살아남기 위해 먹었던 열매들은 실제로 뉴잉글랜드 지방 북부의 숲에서 늦봄에 찾아볼 수 있는 것들이다. 트리샤가 도회지 아이가 아니었다면 좀 더 많은 식량들을, 이를테면 좀 더 많은 열매와 뿌리, 부들개지 같은 것들을 찾아낼 수 있었을지도 모른다. 이 부분에서는 내 친구 조 플로이드의 도움을 받았는데, 7월 초에 북부 오지의 습지에서 고사리가 자란다는 사실을 말해 준 사람도 조였다.

숲 자체는 실재한다. 휴가 때 그 숲을 방문할 생각이 있다면 나침반과 정확한 지도를 지참하고…… 되도록이면 길을 벗어나지 말기 바란다.

1999년 2월 1일 플로리다 주, 롱보트 키에서,
스티븐 킹

 밀리언셀러 클럽을 펴내면서

지난 수백 년 동안 소설은 기묘하면서도 교양 넘치고, 자유로우면서도 현실에 뿌리박고 있으며, 흥미진진하면서도 감동적인 이야기로 독자들의 사랑을 독차지해 왔다.

민담이나 전설 등에 비해 비교적 최근에 탄생한 이야기 형식인 소설이 순식간에 이야기 왕국의 제왕으로 올라선 것은 현대인들이 살아가면서 느끼는 희망과 절망, 불안과 평화 등 온갖 삶의 양상들을 허구 속에 온전히 녹여 내어 재창조함으로써 이야기를 읽는 기쁨과 더불어 삶을 재발견하는 즐거움을 주어 온 까닭이다.

사실 이야기를 읽음으로써 삶을 다시 생각하고, 삶을 생각함으로써 이야기를 다시 만들어 온 것은 인간이라면 피할 수 없는 숙명이다.

그런데도 최근 이야기의 제왕이라는 소설의 위기를 말하는 목소리가 점점 늘어나고 있다. 만약에 이 말이 사실이라면, 그리하여 사람들이 소설을 점차 외면하고 있다면, 핏속에 스며들어 있으며 뼛속에 틀어박힌 이야기 본능이 무언가 다른 것에 홀려 있음에 틀림없다.

사람들은 이제 이야기를 소설이 아니라 거리에서, 인터넷에서, 영화에서, 드라마에서, 광고에서, 대중가요에서 즐기고 있는 것이다.

'밀리언셀러 클럽' 은 이러한 소설의 위기를 넘어서려는 마음에서 기획되었다. 국내뿐만 아니라 전 세계 각국에서 독자들의 사랑을 한껏 받은 작품들을 가려 뽑아 사람들 마음을 다시 소설로 되돌리고 이야기를 한껏 즐길 수 있도록 배려하였다.

'밀리언셀러' 라는 이름을 단 것은 소설이 다시 사람들의 마음을 끌어 널리 읽히기를 바라기 때문이고, '클럽' 이라는 이름을 단 것은 소설을 사랑하는 독자들이 이 작품들을 가운데 놓고 오랫동안 이야기를 나누기를 바라기 때문이다.

앞으로 '밀리언셀러 클럽' 에는 예로부터 오늘날까지, 동양에서 서양까지 시대와 장소를 가리지 않고 널리 독자들의 사랑을 받아 온 작품들 중에서 이야기로서 재미에 충실할 뿐만 아니라 인간 본연의 모습을 확인시켜 줄 수 있는 소설들이 엄선되어 수록될 것이다.

이 작품들이 부디 독자들을 소설의 바다로 끌어들여 읽기의 즐거움을 극대화함으로써 이야기 본능을 되살려 주어 새로운 독서 세대를 창출하기를 바라는 마음 간절하다.

옮긴이 | 한기찬

연세대학교 국문과를 졸업한 후 전문 번역가로 활동하고 있다.
우리말로 옮긴 대표적인 책으로는 『뉴욕 삼부작』, 『플레이보이 SF 걸작선』, 『반지의 제왕』 등이 있다.

톰 고든을 사랑한 소녀

1판 1쇄 펴냄 2006년 10월 25일
1판 4쇄 펴냄 2024년 3월 26일

지은이 | 스티븐 킹
옮긴이 | 한기찬
발행인 | 박근섭
편집인 | 김준혁
펴낸곳 | 황금가지

출판등록 | 2009. 10. 8 (제2009-000273호)
주소 | 135-887 서울 강남구 신사동 506 강남출판문화센터 5층
전화 | 영업부 515-2000 편집부 3446-8774 팩시밀리 515-2007
홈페이지 | www.goldenbough.co.kr

도서 파본 등의 이유로 반송이 필요할 경우에는 구매처에서 교환하시고
출판사 교환이 필요할 경우에는 아래 주소로 반송 사유를 적어 도서와 함께 보내주세요.
135-887 서울 강남구 신사동 506 강남출판문화센터 6층 민음인 마케팅부

한국어판 ⓒ 황금가지, 2006. Printed in Seoul, Korea
ISBN 978-89-8273-815-9 03840

㈜민음인은 민음사 출판 그룹의 자회사입니다.
황금가지는 ㈜민음인의 픽션 전문 출간 브랜드입니다.